图书在版编目（CIP）数据

噩梦巷 /（美）威廉·林赛·格雷沙姆著；姜昊骞译. -- 北京：北京航空航天大学出版社，2019.6
ISBN 978-7-5124-2995-6

Ⅰ. ①噩… Ⅱ. ①威… ②姜… Ⅲ. ①长篇小说—美国—现代 Ⅳ. ① I712.45

中国版本图书馆 CIP 数据核字（2019）第 074038 号

噩梦巷

出版统筹：邓永标
责任编辑：曲建文 舒 心
责任印制：刘 斌
出版发行：北京航空航天大学出版社
地 址：北京市海淀区学院路 37 号（100191）
电 话：010-82317023（编辑部） 010-82317024（发行部） 010-82316936（邮购部）
网 址：http://www.buaapress.com.cn
读者信箱：bhxszx@163.com
印 刷：北京诚信伟业印刷有限公司
开 本：142mm×210mm 1/32
印 张：10.25
字 数：244 千字
版 次：2019 年 6 月第 1 版
印 次：2019 年 6 月第 1 次印刷
定 价：55.00 元

代序

读过这篇序言的人中，可能有不少人已经读过《噩梦巷》了。但是，我希望没读过的人也来体验一下这部杰出的小说。我非常羡慕后一类人，而且为免剧透，我也不会讲太多细节。从头读到尾，情节会越来越妙，越来越奇。不过，借用埃兹拉·庞德的一句话："蜻蜓点水总无害处。"①

本书初版于1946年，成书于1938年末至1939年初，是威廉·林赛·格雷沙姆在瓦伦西亚创作的。当时西班牙内战已经结束，他志愿为之战斗的共和国一方落败，而他正在等待归国。闲来无事，他就跟一个叫约瑟夫·丹尼尔·哈利戴的人喝酒聊天，结果对方讲了一个把他吓坏了的故事：当地有一个四处游荡的酒鬼，这人很邪门，只要给他酒喝，让他把鸡头和蛇头生咬下来，他也干。格雷沙姆当时才29岁。他后来谈起这件事的时候说："邪门酒鬼的故事纠缠着我。最后，为了摆脱它，我不得不把它写成一部小说。大概情节就是这样。它给读者带来的惊吓，似乎毫不亚于当年我听到时受到的惊吓。"

根据他的自述，从西班牙归国前夕，格雷沙姆的状态就已经不太好

① 美国诗人埃兹拉·庞德写过一篇诗歌理论文章，叫"A Retrospect" and "A Few Don'ts"，里面有一句话，叫"Good Prose Do Not Harm"，意思是"佳句总无害处"。——译者注

了。他遁入精神分析之中，而他为了摆脱内心的恶魔，还试过许多其他的方法。

在创作《噩梦巷》期间，格雷沙姆的兴趣从精神分析转向塔罗牌，从弗洛伊德转向写作期间接触到的俄国神秘主义者P.D. 邬斯宾斯基（1878—1947）。

要是格雷沙姆早点知道弗洛伊德1921年9月在国际精神分析学会中央委员会大会上提交的论文，那该有多好啊！弗洛伊德在文中称："单纯摒弃所谓的'神秘事实'（occult facts）似乎已经是不可能的了。在我们已知的动物和人类心理力量之外，它们似乎是精神力量的真实存在的支柱，它们揭示了我们迄今为止还不相信的心理官能。"在那个时候，弗洛伊德与邬斯宾斯基就可能已经在格雷沙姆的"噩梦巷"中并肩而行了。

本书是用塔罗牌串联起来的。一套塔罗牌由22张王牌（其中21张有数字）和56张小牌组成（分为四种花色：权杖、圣杯、剑、金币）。塔罗牌有好几百年的历史，一直用于赌博和占卜。占卜时主要用王牌，也叫大阿卡那牌，《噩梦巷》的各章标题便来源于此。第一张王牌是不标数字的"愚者"，最后一张是"世界"。格雷沙姆开篇题为"愚者"，但之后就没有严格按照牌序进行，最后一章的题目是"倒吊人"。

《噩梦巷》中既有犀利的心理分析元素，也有许多在作者和书中角色看来无异于骗人把戏的装神弄鬼，塔罗牌则穿插其间，奇妙地给出开示和预言。

另一个有意思的地方是，虽然在创作《噩梦巷》期间，格雷沙姆正接受心理治疗，但他却描写了一位文学史上最邪恶的心理分析学家，从名字里就能看出来：莉莉丝·李特尔[1]。

他后来说，六年的心理治疗既挽救了他，又辜负了他。“我当时状况就不太好，神经症留下了后遗症。我做了多年的心理分析和编辑工作，在小屋子里见过无数小孩子，最后还是靠酒精才把焦虑压了下去。”他说：“我发现酒不能断；我已经成为一个生理上的酒精成瘾者了。酗酒到了这个程度，弗洛伊德也无能为力。”

醉酒的人写下的东西没什么阅读的价值，但是《噩梦巷》中酒醉狂欢的痕迹真可谓无所不在。在这部小说里，酒精的存在感太强了，几乎要到书里开口说话了——就像古希腊悲剧中的命运一样。谵妄就像内心里的蛇一样，刺痛着作者，也啃噬着文字。威廉·华兹华斯有一句格言，诗歌是“宁静中拾起的情感”；而格雷沙姆则将自己的小说称为“种种恐惧”。

当然了，早在罗伯特·路易斯·史蒂文森在《金银岛》（1883）中第一次写下这种意义上的“种种恐惧”之前，这个词就在酒鬼和烟鬼的口中传开了，至今依然。

格雷沙姆的语言是出类拔萃的。冷峻，阴郁，钢铁一般的文风臻于完美，对话和内心独白中的俚语也是同样。不动声色，自然而准确。

小说面世后不久，《纽约时报》书评版里对他有过一段简介：“格雷沙姆感兴趣的是隐秘的人物，他们的诡计和隐语在作者笔下信手拈来。有一天，一位莱因哈特出版公司的高管说过，普通的守法公民读到格雷沙姆的书一定会被吓坏的。”

---

① 莉莉丝为 Lilith，是犹太文化中的一位法力强大的邪恶女巫。——译者注

“怪人”（geek，词源是 geck，意思是傻瓜或头脑简单的人，至少见于 16 世纪初至 19 世纪）这个词原本不常见，现在主要指的是在巡回戏团里生咬鸡头或蛇头的“野蛮人”；是因格雷沙姆的《噩梦巷》闻名才为大众所知的。1947 年，流行音乐组合纳京高三人组（Nat “King” Cole Trio）推出了一张唱片，题目就叫“怪人”。

“妥妥的，跟铅管似的”（Lead-pipe cinch）是 cinch 这个词的“升级版”，意思是板上钉钉的事，用法可追溯至 19 世纪，之后一段时间也颇流行。纳尔逊·艾格林 1949 年的小说《金臂人》（*The Man with the Golden Arm*）和 1949 年《纽约时报》的一篇金融报告中都用到了这个词。

在《噩梦巷》中，格雷沙姆似乎还首创了一些生动的俚语。表示一种节目的 geek 或许是其中之一。据目前发现，最早在该意义上使用 geek 一词的，是在 1946 年 8 月 31 日 Billboard 巡回戏团板块的一份招聘广告上，当时《噩梦巷》已经出版了。广告上写着“不含怪人或女性演员表演”，发布方是“霍华德兄弟戏团”。（Billboard 巡回戏团板块中，涉及“怪人”的招聘广告至少延续到 1960 年。1957 年 6 月 17 日，约翰联合戏团发布了一份广告，言辞很直接：“诚聘怪人。要求懂蛇性。”）

我们几乎可以肯定，“冷读”（cold reading）第一次见诸正规出版物是在《噩梦巷》；令人难忘的“鬼骗子”（spook racket）也是一样。（我们一见到这些俚语就能明白它是什么意思。格雷沙姆从来不会费力去专门解释。）

不久，朱利安·J. 普利斯高尔就在 1946 年出了一本小说，题目叫《死人不会说话》（*The Dead Do Not Talk*），里面几乎原封不动地出现了这两个短语。《噩梦巷》出版几个月后，国会图书馆就收录了《死人不会说话》，编号排在格雷沙姆的小说后面。次年，C.L. 鲍尔德自费出版了一本螺旋装订的灵修小册子，书名叫《性灵概要》(*Mainly Mental*)，开篇就用了“冷读”这个词。而“鬼骗子”则似乎一直隐于幕后，少人问津，和词义倒也颇为相符。

“冷读”第一次出现是在第四章“世界”，其中包含着全书的一个转折点：主角斯坦在翻阅去世多年的心灵主义者彼得的一本旧笔记，从中读到了两句话：“发现恐惧之物，一切难逃掌中”和“恐惧是通往人类本性的钥匙”。

斯坦“越过纸页，看着炫目的壁纸，洞穿了世界。愚者是由恐惧造就的。他害怕清醒过来，面对可怕的事物。但是，是什么让他酗酒呢？是恐惧。发现他们在恐惧什么，然后回击他们。这就是要诀”。

在“世界”中，这就是斯坦和格雷沙姆所屈从的语言观。斯坦来到松林密布的偏僻南方，那里有一个占卜师，她做征服魔法草药（John the Conqueror Root）挣的钱，比算命结束时兜售的星座卡片还要多：

> 言辞让他着迷。他的耳朵捕捉到了节律，他注意到了生动的俗语，然后采撷存入自己的语言库。他发现了老艺人口中奇特的、慢吞吞的语言背后的理据。一种南方人听起来是南方话，西部人听起来是西部话的语言。它带着土腥味，慢吞吞的背后是敏捷的大脑。它是一种给人安慰的、俚俗的、乡土的语言。

这就是《噩梦巷》的语言，许多“城里人”评论家觉得它令人惊愕而野蛮。格雷沙姆带着邪气的语言是独一无二的：既是从星空俯瞰大地，也要自沟渠仰望繁星。

威廉·林赛·格雷沙姆将要把我们带进噩梦巷，那里不是道德败坏之所，因为那里没有崇高道德存在的空间。

格雷沙姆的这部小说描述了许多形象：信仰的愚蠢与玩弄信仰的狡诈；酗酒与把人毁掉的谵妄；没有缘由，突如其来便让死亡降临的无常命运。它不是一部讲述罪与罚的故事，若是这样来看便是误读。罪在《噩梦巷》中无处不在，而罚却似乎是生命之所固有。

“这是一条从头到尾都漆黑的巷子，”斯坦在《噩梦巷》中对自己说道，“从儿时起，斯坦就在做一个梦。他沿着一条暗巷跑啊跑，两侧无人的建筑阴森可怕。巷子尽头有光，但身后有什么在紧跟着他，越来越近，越来越近。接着，他醒了，浑身颤抖，最后也没有抵达那道光。”斯坦反思了自己的印记，所有人的印记：“他们也有自己的噩梦巷。”没错，正如斯坦——也就是格雷沙姆——在其他地方所观察到的，恐惧是通往人类本性的钥匙。

斯坦和格雷沙姆实际上是同一的。惠顿学院瓦德中心收藏了一封奇怪的信。信已经很破旧了，是正走向人生终点的格雷沙姆于 1959 年写的。他写道：“斯坦就是作者本人。”

《噩梦巷》于 1946 年 9 月出版，为他赢得了赞扬与成功，也有人咒骂，甚至还被打成过禁书。面世三十年之间，每一版都经受了审查和删改。这里仅举一例。原文是“满身花柳的交际花，屁眼欠干的银行家”，读者看到的却是“服用药品的交际花，眼神扑朔的银行家”。

不过十年出头的光景，这本小说就被人们遗忘了。又过了十六个秋天，1962 年 9 月，格雷沙姆的尸体被找到了。自杀，在时代广场旁边一家酒店的房间里。他几周前刚过完五十三岁生日。他身边的名片上写着：

无地址		**无电话**
	没人要	
没有钱		**已退休**

巷子、奔跑、遥不可及的光，一切都结束了——最起码，写下《噩梦巷》的人已经安息了。那么，读者呢？

尼克·托齐斯

献给乔伊·达伟曼

梭梭屈里士夫人，这位著名的天眼通
她得了重感冒
但依然是欧洲最智慧的女人
她的纸牌富有魔力
她说
这就是你的牌，溺死的腓尼基水手
（看啊！珍珠就是他的眼！）
这是颠茄，高山上的贵妇
可怖的夫人
这是手持三根棍棒的男人
这是轮
这是独眼商人
这是空牌，他负在身后
他不让我看这张牌
我找不到倒吊人。在水旁恐惧死亡

——荒原

在库迈，我亲眼见到女预言家吊在一个瓶中。男孩子问她："预言家，你想要什么呢？"她的回答是："我想要死。"

——萨迪利孔

目录

CONTENTS

牌一 / 愚人

身穿花衣，紧闭双眼，在世界尽头的悬崖上行走

斯坦·卡尔里斯[1]站在帐篷入口外，在只有灯丝的灯泡的耀眼光芒下看着怪人（geek）。

怪人瘦极了，穿着一件染成巧克力色的长睡衣。假发是黑色的，看着跟个拖布似的。消瘦的脸上原本画着油彩，现在都被高温弄化了，脏兮兮的，嘴角周围的油彩都被擦没了。

现在，怪人倚在墙上，周围是几条可怜兮兮的蛇，它们盘成一团，忍受着炎热的夏夜和灯光的炙烤。有一条小眼镜王蛇想要顺着帷幕爬上去，结果掉了下来。

斯坦喜欢蛇，他是为蛇感到痛心，不得不跟这样子的人混在一起。

① 原文为“stan”，是“stanton”（斯坦顿）的昵称。——译者注

外面的吆喝声正在走向高潮。一头金发的斯坦转向入口。

“……他是从哪来的？只有老天爷才知道。我们是在佛罗里达州海岸外五百英里[①]的一个无人岛上发现他的。朋友们，来帐篷里看看吧，里面是宇宙最玄妙的奥秘之一。他是人还是兽？我们将他置于原本的环境中，身边是世界上最毒的爬虫。来看看吧，毒蛇在他手中，就仿佛婴儿在母亲怀里一般。他不吃也不喝，只靠人气滋养。让激情燃烧起来吧！如此奇景自然要收点费用。不是一元，也不是五毛，只要一毛钱！快来吧，快来看呀！”

斯坦来到了帐篷支架的后面。

怪人从粗麻布袋子里翻出了一样东西。那是一个软木塞。他咽了几口吐沫，又吸了一口气。

观众涌了进来。戴着草帽、穿着长袖外套的小伙子，还有一个眼睛小小的胖妇人。斯坦挺疑惑的：这种人的眼睛怎么都那么小？一个憔悴的女人。她对病恹恹的小女儿许诺说，今天想看什么都行。那个醉鬼。这里如同一个万花筒——图案总在变化，东西却始终是那一个。

克莱姆·霍特里，“一毛秀”的老板兼主持人，穿过了人群。他从口袋里掏出一瓶水，喝了一口润了一下嗓子，然后吐到了地上。接着，他走上前台，声音一下子低了下来，好像平常说话一样。观众似乎平静了下来。

“大家好，你们可都得记明白，今天这次展览纯粹是科学和教育的目的。你们即将看到的这个活物……”

---

① 1英里等于1.609千米。——编者注

一个女人低下头，第一次看到了那条还在奋力逃生的小眼镜王蛇。她屏住了呼吸，吓得牙齿直打战。

“……经过欧洲和美国最顶尖的科学家检验确认，他是一个人类。换句话讲，他有两条胳膊，两条腿，一个头，一个身子，跟人一样。但是，在他蓬乱的毛发底下，藏着一颗野兽的脑袋。他跟丛林爬虫在一起很自在，跟人同处一室却很不舒服。”

怪人之前已经抓起了一条黑蛇，他紧紧抓住蛇头下面，免得被咬到，他像小孩子似的抓着蛇乱晃，嘴里念念有词。

观众开始动了起来，主持人则一言不发。

“你可能会问，为什么他跟毒蛇玩耍却不受伤呢？我告诉你，朋友们。蛇毒对他是不起作用的。不过，要是他咬了我的手，那地球上任何东西都救不了我了。”

怪人低声咆哮了一声，而后呆呆地朝只有灯丝的灯泡眨着眼。斯坦注意到，他的嘴里有一颗牙是金的，还闪着光呢。

“女士们，先生们。我说他身上兽的成分比人的成分还要多，你不一定信。斯坦……”他转向长着一双明亮却无神的蓝眼睛的年轻人。“斯坦，为了亲爱的观众，咱们最后喂他一次。把篮子给我递过来。”

斯坦顿·卡尔里斯弯下身子，抓住一个购物篮的提手，篮子上面盖着布，然后从人群头顶上被一只只手递到了前台。人们身子往后仰，挤作一团。主持人克莱姆·霍特里大笑着，带着一点疲倦。“好了，篮子里面的东西你们都还没看吧。我向你们保证，你们肯定知道里面是什么。”说着他从篮子里面抓出一只半大的来亨鸡，嘴里骂骂咧咧的，然后把鸡举起来给大家看。他用一只手做手势，要求大家肃静。

观众都努力伸长脖子往下看。

怪人现在四脚着地，嘴巴大张着。

突然，主持人把鸡扔了进去，一时鸡毛乱飞。

怪人朝着鸡冲过去，头顶拖布似的黑色棉布假发摇摇晃晃。他伸手去抓，但在自保的本能下，鸡展开笨拙的翅膀，躲开了。

于是，他就爬着去追鸡。

这是他画着油彩的脸上第一次出现生气的神色。他血红的眼睛几乎眯成了一条线。斯坦看到他的嘴唇在动，虽然没有出声，但看得出来他在说什么："你这小鸡崽子。"

斯坦轻轻地从紧张地盯着下面的人群中走了出去。

他手插在兜里，在入口附近僵硬地来回走动着。

里面传出了一阵惊恐的咯咯声，人群屏住了呼吸。

那个酒鬼拿着脏兮兮的草帽砸着围栏。"小子，上！快上！抓鸡呀，你倒是抓呀！"

然后，一个女人尖叫起来，开始狂乱地四处蹦跳。人群中一片吵嚷声，他们把身子紧贴在周围的墙上，把四肢伸展开来。咯咯声戛然而止，接着是牙齿碰撞声，还有沉重的喘气声。

斯坦把手插得更深了。他回到了"一毛秀"的舞台，穿过舞台的闸门，站在舞台中央，看着外面的观众。他把手从裤兜里伸了出来，人们发现他的一只手里握着一枚闪闪发光的五十美分硬币。他想用另一只手去抓，它却不见了。接着，他一边轻蔑地心里窃笑，一边顺着白色法兰绒长裤摸索。在那里，硬币又出现了。

在这个夏夜，摩天轮没精打采地眨着眼，照亮了上面的莱茵石；提供驱动力的蒸汽机也似乎疲倦了下来。

“小子，好一个大热天啊。”

主持人克莱姆·霍特里站在斯坦身旁，用手绢擦掉巴拿马帽带子上的汗。“斯坦，去饮料店给我弄瓶柠檬苏打水。给你一毛钱，自己也买瓶喝。”

斯坦拿着冷饮回来，霍特里马上就对着嘴喝上了。“老天爷，我嗓子痒死了，就跟飞虫叮的老牛屁股似的。”

斯坦缓缓地喝了下去。“霍特里先生？”

“啥事？”

“你怎么弄到这个怪人的？还是说，全天下就这一个？我的意思是，他是生下来就喜欢生咬鸡头吗？”

克莱姆慢慢地闭上一只眼。“我跟你说，小子。你在这儿什么都别问。没人说真话。”

“好吧。不过，你是怎么找到这个……这个玩意儿，让他演这么一出戏的？”

克莱姆把帽子往后扶了扶。“小子，我挺喜欢你。真的。所以呢，我有好东西给你。我今天不踹烂你的屁股。偷着乐吧。”

斯坦露出牙齿笑了笑，明亮的蓝眼睛一直盯着克莱姆的脸。突然，克莱姆严肃了起来。

“好吧，咱们俩是搭档，我也不瞒你。你想知道怪人是从哪儿来的不是？听好了——怪人不是找出来的，而是造出来的。”

他停顿了一下，但是斯坦顿·卡尔里斯神色如常。“我知道了。那怎么造呢？”

霍特里揪住年轻人的衬衫，把他拉到自己身边。“用心听，小子。还用得着我给你弄一套什么图纸吗？随便找。当然了，他不是怪人。是个酒鬼。一天一瓶，脑子喝傻了。你就跟他说：‘我有个小活请你帮忙。就是顶一下，等我们找到真的怪人。我们要个新怪人，所以衣服穿好，妆化好，好好给我当怪人。’你跟他说：‘你什么都不用干。你只要手里藏好一个刀片，抓住鸡的时候，就给它脖子来一刀，然后装出喝鸡血的样子。耗子也一样。观众看不出来。’”

霍特里抬起眼睛，看着主干道，打量着人群。接着，他又把头转向斯坦。“好了，他来这儿干一个礼拜。你按时给他酒喝，再给他一个睡觉的窝，他就满意了。他觉得这就是天堂了。过了一个礼拜，你就跟他说：‘好了，我得找个真怪人去了。你完事了。’他肯定会吓得要死，一个酒鬼，你要是把酒给他掐了，他就完了。他会说：‘怎么回事？是我做得不够好吗？’然后你说：‘好个屁。冒牌的怪人可招不来客人。把衣服脱下来。给我滚蛋。’你这就可以走了。他会跟着你，请求你再给他一次机会。这时，你要说：‘行吧。下不为例，今晚弄完就走人。’不过，酒还是要给他的。

“哪天晚上，你就大胆去讲，敞开了吆喝。你吆喝的时候，他会自己去琢磨，自己做好决定。你吆喝就是给他想的时间。讲完了，把鸡扔进去。他会好好演的。”

怪人秀散场了，人人面色阴沉，一言不发，除了那个酒鬼。斯坦就这么看着他们，嘴角挂着诡异的微笑，既甜美又疏离。那是一个囚犯吃饭吃到铁丝时的微笑。

牌二／魔术师

一手擎着火把，向上指天，一手向下指地

“观众朋友们，来，向前走，看看第一个平台。女士们，先生们，你们将要目睹整个世界有史以来最伟大的力量。我看观众里有些块头大的。不过，我要告诉你，与你们将要见到的相比，打铁的也好，运动员也好，他们就仿佛是妈妈怀里的娃娃。请看！他有着希腊众神般的身躯，更有大猩猩一般的伟力！女士们，先生们。现在请出：赫拉克利奥，世界上最完美的男人。”

布鲁诺·赫兹：哪怕她朝这边看一眼，让我脱掉她的长袍，我就算马上死了也甘心。天哪（原文为德语），我愿意把我的心剖出来，装在盘子里献给她。她怎么就看不到呢？我没有勇气拉着她的手走进电影院。一个男人，一个女人，为何要如此焦灼？我甚至不敢告诉芝娜我对那个女人有多么痴狂，因为她会撮合我们；真要见了面，我反而舌头打了结，我简直是个白痴（原文为德语）。莫莉，一个多么美妙的美国（原文为德语）名字。她永远不会爱上我的。我心里是明白的。她身边围着一群狼啊，要是哪一个敢伤害她，我就要把他撕成碎片。谁想试试就来吧，让莫莉看看。也许，她会猜中我的心思，对我说一句话，让我铭记一生。回到维也纳，也永远不忘。

“……这边来，朋友们。再走近一点可以吗？下面是一个寓教于乐的‘小’节目。女士们，先生们，请出蚊子少校，世界上最小的人类。20 英寸高（50.8 厘米），20 磅重（9 公斤），20 岁大。人小点子可不少。演出结束后，哪位姑娘有心思，跟我说一声，保管安排好。现在，少校先生要带来独门绝技，踢踏舞演唱影视金曲《玫瑰色的美人格莱迪》（*Sweet Rosie O’Grady*）。少校先生，请开始你的表演！”

肯尼斯·豪斯费尔德：如果我划一根火柴，放到这头巨猿的鼻子下面，我真担心会不会把他的鼻毛点着呢。这是怎样的一只猿猴啊！我要把他绑起来，把嘴掰开，然后坐下来，抽一根雪茄，用枪一颗一颗地把他的牙都射下来。猴子。他们都是猴子。尤其是大圆脸盘的女人。我要拿锤子把她们的脑袋砸烂，就像敲碎南瓜一样。他们油腻腻的血盆大口，喉咙跟隧道似的。油腻腻的，脏兮兮的，他们全都是。

天哪，又来了，还是老把戏。一个女的在前面，一个女的在后面，前面的拉着后面的手。你别让我看见你那只手。要是还是老一套，别怪我大叫出来！不管多少个人，都是这一套把戏，都是一个拉一个，后面那个还总是大声嚼着口香糖。总有一天我要戳穿她们。我可不像童子军那么好糊弄。我迟早要爆发。早就该爆发了。他们笑吧，笑吧。我一手拿着烟蒂，一手扣动扳机，看你们还笑得出来。

乔·普拉斯基：“谢谢你，教授。女士们，先生们，我有个外号，叫杂技半身人。你也看到了，两条腿，我都有，用处嘛，可没多少。我小时候得了瘫痪，从那以后就停止生长了。所以，我下定决心，把这两个东西绑在一块，忘掉它们，然后该干什么干什么。你看，我是这么上楼的。用手。多稳。跳一下，停一下，来个大的。转个身，往下走，小菜一碟。谢谢大家。

“下面，我要给大家表演一个绝活。有的时候，电车上人多，两只手站不下，那怎么办？挪，挪，嘿！一只手，站住了。多稳。一只手就能站！太谢谢大家了。

“现在，我要演的节目，你满世界找去，哪个杂技演员都没试过。单手三百六十度后空翻。准备好了吗？走着！这个节目会很好看，要是我成功的话。您几位前排的，要不要往后挪挪？哈哈，别麻烦了，逗你的。我可没失过手。你看，我一直活得好好的呢。上眼瞧。翻！回来了！谢谢，谢谢您！

“请往前走几步，我有几个小礼品要给大家。当然了，这点小生意发不了家，尽力而为吧。我这有一本小书，里面全是老歌、小诗、笑话、小花招，还有小游戏。我不收你一块钱，也不收你五毛钱，只要一枚小小的一毛钢镚。只要一毛啊，兄弟们，足够你乐呵一晚上。除了它，还有一个本次演出的特供纪念品，一个小小的纸片摇摆舞娘。在后面拿一根火柴支着：看见她的影子了吗，看见她摇曳生姿的模样了吗？

“来一个？给你，兄弟。来吧，都来。美文诗句俏皮话，全是世界上最聪明的人写的啊。只要一毛啊……”

我姐姐写信给我说，两个孩子都得了百日咳。我想送他们一盒颜料，让他们安静下来。孩子都喜欢颜料。还有蜡笔。

“水手马丁，人肉美术馆。女士们，先生们，你们眼前的这位年轻人早早就在海上讨生活。后来，他遭了海难，到了一个热带岛屿，上面只有一个人，一个老水手。他是从船上扔到岛上的，大半辈子都在这里。他只从船上抢救出来一套文身的工具。为了打发时间，他就教水手马丁文身。他在自己身上练，大部分图案都是他自己文上去的。来，转个身。他背上有一幅世界名画，《摇滚年代》(*Rock of Ages*)。胸前——你转过来——是‘缅因号’战列舰，就是在哈瓦那港被炸沉的那一艘。小伙子们，谁想在胳膊上文个船锚啊，美国国旗啊，或者你恋人的姓名缩写啊——能用三种颜色写，可漂亮了，都到台上来。娘娘腔就算了。”

弗朗西斯·泽维尔·马丁：电椅那个黑头发，深肤色的妞可真靓啊。我多想让她快乐，让她呻吟啊！只有布鲁诺愿意跟我上，他像个一吨重的野猫似的。沃特维尔那个红头发女孩，你说我还能收到她的音讯吗？天啊，我真是忘不了她。那身段——还有那眼光。不过，这个黑头发妞，莫莉，她真是美爆了。那一对奶子，又高又挺，哪个罩杯能装下？兄弟，这真是神了。

我向耶稣基督祈求，让那个德国佬布鲁诺哪天血管爆掉吧，那血管都能弯成马蹄铁了。莫莉，那姑娘的大长腿，简直跟赛马一样。我要是能骑上她，肯定惊爆全场。那可真是值了，值了。

“观众朋友们，来这边，来呀。在今天的舞台上，你会看到全世界最了不起的小女人。在她旁边，是新新惩教所的电椅的复制品……”

玛丽·玛格丽特·卡希尔：别忘了微笑；爸爸老这么说。高利，要是爸在有多好啊。要是我把头转向外边，看到他在对我微笑，一切都会好的。该上床了。爸爸，亲爱的爸爸，请看着我入睡……

莫莉小的时候，她爸爸教了她各种好玩的事情。比方说，怎么挑出两件最好的衣服，藏在外套里面，然后装出一副一本正经的样子从酒店里往外走。有一次，他们在洛杉矶不得不这么干过一次，莫莉把衣服全都带出来了。可惜爸爸差点被逮住，他只好施展三寸不烂之舌。爸爸可真会说。每次他被逼到角落里，莫莉心里都会窃笑，带着一种刺激的、看乐子的心情。因为她知道，就在别人觉得他已经无路可走的时候，他总能变出一条路来。爸爸最棒了。

爸爸认识不少好人。有的男的醉醺醺的，不过爸爸认识的女士们都很漂亮，大多长着一头红发。他们对莫莉都很好，她十一岁的时候他们就教她涂口红了。她第一次自己涂的时候涂多了，把爸爸逗得哈哈大笑，说她像是妓院里来的、那种专门勾引男人犯罪的未成年少女。

爸爸当时跟一个叫艾尔希的女人好。她让爸爸别说话，然后对莫莉说："宝贝，过来。我涂给你看。先把这个扭下来，然后开始涂。要让别人看不出来你化了妆，尤其是你还这么小。现在看我做。"她打量着莫莉的脸，然后说："现在该你了。除了嘴唇，要是有人让你把别的地方涂成红色，千万别听。你的脸有点方，所以要化妆，要让它显得柔和一点，圆一点。"她向莫莉做了示范，然后把东西都交给莫莉，让她自己做。

莫莉想要爸爸帮她，但他说这不关他的事——他更擅长卸妆，尤其是衬衫领口上的。全都要自己干，莫莉感觉糟透了，因为她害怕会搞砸。最后，她哭了，于是爸爸把她抱到大腿上，艾尔希又给她示范了一遍，这一次她总算做对了。从此以后，她总是带妆见人，只不过别人看不出来。"天哪，卡希尔先生，你家的小孩真可爱！她简直是茁壮成长的模范。这小脸蛋，多红润！"爸爸会说："多喝牛奶早上床，这就是秘诀。"接着，爸爸会朝她眨眨眼，因为她讨厌牛奶，而且爸爸说啤酒一样对身体好。她对啤酒也不太感冒，不过凉凉的，也挺好喝，而且还有椒盐卷饼啊别的什么可以一起吃。爸爸还说，要是第二天可以晚点起，那早早睡觉浪费大好夜晚简直就是耻辱；当然了，如果第二天要上早班，那最好还是别睡觉了，干完活再补吧。

他要是上班不顺心了，就总是会喝多。等状况快控制不住的时候，他就会哄她去睡觉，因为其他人都想灌莫莉烈酒，而烈酒她从来没喜欢过。有一次，父女二人住在旅馆里，有个年轻女人喝得烂醉如泥，开始脱衣服，大家只好把她送到莫莉隔壁的房间。整晚都有无数男人来来往往。第二天，警察过来把那个女的带走了。莫莉后来听别人讲，她后来被放了，不过接着就送进了医院，因为已经喝出内伤了。从那以后，莫莉就受不了喝醉酒，因为醉酒以后什么事情都可能发生，而有些事情是不能让男人对你做的，除非你们是情人关系。大家都这么说。不是情人关系还发生性关系，这种人就叫“荡妇”。莫莉知道几个女的是荡妇，她就问爸爸，她们为什么要去做荡妇呀。爸爸说：是为了东西或者钱，只要给了，谁都可以亲她们，抱她们。你不应该这么做，除非那个男的是个棒小伙，而且不会欺骗你的感情，也不会看你怀了孕就脚底抹油。爸爸说，除非你能跟一个男人共用牙刷，否则绝不能跟他做爱。他说这些规矩都是为了安全，乖乖听话就不会出错。

爸爸就可以跟她共用牙刷，这也是常事，因为他们经常把一个人的牙刷落在酒店里。有的时候，爸爸还会拿牙刷来擦白皮鞋。

莫莉以前经常会比爸爸先醒，有时会溜下床，跳上他的床。这时，爸爸就会故意大声打呼噜，跟猪叫似的，特别滑稽。然后，他会假装床上来了只土拨鼠，还会假装找来服务员骂一顿，说怎么把土拨鼠放进房间里了。接着，他会恍然大悟：原来不是土拨鼠，是莫莉呀！然后一边亲她，一边让她赶紧穿好衣服，到楼下的吸烟区给他买张马票。

一天早上，莫莉溜进爸爸的房间，发现床上还有一个女人。她很漂亮，一丝不挂，爸爸也是。莫莉知道是怎么回事：爸爸昨晚喝大了，忘了穿上睡衣，这个女孩也喝大了，爸爸怕她一个人回家太危险，就把她带到了自己和莫莉的住处。他本来是想让她跟莫莉一个床睡的，不过还没等挪窝呢，他俩就都睡着了。莫莉把床单小心翼翼地盖到他俩身上，然后就知道自己长大后会是什么样了。

莫莉穿好衣服，去楼下买了马票，回来发现他们还在沉睡，只是那个女人跟爸爸靠得更近了。莫莉静静地站在角落里，站了很久，一动不动。她想的是，他们俩醒来后会发现她，然后她就扑上去，大喝一声“哇”！吓他们一跳。女人发出了低沉的声音，有点像是呻吟。爸爸睁开一只眼，把她搂住。她也睁开眼，睡意朦胧地说道：“早安，宝贝。”接着，爸爸开始亲她，她过了一会儿也醒了，两人吻在一处。最后，爸爸爬到女人身上，开始上下摇摆。莫莉觉得这太好玩了，就笑出了声。女人尖叫了一声，说道：“快把这小孩弄走。”

爸爸最棒了。他搞怪地抬起头，对莫莉说：“莫莉，你去大堂里待半个小时好吗？顺便帮我选几匹幸运马。我还得在房间里跟奎妮做点运动。你也不想吓她一跳，害她肌腱扭伤吧？”直到莫莉走出去，爸爸都没有动。但是，她到门外的时候就能听见床又开始动了。她想知道这位女士能不能用爸爸的牙刷。她希望不要，因为那样她就再也不想用那个牙刷了。她觉得恶心。

十五岁的时候，马厩里有个打杂的男孩约她去干草垛顶上。两人一到上面，他就把莫莉抓住，开始亲她。她对他没喜欢到想亲他的程度，而且一点先兆都没有，于是就跟他扭打在一起。男孩想摸她的时候，她大喊：“爸爸！爸爸！”然后，爸爸就跳了上来，狠狠给了这小子一下。他滚下了干草垛，跟死了一样。不过，倒也没真死。爸爸把莫莉搂在怀里，问道：“你还好吗，小宝贝？”然后亲了亲她，紧紧抱住她。这样过了大概一分钟，他说：“你得照顾好自己，小心肝。世界上到处都是恶狼。这个崽子不会再来烦你了。不过还是要小心啊。”

莫莉微笑着说：“反正我不跟他用一个牙刷。”爸爸笑了笑，轻轻用拳头打了她下巴一下。莫莉暂时不害怕了，但是她从此不敢离开爸爸或其他女孩了。这种事真是太糟糕了。她在马厩周围总是感到不自在，再也不能像以前那样与杂工或骑手说话了。即使她开口，他们的眼睛也总是在她的胸脯上，这让她感觉内心里很虚很怕，哪怕他们表现得还算有礼貌。

不过，她对胸部开始发育还是挺高兴的，也逐渐习惯了男孩们的眼光。她会把睡衣的圆领往下拉，就跟成年女人的晚礼服一样。后来，爸爸还真给她买了一件晚礼服。它漂亮极了，从一个方向看是淡淡的玫瑰色，从另一个方向看是金灿灿的亮黄色。它会不自觉地往下掉，而且领口很低。它真是棒极了。可惜，那一年森特博得破产了，而爸爸在他身上押了一大笔钱。于是，两人只好把家产都变卖了，拿到一笔资助。那一年，也就是去年，他们回到了路易斯维尔。

爸爸在一个开赌场的老朋友那边找了份工作。赌场建在河流下游，爸爸负责具体经营，每天都穿着燕尾服。

日子一天天好起来了。爸爸一拿到份子钱，就马上给莫莉报了舞蹈学校，学杂技和踢踏舞。她过得很开心，学了新舞步就马上跳给爸爸看。爸爸虽然没上过舞蹈课，但也会跳很多舞。他说爱尔兰人天生都会跳舞。他还想叫她学器乐和声乐，不过她从来不会唱歌，这方面随她妈。有一次，学校办了一场演奏会，莫莉跳了一段夏威夷舞。她穿着一件纯正的夏威夷衫。这件衣服是别人从火奴鲁鲁带给爸爸的。她的头发垂下肩膀，如同黑色的流云。头发上戴着花，还把皮肤化得黑了点。每个人都热烈鼓掌，有些男孩子还吹起了口哨。爸爸觉得这帮小子要占便宜，所以很生气，不过莫莉很喜欢大家的反应。爸爸就在那里，只要爸爸还在，她什么都不在乎。

她十六岁的时候，身体已经完全长开了。同时，家里的情况却急转直下。有几个人从芝加哥过来，爸爸工作的赌场里也出了些乱子。有一天晚上，大概两点钟，有几个大块头来到了莫莉家门口。莫莉知道他们是警察，当时就觉得身体一阵发软，以为爸爸犯了什么事情，他们是来抓他的。她到最后也不知道到底是怎么回事。不过，爸爸之前总是跟她讲，对付警察的办法就是：微笑，装傻，然后报上爱尔兰人的名字。

有一个人问莫莉："你是丹妮·卡希尔的女儿吗？"莫莉说是。那人说："孩子，我有大事要跟你讲，不是好事。关于你爸爸的。"这时，莫莉感到自己就要摔倒了，仿佛整个世界突然倾斜了，而她正站在光滑的玻璃上。她就要划向永恒的黑暗，永远滑下去，因为那里没有尽头。

她勉强站定身形："跟我说吧。"

警察说："你爸爸受伤了，小姑娘。很重的伤。"他现在看起来不那么像警察了，而更像是个家里也有小女儿的父亲。她害怕真的摔倒，于是向他走近了一点。

莫莉问："爸爸死了吗？"警察点了点头，用胳膊环住她。她记不得之后发生了什么，只记得自己被送到了医院，迷迷糊糊的，她以为是自己受了伤，不停地要爸爸。护士让她小声点儿，睡一觉，她这才想起来：爸爸死了。于是，她开始尖叫。听起来像是大笑，只是感觉很恐怖。她停也停不下来，医院的人只好过来，在她胳膊上扎了一下，她倒下去了。如此往复多次，她总算不哭了。他们让她赶紧走，别人还等着床位呢。

莫莉的祖父叫金凯德"法官"，说愿意接她过来，跟自己和她婶婶一起住。前提是她必须读商业学校，并且在一年内找到工作。莫莉不是没试过，可不知怎么，就是搞不定，不过她对当年的马术表演倒是记忆犹新。老法官看她的样子很滑稽，有几次似乎想跟她热乎点，但一下子又板起脸了。莫莉想过跟他亲近，叫他“爷爷”，但他并不喜欢。有一次，祖父刚回到家里，她就迎了上去，用胳膊搂住老人的脖子。她只是单纯想看看祖父是什么反应。他当时大发雷霆，让她婶婶把她赶出了家门。他再也受不了自己身边有这么个小东西了。

再也没有爸爸跟她说话、教她东西了。莫莉只想跟着爸爸一块死去。最后，她拿到了舞蹈学校的奖学金，半工半读。校长拉凡尔纳小姐收留了她。拉凡尔纳小姐和男友查理起初待她不错。查理长相挺滑稽，有点发福，老是一边坐着一边看莫莉。他把手指在膝盖上张开的样子，手指朝内指向自己的样子，还有瞪着眼睛的样子，都让莫莉由不住地想起青蛙。

后来，拉凡尔纳小姐不高兴了，催莫莉找份工作。不过，莫莉一点头绪都没有。拉凡尔纳小姐最后只好说：“我给你找个活，你能不能踏踏实实干？”莫莉答应了。

这是份巡回戏团的活，里面有个舞蹈节目，名字叫库奇舞（kooch show），除了莫莉另外还有两个女孩。戏团老板兼主持人名叫阿伯纳西博士。他老是想占姑娘们的便宜，莫莉烦透他了。戏团的常驻人员有博士还有简妮特。简妮特是三名舞女之一，也是个大醋坛子。博士为了气她，经常在其他两个姑娘身边转悠。

莫莉顶喜欢吉娜，她在“一毛秀”的中央过道里算命。吉娜待她特别好，莫莉觉得除了爸爸以外，就属她最通晓人情世故了。吉娜有时会住旅馆，一般就把莫莉叫去做伴。她老公在帐篷里睡，表面上说是要看管道具，其实是因为他阳痿，不能跟吉娜做爱。吉娜和莫莉成了真正的好朋友，于是莫莉再也不想着死的事了。

后来，简妮特越来越受不了博士成天盯着莫莉了，更不相信莫莉其实并没有挑逗他。另一个女孩告诉她："就凭你这身条，那个卡希尔小子还用你去挑逗？"但是，简妮特觉得莫莉是个浪货。有一天，博士小声跟简妮特提了一嘴莫莉，然后她就爆发了，像野兽一样痛斥莫莉，说话的时候嘴唇都贴到了牙齿上。她还狠狠扇了莫莉一巴掌，没等莫莉回过神来，就把她的鞋扒了下来，猛抽她的脸。博士赶忙冲过来，跟简妮特大打出手。她一边咒骂一边尖叫，博士则让她把嘴闭上，不然就抽烂她的奶子。莫莉夺路而逃，跑到一毛秀的大帐篷里。老板于是炒了博士的鱿鱼，库奇舞也就回了纽约。

"一万五千伏特，一万五千伏特，万钧雷霆穿身过，毫发无伤任评说。女士们，先生们，请看，法国电小姐！如同古代英雄埃阿斯，不惧闪电……"

上天保佑，导线千万别出事。我想要爸爸。主啊，我多想他在身边。微笑，我要记着去微笑……

"站过来，泰迪。抓住妈妈的手。没事的，一点事都没有。就是个电椅，跟监狱里面一样。不，她不会出事的，大概吧。看到了吗？她被绑在椅子上了。她天赋异禀，天生不导电。就跟雨水顺着大鹅脖子流下来一样。别怕，别怕，泰迪。她什么事都没有。看到她头发被电得竖起来了吗？闪电就是这样，我听人讲。看好了？她一手拿着灯泡，一手抓住电线。看见灯泡了吗？那是指示用的，有电，她没事。你爸爸要是也这样就好了。那年冬天他可是被电得……那个惨啊。他正帮吉姆·哈内斯清理路障呢，结果电线就砸下来了。来吧，泰迪。节目演完了。”

我可以起来了。水手马丁又在看我。他老叫我出去，我也不能总是拒绝吧。不过，他脑子从来都比我转得快。绝不能给他机会。我可不能做荡妇。我不想这样，第一次就……爸爸……

斯坦顿·卡尔里斯：伟大的斯坦顿站起身，微笑着扫视场下扬起的头。深呼吸。“朋友们。首先，我要给你们表演变钱术。哪位观众愿意借我一块钱？钱肯定给你——如果你跑得够快。谢谢，兄弟。上眼瞧。双手，没有。袖子，也没有。”

斯坦顿给大家看了手里没有东西，除了借来的一块钱。同时，他攥紧了袖子。左袖有个夹层，里面有一卷提前藏好的钱。“好了，一块钱——等一下，兄弟。你确定只给了我一块钱吗？确定，好。你身上就带了这点钱，是吧？我手里可是有两块，一块，两块呢。点点。变钱不错吧。快周末了，钱多没坏处。”

这么老套的把戏有几个人乐了？五分之一吧。记住了，五个人里就有一个是天生的白痴。

斯坦顿一张一张地把钱拿出来，展开成了一把“绿钱扇”。然后，他把一块钱还了回去，同时转向左边的观众，端起一个悬空的杯子。杯子是用弹力绳绑在左屁股上的。

“钱，无中生有。现在我给它卷起来。一、二、三、四、五、六。齐了，都在里面了——”他把钱放在左手里，放进“消失器”里。“我一拍手——”同时放开“消失器”，钱就轻轻地顺着屁股滑到大衣里了。“大家看好！没了！”

下面有稀稀疏疏的掌声，好像鼓掌的人自己都不太好意思了。白痴。

“钱去哪了？我跟你说，我成天站在这儿，我也纳闷去哪儿了！”这是魔术大师萨士顿讲过的笑话。我对天起誓，在这群榆木脑袋里，只要有一个人，就一个人看穿我的把戏，我就收手。可他们就是看不穿。但是，这一块钱就这么来来往往。这群穷怕了的混蛋——他们都想着自己要是也会该多好。无中生有。我的钱可不是这么赚来的。不过，这总比房地产强。我爹还有他的买卖。礼拜天在教堂里装虔诚，平日里净赚黑心钱。搞死他，这个满嘴圣经的老东西。

“好了，大家上眼看。我这里有几个钢环。每个都是实心的，互相之间不连着。一个，两个，三个四个，五个，六七八个。看到了吗？现在我拿两个。碰。连起来了！麻烦你拿一下，夫人，看看有没有开口什么的。没有？谢谢你！实心的。再来一遍，两个环。走！连！”

要赶快了，他们越来越躁动了。不过，生活就是这样嘛。每个人都在看你。他怎么做到的？那只是花招。要搞搞清楚。对他们来说，这就是魔法。这就是生活。他们看你表演，听你说话的时候，你跟他们说什么都行。他们都会信你。你就是魔法师。把实心的环穿到一起。凭空变出钱。魔法。你就是最了不起的人——只要你的嘴不停下。

“好了，兄弟们，八个环，八个互不相连的环；只要一句咒语，它们就会飞到一起，牢固地结合成一个整体。走着！谢谢大家观看！现在，我这里有一本小册子，跟黄金一样贵重。里面记录了各种魔术，一个钟头就能学会——你可以到俱乐部里，休息室里，教堂活动中，或者自家客厅里给大家表演一个钟头。表演一小时，欢乐一辈子。本书原价一美元，现在打特价，只要二十五美分。快来吧，兄弟们，我知道大家都想看吉娜夫人的表演，聆听她的妙语。不过，得先让想买这本小书的观众都把书拿到手里，然后表演马上开始。谢谢，先生。谢谢你。还有要的吗？完事。

“来呀，朋友们，不要走呀。下一场要二十分钟以后才开演。现在请看旁边的舞台。吉娜夫人——穿越时空的奇女子。你过去、现在、未来最隐秘的事情，她都能看见，她都能知道，她都能告诉你。有请吉娜夫人！”

斯坦从自己的小舞台上轻轻跳了下来，从人群中挤到了另一个遮着栗色天鹅绒的小舞台上。一名女子已经从幕布中走了出来。人群拥了过去，站着抬头看她，有些人把爆米花扔进嘴里，心不在焉地嚼着。

她身材高大，一袭拖地白袍，下摆绣着占星术的标志。耀眼的金发从肩头披下，额头上围着一条镀金皮环，环上镶着玻璃饰物。她扬起双手，宽大的衣袖向后摆下。虽然骨架大，但她那点缀着斑点的玉臂很美。她的眼睛是蓝色的，脸圆圆的，嘴巴很小，看上去像个精致的洋娃娃。低沉的声音中带着一种力量感。

“往前走走，乡亲们，别害臊。斯坦顿先生正在给大家传信封和卡片，大家可以把想问我的问题写在那些卡片上。别让其他人看到你写了什么，那是你的秘密。我不想瞎打听别人的事。把注意力都放在你自己身上，免得惹麻烦。问题写好以后，请附上姓名或姓名缩写，以示诚意。然后把信封装好交给斯坦顿先生。接下来就看我的吧。

“你们先写问题，我要开始了。写下来原本并非必要，只是能帮你凝聚精神，心无旁骛。就像你想要记住某个人叫什么，就把名字写下来一样。没问题吧？”

五分之一的人点了点头，动笔开始写。其他人没有动，有的眼神呆滞，但大部分人都把问题写在自己脸上了。

问题？他们全都有问题，斯坦一边传信封和卡片，一边想着。谁没有问题呢？回答了他们的问题，他们就是你的了，身体与灵魂。不过，也可能像这样：“是的，夫人，你什么问题都可以问她。问题绝对保密。除了你自己，谁都不会知道。”

“我们来看第一位，”吉娜开口了，“有一位女士担心自己的母亲。她衷心地问我，‘我妈妈会好起来吗？’我说的对吗？是哪位女士？”

一只手怯生生地举了起来。吉娜朝那人挥了挥手。“女士，这么说吧。你母亲这一辈子吃了很多苦，遭了很多罪，大部分都是钱的原因。但是，还有些事我看不透彻。”斯坦看着刚才举手的那个女人。一名农妇。穿着家里最好的、留着周日上教堂的衣服。至少是十年前的款式了。吉娜对付她真是小菜一碟——淳朴乡民。

“我跟你说，夫人，你母亲需要的是好好休息。注意，我没有说她要怎样获得这个休息——怎样抛开苛捐杂税、家人患病、医生账单堆积如山这些烦心事。我之所以知道，是因为这也是我的问题，我们每个人的问题，直到我明白如何用星辰来统辖自己的生活。但是，我觉得要是你和你的兄弟——不对，你没有兄弟，但有两个姐妹，对吗？一个？好，如果你和你的姐妹能想出一个办法，让她歇息两个礼拜，她的身体就很快会好起来的。但是，你要坚持听医生的话。你最好带她去看医生。我觉得非处方药不会有用的。你要带她去看医生。也许方子里会开几斤土豆，或者一只小猪呢。不管怎么说，只要你有信心，她就会好起来的。表演结束后，你可以私下来找我，我可以告诉你更多内容。你要夜观星象，按照时令行事。

“我发现斯坦顿先生已经收集了不少问题，请他到台上来，我给大家念一念吧。”

斯坦穿过人群，来到舞台旁边一扇遮住的门前，走了进去。里面是几块粗糙的木板当台阶，通往舞台。黑漆漆的，有一股廉价威士忌的味儿。台阶下面有一扇方窗，爬进去是一个低矮的小隔间，位于舞台正下方。窗内那个人有一张睡眼惺忪、胡子拉碴的脸，穿着一件纤尘不染的白衬衫朝外眨着眼，把一沓信交给了斯坦。斯坦把刚才拿到的信交给他，拿着提前写好的信，一眨眼就回到了台上。吉娜把一个小桌子往前推了推，上面摆着一个金属碗和一个深色瓶子。

“请这位先生把所有问题都倒进这个碗里。有人问我，我这样做的时候是否有鬼神相助。我总是告诉他们，我唯一能控制的鬼神就在这个瓶子里——酒神[①]。我倒一点酒在你们的问题上，然后再扔一根火柴进去。你看到信在燃烧，最后只剩下灰烬。要是有人怕我发现信是谁写的，或者我要回答他自己问的问题，现在放心了吧？我碰都没碰它们。我不需要触碰，因为我很快就能产生感应。”

斯坦已经退到了舞台一角，静静地看着观众探出脖子，聚精会神地听着女预言家的话语。在地板上，就在观众眼睛几英寸以上的地方，有

---

① 此处为双关。“酒神”原文为spirits of alcohol，spirits，既有鬼神的意思，也有烈酒的意思。——译者注

一个方形的洞。吉娜用一只手遮住眼睛，摇头晃脑。这时，从洞里伸出一张纸，一个脏兮兮的大拇指拿着它，上面用蜡笔歪歪扭扭地写着：“马车怎么办？ J.E. 吉尔斯。”

吉娜抬头望天，双臂交叉作思索状。“我有感应了——有一点模糊，但越来越清晰了。首字母，J……E……G。我想是一位男士。对吗？请首字母是 JEG 的男士举起手来，好吗？”

一个老农举起了一根葡萄藤般骨节突出的手指。“这里，女士。”

“哈哈，你在那里呢。谢谢你，吉尔斯先生。你叫吉尔斯，对吧？”

人群屏住了呼吸。“是吧。”

“那么，吉尔斯先生，你有一个问题，对吧？”老人郑重地摇了摇头。斯坦注意到，他晒红的脖颈上油渍很重。是个老农夫了。星期天的衣服。白衬衫，黑领带。参加葬礼用的。领带是提前扎好的，就挂在领扣上。蓝色正装，哔叽布的——希尔斯、罗依巴克，或者城里的某家衣服店做的。

“我来看一看，”吉娜继续说，手再次拿到额前摇摆。“我看见——等等。我看见了绿树，高低起伏的农田。已经犁过了。围着栅栏。”

老人嘴张得大大的，眉头紧皱，全神贯注，不想漏掉任何一个字。

“是的，绿树。大概是河边的柳树。树下有东西。是一架马车。”

斯坦看见他认真地点着头。

“一架老旧的马车，车体是蓝色的，就在树下。”

“老天爷啊，它现在真的就在那里。”

“我也觉得是。你现在脑子里有个问题。关于马车的，你要决定一些事情。来，吉尔斯先生，这是我给你的建议：不要把蓝色的旧马车卖掉。”

老人严肃地摇了摇头。“我不卖，肯定不卖。夫人，那不是我的马车啊！”

人群中发出了窃笑，有个小伙子更是笑出了声，却被吉娜的朗声大笑盖了下去。她说道：“方才只是试探。乡亲们，他是个诚实的人，我只跟诚实的人打交道。当然了，他不会卖掉不属于自己的马车，我听到了也很高兴。但是，我要再问你一个问题，吉尔斯先生。你跟那架马车有什么事？”

“座椅下面的弹簧坏了。”他皱着眉头嘟囔道。

“我感应到了。你想知道，是先把弹簧修好再把车还回去，还是假装没有这事。我说的对吗？”

“没错，没错！”老农向四周骄傲地看着。他真的服了。

“你应该遵从自己的良心，这就是我要说的。我认为，你最好先跟借给你车的人聊一聊，看是不是车在给你的时候，弹簧已经老化了。事情肯定会解决的。”

斯坦悄悄走下舞台，钻进帷幕底下的台阶，然后从舞台下面又出来了。地上是枯草，灯光透过箱子的缝隙透进来，舞台底板就在他头顶。里面很热，威士忌的臭味让空气甜腻得令人恶心。

皮特坐在舞台暗门下的牌桌上，身前放着斯坦上台前递给他的信封，他正用颤抖的双手把信封的底部剪掉。看到斯坦后，他尴尬地咧嘴笑了笑。

在两人头顶上，“读心”环节已经结束，吉娜进入推销模式：“来呀，乡亲们，如果想了解星辰如何影响你的人生，你不用花一美元，连半美元都不用花；我这里有一套占星签，适合在场的每一位观众。告诉我你的出生日期，我就能预测你的未来：人格解读、旅行建议、幸运数字、幸运日、相性相合的月相。时间有限，切勿错过。只要二十五美分，先到先得，来晚了，灵气可就弱啦。”

斯坦从闷热的箱子里出来，轻轻分开幕布，走进相对凉爽的大帐篷，悠闲地往饮料亭走。

魔法是好的，只要我像吉娜那样洞悉人性。她掌握的魔法本应助她青云直上。她能让别人相信自己，这是她的独门绝技。但是，没有人能做到像她这样。如此话术无碍需要多年历练，而她从来没有出过岔子。我要向她学习请教，脑子也机灵起来。她是个有智慧的女人。真可惜啊，她竟然跟了皮特这样的白痴，他的“大黄”都硬不起来了，大家都这么说。她挺好看的，虽然岁数有一点点大。

少安毋躁，少安毋躁。也许这就是往上爬的起点……

牌三／女祭司

她守卫着日之柱与夜之柱之间的神坛，神的光将她荣耀

在黑暗中，挡风玻璃下的卡车前大灯射出红宝石色的光芒。雨刷器摆动的声音让人昏昏欲睡。斯坦坐在两个女人中间，想起了雨天在家里阁楼上的时光——只属于他自己，躲开一切窥测的眼光。紧闭，氤氲，亲切。

莫莉在他右边，靠着车门，把脑袋贴在车窗上。她翘起二郎腿，身上的雨衣随之扑簌抖动。吉娜在驾驶座上，身子前倾，努力从雨刷器扫过的部分看清前路，跟在装载着蛇笼、怪人秀道具、布鲁诺的健身器材、马丁的包裹和文身装备的卡车后面。怪人则拿着酒瓶，钻进了由道具和折叠起来的帆布搭成的小帐篷里。

车队在路口停下时，借着自己车的前大灯，吉娜能看见布鲁诺魁梧的身形。他穿着宽松长裤，从座舱下来，到后车厢里四处踱步，查看道具，确保健身器材都已绑好。接着，他走过来，踩到后车的脚踏板上。

吉娜摇下了身旁的车窗。“嗨，阴雨天气受够了吧？”

“还行吧，”他轻声说，“你这边怎么样？皮特呢？”

“后面，在盖布底下打盹呢。你觉得这天气咱们能撑住吗？”

布鲁诺摇了摇头。他的眼神越过吉娜和斯坦，在莫莉身上神情哀伤地停留了一会儿。她连头都没转过来。

“我就是来看看。”他转身回到雨中，穿过大灯的交叉光柱，消失在了黑暗中。前面的卡车动了，吉娜跟着挂上挡。

“他是个好人，”她最后说，“莫莉，你应该给布鲁诺一次机会。”

莫莉说：“不了，谢谢。我挺好的。不用。”

“少来——你也是个大姑娘了。是开心快乐的好时光。布鲁诺会对你好的，我看得出来。我年轻的时候，有个伐木工小伙追求我——身板跟布鲁诺一个样。那个人啊！”

莫莉好像突然意识到大腿跟斯坦靠得太近了，于是又朝角落里挪了挪。“不了，谢谢。我现在就挺开心的。”

吉娜长叹一声。“慢慢来，小姑娘。也许你只是还没遇到合适的人。斯坦，你也该害害臊了。我十七岁就跟皮特结婚了。皮特那会儿比你大不了多少。你多大了，斯坦？”

“二十一。”斯坦小声说道。

靠近一处弯道时，吉娜身子绷得紧紧的。她打方向盘的时候，斯坦都能感觉到她大腿肌肉的收缩。“当年真好啊。皮特在大团里看水晶球。他那会儿可俊了，穿着晚礼服，看起来比穿平常衣服时高了两英尺。黑色的小胡子，戴着头巾。我在旅馆工作。我那会儿也是年少。我拿着浴巾走进他的房间，请他给我算命。我以前没算过命。他看着我的手，告诉我近期会发生激动人心的大事，跟一个身材高大、黑头发的人有关。我听了咯咯直笑，那完全是他的长相。我对男人不害臊的，从来不害臊，不然旅馆的活一分钟都干不下去。但是，我最多能勾搭上赌牌或者赌马的——指望他帮我登上舞台。”

突然，莫莉开口了。“我爸爸就是赌马的。他很懂马。他死的时候可没有破产。”

“好了。”吉娜说道，把眼睛从红色大灯上挪开，温暖地凝视着黑暗中的莫莉。“你知道就好。对了，混赌博的在我那会儿可都是人物。女孩能找上赌徒，说明肯定有两下子。我们十四五岁就谈上恋爱了。天啊，都过去十五年了！既像是昨天发生的事，又仿佛是一百万年前。但是，赌徒总会让人心碎。来吧，亲爱的——我打赌，你爸爸肯定很帅吧？女孩一般都随爸爸。”

“你说他长得帅？是的，他是我见过最帅的男人。我一直说，找不到爸爸那样好看——那样温柔——的男人，我绝不结婚。他是最好的人。”

“嗯……身材高大，黑头发，还长得帅。你看来要出局了，斯坦。我不是说身高。你挺高的。不过莫莉喜欢黑皮肤的。”

“我可以染发。”斯坦说。

“别，别，千万别。小伙子，你骗得了别人，还骗得了老婆吗？除非你把整个脑袋都染了。”她把头转了回去，笑着说道。斯坦也笑了，甚至莫莉也跟着笑了。

“别，”吉娜接着说，“皮特的黑头发是天然的；他可喜欢了。我后来跟他一起巡回演出，我们在第二个演出季的时候就结婚了。一开始，他让我穿着引座员的衣服，在后台给信封做手脚。后来，我们夫妻同台演出。他管台上的水晶球，我管台下的观众。我们起初用密语沟通。以前他是跟另一个女孩搭档，她在后台把问题记下来。我到台下去，在观众中间收集问题，皮特会透过水晶球看，描述这些东西的样子。刚开始演的时候，大概只有十样东西，挺简单的。不过，我有时候会穿帮，这时皮特就会扯一番话，掩饰过去。但是，我慢慢学会了。我们在基斯马戏团表演的时候，你们真该来看看。老天爷啊，我们就跟一个字一个字发电报似的，谁都拆不穿。我们演得就是那么自然。"

"你怎么不在大团里待着了？"斯坦专心地问道。突然，他知道自己说错话了；说出去的话，泼出去的水，他最好闭上嘴。

吉娜当时专心开车，过了一会儿才回答。"皮特的脾气呗。"她转过头，看了看后面那个蜷缩着、披着雨衣睡觉的人。她压低声音继续说道。"他开始忘词了，而且每次上台前都要喝几杯。酒能乱神啊。不过，我们在团里干得还不错，年底分完红就走了。我们不用挤在破旅馆里了。占星算命来钱快，每次二十五美分，一千个人，你算算多少钱。我们冬天也能歇一歇了。那段时间里，皮特酒也喝得少了。我们在佛罗里达找了个小房子住下，他喜欢那边。我干茶叶占卜。一年冬天，我在迈阿密摆了个算命帐篷。占卜在迈阿密这样的城市很吃香。"

"我喜欢迈阿密，"莫莉轻轻说道，"我和爸爸去那边看赛马。海厄利亚。热带公园。真是好地方。"

"什么地方都好，只要日子过得下去，"吉娜说，"就是这么一回事。世事无常啊。我跟你们说，我今晚不在卡车里睡觉。只要进了城，小吉娜就要找个带浴缸的房间，好好舒服舒服。你们说呢？"

"我都行，"莫莉说，"我也想洗个热水澡。"

斯坦想象着莫莉在浴缸里的样子。乳白色的肌肤和修长的四肢泡在水里，上身的三角形阴影，还有俏乳上的红豆。他俯视着她，然后弯下腰，而她则向他伸出打着肥皂的胳膊……只不过，她不会是莫莉，而他也不会是斯坦。这只是他的妄想。为什么？他从来没这样做过。要么是有事耽搁了，要么是女孩冷若冰霜，要么是女孩近在眼前，他却突然不想要了。又或者是时间不对，地方不对。还有，要想跟女孩马上结婚，得有票子、车子，一切的一切。更别说还要生孩子了……

“到了，孩子们。”吉娜说道。

雨小了，淅淅沥沥的。在车灯下，壮汉们正忙着把帆布从车上拽下来。斯坦脱了外裤，搭在肩上，走过去开卡车后门。他爬上车去，轻轻摇了摇皮特的脚脖子。“皮特，醒醒。我们到了，来搬东西。”

“让我再睡五分钟。”

“别睡了，皮特。吉娜说让你给我搭把手，搬东西。”

皮特突然扔掉身上的雨衣，颤抖着坐起来。“一分钟就好，孩子。这就跟你走。”他从卡车上僵硬地爬下来，高个，驼背，在深夜的寒冷空气中发着抖。他从口袋里掏出一瓶酒给斯坦，斯坦摇了摇头。皮特来了一口，又来了一口，拧紧瓶塞。接着，他又拔出瓶塞，全部喝完，把酒瓶丢到了夜色中。“死东西。”

探照灯打开了，戏团老板把桩子插在地里，表示是中央过道。斯坦扛着拼吉娜算命节目舞台用的木板，然后又从车上搬了一捆下来。

“一毛秀”的顶棚要升起来了。斯坦拉动升降机的同时，雾蒙蒙的朝阳撒在树上。在戏团边缘的人家里，卧室的灯亮了起来，然后是厨房的灯。

颜色如薰衣草一般的阳光渐渐强了起来，戏团的场子也摆好了。小帐篷搭起来了，厨房中飘出伴着湿气的咖啡香味儿。斯坦停了下来，汗水让衬衫贴紧身体，赏心悦目地显出手臂和后背的肌肉。他老爸当初竟然想让他干房地产！

在“一毛秀”的大帐篷里，斯坦和皮特把算命节目的舞台搭了起来。帷幕挂起来，一张桥牌桌和一把椅子挪到舞台底下，占星用的道具也收好了。

吉娜回来了。空气湿漉漉的，清晨的金色阳光照亮了她的双眼，但是她却站得挺直，就像帐篷的支柱一样。“我弄了个新婚套房——两间屋，配澡盆。你们俩都过来，好好泡一泡。”

皮特胡子得刮了，棱角分明的脸庞瘦骨嶙峋。“好呀，宝贝。不过我在城里有点杂事要办。等会儿跟你会合。”

“蝗虫巷 28 号。钱带够了吗？”

“从小金库里给我拨付几美元呗。”

“行，宝贝。先给自己来杯咖啡。一定要吃早饭。”

皮特把钱拿去，小心地放进钱夹。“我大概会来一小杯冰镇橙汁，两个三分钟煮蛋，烘脆面包片，还有咖啡。”他说道，声音突然兴奋了起来。接着，他脸色又沉了下去，取出钱夹，往里看了看。“钱可不能出差错。”他用一种奇怪的、小孩子般的声音说道。他穿过戏团，朝着村头的一间小屋走了过去。吉娜目送他离开。

“我打赌，他肯定跟没头苍蝇似的会走错路。”她对斯坦说，“皮特寻宝的时候长着千里眼——只要这个财宝一摇就带响。好了，你回来洗一洗吧？看看你！这么多汗，衬衫都粘到身上了！”

两人一起走着。斯坦呼吸着清晨的空气。镇外的山丘雾气弥漫，路那边的山坡上隐约传来牛铃声。斯坦停下脚步，伸开双臂。

吉娜也停了下来。“一天两次可真受不了。说实话，斯坦，我听见牛哞哞叫都会想家的。”

深深的车辙里积满雨水，阳光照在上面闪闪发光。越过水坑时，斯坦会伸手拉她一把。他披着温暖、光滑的橡胶雨衣，靠在她柔软的双峰上。寒风吹过时，他都能感觉到她脸上的热气。

“跟你在一块真好，斯坦。你知道吗？”

他不走了。戏团已经消失在了视线中。吉娜微笑着，大概是想着什么心事。他一只胳膊突兀地环住她，然后亲了她。这跟亲高中女生太不一样了。她的嘴唇对着他的嘴唇，温暖，亲密，让他身子软了，一阵晕眩。两人分开时，斯坦说：“哇。”

吉娜把手放在他脸上，良久才转过身。两人手拉着手，继续往前走。

“莫莉去哪了？”他过了一会儿问道。

“睡着呢。我跟旅店老板娘讲价，一间的钱开了两间房。她给老公准备午饭的时候，我瞟了一眼他们家的《圣经》，把生日全都记下来了。我直接跟她说，她是白羊座的，3 月 29 号生的。我然后给她算了一卦，她佩服得五体投地。我们的房间真的特别好。眼睛睁大点，总归有好处，我老这么说吧。小姑娘好好泡了个澡，然后就上床了。她正睡着呢。她是个好孩子，要是长大点就好了，别每次手里扎了倒刺就哭着喊着要爸爸。不过，我估计她会挺过来的。等着看房间有多大吧。”

客房让斯坦想起了家。林登街上的一座老房子，父母卧室的黄铜大床，床垫是下沉式的。还有妈妈枕头上的香水味，爸爸那一边的生发剂。

吉娜把雨衣扔掉，把一张报纸卷成筒，中间用线系上，然后把外衣挂在衣橱的钩子上。她又脱了鞋，双臂张开，四肢伸展地躺到床上。接着，她把发卡取下来，之前整齐地盘成两个发髻的耀眼金发披了下来，一绺一绺的。她很快把头发散开在了枕头上。

斯坦说："我该洗个澡了。我去看看还有没有热水。"他把外衣和马甲放在椅背上，抬起头时，发现吉娜正盯着他看。她眼神迷离，一只胳膊垫在头下面，脸上挂着微笑，甜美的、迷人的微笑。

他过去坐在床边，靠在她身上。吉娜把手放在他的手上。突然间，他俯下身子，亲吻了她。他们这一次用不着停下了，他们也确实没有停下。她的手滑进斯坦的衬衫，温柔地感受着他温润的后背。

"等等，亲爱的。还没到。再亲我一会儿。"

"要是莫莉醒了怎么办？"

"不会的。她那么年轻。你叫都叫不起来。别管那些了，宝贝。放轻松，慢慢来。"

之前，斯坦为此刻想好了要做什么，要说什么。事到临头，却全都抛诸脑后。刺激，危险。他的心跳得太快了，他几乎都喘不上气了。

"衣服都脱了，宝贝，放到椅子上，好好的。"

斯坦竟然一点都不感到羞愧，他自己都觉得奇怪。吉娜脱下丝袜，解开裙子，从头上随意地脱下。然后又脱了衬裙。

她终于躺下了，弯曲的手臂放在头下，求他到自己身边。"好了，小宝贝斯坦，你上吧。"

"有点晚了。"

“是呢。洗完澡就回来。大家都会觉得是吉娜主动勾引你。”

“本来就是啊。”

“不是才见了鬼呢。”她用手肘支起上身，任秀发从他面颊两侧披下，然后轻轻吻了他。“去吧。现在就走。”

“走不了啊。你夹着我呢。”

“往外挣脱啊。”

“办不到。太沉了。”

“试着摇一摇。”

这时传来了敲门声，声音不大，还怯生生的。吉娜把头发往后一甩，把手指放在正要去应门的斯坦的嘴唇上。她把床铺好，然后一只手抓住斯坦，递给他裤子、内衣和袜子，把他推进了浴室。

斯坦蹲在浴室门后，耳朵贴在门板上，心脏跳得很厉害。他听见吉娜从袋子里取出浴袍，并不着急去开门。接着，房间正门开了。是皮特的声音。

“亲爱的，抱歉把你吵醒了。只是——”他的声音比平常更粗了。“只是，买了点东西，就忘了早饭这回事了。”

手提包一开一合。

“这是一美元，亲爱的。这次可要买早饭了啊。”

“绝对没问题！”

斯坦听见吉娜光着脚走向浴室。“斯坦，”她唤了一声，“洗澡赶快。我想睡一会儿了。洗完澡把裤子穿好。”她又对皮特说，“昨晚下那么大雨，小伙子累着了。我估计他都在浴缸里睡着了。你就别等他了。”

门关上了。斯坦站起身。她对皮特撒谎说自己在洗澡的时候，面不改色心不跳。女人就是这样吧，他想着。只要有胆量，她们都会这么干。她们都爱这么干。他发现自己在发抖。他给浴缸放了热水，一言不发。

水到一半的时候，他躺了进去，闭上眼睛。他现在明白了。谋杀亲夫是怎么一回事。婚后生活又是怎么一回事。男人一走了之，女人名誉败坏。奥妙就在这里啊。我总算明白了。但是，这种感觉还挺好的。没什么。他把双手潜进去，朝胸膛泼热水。在朦胧的蒸汽中，他把手拿出来，盯着它看了好一会儿，然后小心地从手背取下一根金黄色的头发，就像一根小小的、卷曲的导线。吉娜是天生的金发女郎。

几周时间就这样过去了。艾克曼－佐尔博奇妙戏团从一个城镇去往另一个城镇，天边的景象总在变化，但昂起的头颅却始终如一。

对戏团演员来说，第一个演出季既是最好的，也是最糟的。斯坦的肌肉更结实了，手法更稳了，声音也更洪亮了。他在演出中能耍好几样硬币戏法，要是放在以前，他根本不敢当众尝试。

吉娜教会他许多事情，包括魔术方面。“窍门就是误导观众，亲爱的。你用不着那些高级的箱子啊，暗门啊，桌子啊。我一贯的观点是，学好误导术，走遍天下都不怕。手伸进口袋，把东西放到帽子里，然后咋呼一番，再把东西取出来。每个人都会跌坐在椅子上，大口喘着气，琢磨着东西是从哪儿变出来的。”

“你变过魔术吗？”他问她。

吉娜笑了。“反正没对你变过，小可爱。女孩子干魔术的少。原因在于，女孩总是琢磨着怎么让其他人注意自己。在魔术里，她必须全部放下，学习怎么让观众看别的东西。压力太大了。小姑娘做不来的。我也做不来。我一直干读心这行。这门手艺人畜无害——到哪里都能结交朋友。大家总是疯狂地想知道自己的命运。你呢？你就鼓励他们，给他们希望，让他们有个盼头。够了。周日牧师讲道不也是一样吗？算命的，布道的，没什么区别，反正我是这么看的。凡是人，都盼望好事，害怕坏事。坏事总归多一些，不过我们还是有盼头。连盼头都没了的时候，人生就真的糟糕了。”

斯坦点了点头。“皮特还有盼头吗？”

吉娜一时陷入沉默，俏皮的蓝色眼睛亮了起来。“有时候，我觉得他是有盼头的。皮特有害怕的东西——他有过辉煌，我想他一直害怕的就是他自己。所以，他才那么擅长看水晶球——在那几年里。他真的希望自己能从水晶球里窥见未来。于是，他来到众人面前，给大家展示，他是真的相信自己。然后，他突然间明白了。魔法也好，别人也好，归根结底都是指望不上的——只有他自己。我，他的朋友们，幸运夫人，都不行。只有他自己。所以，他害怕自己会失败。”

“于是，他就真的失败了？”

“是的。”

“他以后会怎么样？”

吉娜有点生气了。“他不会怎么样。他是个好人，在心底里。只要他还在，我就要跟着他。要不是皮特，我大概早就进窑子了。我现在有一个好营生。只要这个世界上还有人发愁下个月房租怎么办，这个营生就永远有需求。我总能过下去的，跟皮特一起过下去。”

在大帐对面，主持人克莱姆·霍特里已经登上蚊子少校的舞台，开始演讲。少校抬起一只小小的脚，精准无比地踢中了霍特里的小腿，害得他说话都结巴了。侏儒就像发怒的小猫一样低吼着。

“少校真是个小麻烦精。”斯坦说。

“没错。要是困在这样一具小孩子的身体里，你会是什么感受呢？观众都在朝他大呼小叫。我们跟他不一样。我们的头，我们的肩膀都在观众上方。我们比他们好，他们也知道。不过，少校的畸形是天生的。”

“水手马丁呢？他可是后天的。”

吉娜不耐烦地哼了一声。“他就是个长了副人皮囊的老二。他一开始在胳膊上文了很多船锚啊，裸女啊，就是想让女孩们知道他有多厉害，多怎么样。然后，他就在胸前文了那艘战列舰，然后就入行了。脱掉衬衫以后，他就像一幅滑稽画，他就觉得这身皮也许有点用处。他要是进过海军，我就是修道院里出生的。”

“他好像对你的电椅伙伴不太感冒啊。”

吉娜眼睛放出了光。“最好别感冒。她一定要找个对自己真正好的男人。我会看着的。要是他敢在莫莉身边瞎转悠，我就把这个恶棍打得鼻子冒泡。”

“你，还有谁？”

“我和布鲁诺。”

埃文斯堡、莫里斯顿、林克雷特、库里米尔斯、奥克塔唐尼、贝勒市、波伊提亚、桑德斯瀑布、新桥。

艾克曼－佐尔博奇妙戏团，即将上演。

协办：锡安山上的高大雪松、卡德维尔社区基金、克雷县女先锋队员、卡拉季志愿消防队、野牛骑士团。

天干物燥，雨润泥生。赌咒、蒸汽、汗水、密谋；贿赂、咆哮、欺骗，戏团一路前行。到了夜晚，戏团就如同一道火柱，为沉睡的城市带来激动和新鲜。灯火通明，嬉笑喧闹，还有机会拿到印第安毛毯、坐上摩天轮，观看一名对爬虫有着母子般挚爱的野人。接着，它又在夜色中消失了，只留下踩踏过的草地，还有爆米花盒子、生锈的锡制冰淇淋勺能证明它曾经来过。

斯坦占有过吉娜——但是，他再次占有她的机会是多么少啊。她是有智慧的女人，熟悉戏团的每一根绳索，熟悉每一个角落。她什么都知道。戏团的世界是那么小，纵然她每天十几次给斯坦暗送秋波，告诉他自己的心之所向，但她能单独来的机会也实在太少。

皮特总在附近转悠。垂头丧气，双手颤抖，一股私酒的味道，逢人便说自己当年的风光。

吉娜跟斯坦幽会时，会借口说缝皮特衬衫的扣子。斯坦理解不了，越是琢磨，就越觉得困惑和苦涩。他不断对自己说，吉娜在利用他满足自己。后来，他突然产生了一个念头：也许吉娜在跟他玩一场角色扮演游戏，她在他身上看到了皮特当年的影子——英俊，挺拔，留着黑色的小胡子。

就在幽会行为和私下抱怨即将变成怒吼的时候，他产生了这个想法。

有一天，克莱姆·霍特里在平台旁边等着，他刚从上一次表演中出来。“不管有什么烦心事，上台的时候最好放在一边。你要是演不了，就把东西收拾好，给我走人。一毛钱的工资就能招来两个魔术师。”

斯坦有不少戏团可以去，于是从霍特里的翻领里拿出一个半美元硬币，变到了另一只手里，然后就走开了。

但是，霍特里的那番训斥让他很难受。他这个年纪的人听不得这样的话。只有老混蛋才行，尤其是白胡子茬长得跟尸体上的真菌一样的那种。

老混蛋。

那天晚上，斯坦睡在“一毛秀”大帐里自己的小床上，幻想着文火慢烤霍特里的情景，就像宗教审判官那样。

第二天，戏团就要开门了，斯坦正要打开一盒要卖的书。这时，霍特里来到他的平台上。

“孩子，演出还需要你的半美元把戏。挺轰动的，观众们都喜欢。”

斯坦咧嘴笑道：“没错。”第一个人进来的时候，他把压箱底的东西都翻了出来。魔术手册的销量几乎翻了一番。他一整天状态都很好。但是，夜晚还是到来了。

在夜里，吉娜的肉体缠绕着他的梦境。他躺在毯子下面，筋疲力尽，睡眠不足的眼睛红红的。他一遍一遍地回想着吉娜。

后来，有一天晚场结束后，他走到吉娜演出的后台。她已经脱下白色丝绸长袍，正要把头发散开，洁白浑圆的肩膀在睡裙映衬下迷人极了。他粗暴地用双臂抱住她，然后吻她。吉娜将斯坦一把推开。“你快出去。我要换衣服。”

“好啊。你是说，咱俩再无瓜葛了？”他说。

她面色温柔起来，用手掌轻轻托着他的脸颊。“你要学会控制，亲爱的。我们不是夫妻，要小心行事。我只嫁给了一个人，那就是皮特。你是个好小伙，我也很喜欢你。也许喜欢得有点过了头。但是，我们脑子里都要有根弦。你先去吧。过两天咱们再见面，或者晚上，舒服一下，这是我的承诺，一有机会我就会来的。”

“我还真会相信呢。”

她用冰凉的胳膊缠住他的脖子，对着他的双唇给出了自己的承诺。温暖，甜美，探求着。他的心怦怦跳了起来。

“今晚？”

“再说吧。”

“就今晚。”

她摇了摇头。“我要看着皮特让他写信。喝高了就写不成了。他都堆了好几封信要写了。咱们是演艺界的，不能让朋友失望。你长大以后就明白了，都是人情，不能不还。也许明天晚上吧。”

斯坦转身走了，带着叛逆和野性。他感觉之前的整个心都放错了地方。他恨吉娜，还有她的皮特。

去厨房吃晚饭的路上，他从皮特身旁经过。皮特没醉，颤颤巍巍、玩世不恭的样子。考虑到晚上要写信，吉娜肯定把他的酒瓶子藏起来了。他的眼皮已经开始跳了。

“有没有一美元闲钱，孩子？”皮特小声说。

吉娜来到了他们身后。“你们俩快过来吃晚饭，”她一边说，一边把他们往厨房推。“我得在城里找家开得晚的药店。哪个女孩子对自己的容貌不上心呢，对吧？我一会儿就回来，亲爱的，”她对着皮特说，还帮他系上一颗松开的衬衫纽扣。“咱们得赶紧写信了。”

斯坦吃得很快，皮特却一会儿吃这个，一会儿吃那个。皮特先拿手背擦嘴，然后拿餐巾纸仔仔细细地擦手。

他把餐巾纸团成一个纸球，对着厨师的后背比划，还骂骂咧咧的。

“你有五块钱闲钱吗，孩子？”

“没有。咱们回大帐里吧。你有新的告示牌要读了。吉娜留在舞台上的。”

两人无言地走了回去。

斯坦铺好床，看着“一毛秀”在夜色中沉寂下去。在占星术屋里，一盏孤灯亮着，从木板的缝隙里透着亮。屋里，皮特正坐在桌前，努力地读着告示牌，对着一段话翻来倒去地看着。

吉娜为什么不让自己陪她去药店呢？斯坦问着自己。那么，他们在路上就可能体温升高，那时候她会把皮特和写信都忘在脑后。

吉娜之前把酒藏在蚊子少校的椅子底下。斯坦从自己的平台上一跃而下，悄声穿过了大帐。少校的小床就在他头顶上，他听得见头顶急促的呼吸声，就像女高音一样。他的手摸到了酒瓶子，然后拿了出来。

瓶里的酒只有一两英寸高了。斯坦转身回去，蹑手蹑脚地爬上吉娜舞台的台阶。片刻之后，他又走下来，挤进舞台下的隔间里。现在手里拿着大半瓶酒。

“要不要喝一杯，皮特？”

“老天保佑！”酒瓶几乎是被夺过去的。皮特把瓶塞猛拉出来，几乎是不自觉地递给了斯坦。没过多久，酒就下了肚，“禁果”的威力开始发挥了。他几乎把瓶里的酒都喝光了，然后把酒递回给斯坦。“老天爷啊。老话说的，雪中送炭真朋友。我没给你留多少，斯坦。”

“没关系。我现在也不想喝。”

皮特摇了摇头，似乎想要振作精神。“你是个好小伙子，斯坦。你做得对。不要让任何东西把你耽误了。斯坦，只要你振作，前途无量，前途无量啊。你真应该看看我们当年的风采。人山人海啊。为了看我们演出，他们要等四场，那他们也愿意。孩子，当年我们的名字写在广告牌的最顶上，每个字母有一英尺高。我都记得。不管去哪儿，价钱都是最高的。当然了，我们自己也很开心。

“但是——你，你……魔术界的大腕都是从你现在这样起来的。你是这个世界上最幸运的孩子了。你形象好啊——你长得是真俊，我一点儿不骗你。你会说话。你会变戏法。你什么都有。总有一天，大魔术师！就是别让这个戏团……”他的双眼呆滞起来，不再说话了，突然坐得板板的。

“干吗不把灯关了，趁吉娜还没回来休息一会儿呢？”斯坦提议道。

他只是哼了一声。接着，皮特站起来，伸了个懒腰。“孩子，你真该看看我们在基斯马戏团的样子！”

我的天哪，这个白痴怎么还不醉倒，斯坦心里想着。在舞台下隔间的木墙外，在大帐的帆布外，他能听见有汽车引擎在发动，不知道司机是谁，只有踩油门的声音穿过夜空。打着火了。斯坦还听到了齿轮转动的声音。

“你知道，孩子——”皮特站起身来，脑袋差点撞到顶棚。在酒精的作用下，他的背部似乎已经僵硬了。他的下巴威严地抬了起来。“斯坦，你肯定会成为一名伟大的读心师。琢磨琢磨人性吧！”他最后又拿过酒瓶昂起头喝了一大口，把最后一点儿也解决了。他眼睛睁得大大的，喉咙做着吞咽的动作，身子摇摇晃晃。

“起——管弦配乐，琥珀斑乐队——我登场了。开场白，讲笑话，讲神秘故事。接着，解读未来开始了。这就是我的水晶球。”他眼睛死死地盯着空的威士忌酒瓶，斯坦不安地看着他。皮特似乎来了精神，眼睛变得热烈而专注。

接着，他的声音也不一样了，富有深度和力量感。他用左手缓缓摸着酒瓶表面。“从历史的黎明开始，”他开始了，话语回荡在木箱中，“人类一直想要揭开那道现在与未来之间的帷幕。无数个时代以来，某些人凝视着光亮的水晶球，他们看到了。这是水晶本身的特性？抑或是凝视者打开了心眼？谁能说清？但是，景象出现了。变幻着形象，慢慢地，出现了……”斯坦发现自己也在看着空酒瓶，瓶底挂着一滴苍白的酒液。他不能把眼睛移开，因为另一个男人的专注有着强大的感染力。

“等等！变幻的形象开始清晰了。我看见了草地，起伏的山峦。还有一个男孩——他光着脚在草地上跑。身边有一条狗。”

斯坦不假思索地小声说道：“是啊。骗子。”

皮特双眼紧紧盯住玻璃。“当时很快乐……但没有持续多久。现在是阴云……悲伤。我看到人们在行走……一个人站了出来……邪恶……男孩恨他。死亡，他希望他去死……”

斯坦突然跳起来想夺过酒瓶瓶，结果摔到了地上。他把瓶子踢到角落里，呼吸急促。

皮特站了一会儿，盯着空空如也的手，然后放下手臂，肩膀也垂了下来。他崩溃地坐在折叠椅中，两个手肘放在牌桌上。他抬起头看着斯坦，双眼空洞，嘴巴张着。“我不是故意的，孩子。你没生我气吧？我就是闹着玩。都是万金油，无非是加一点儿修饰。”他说话都有点大舌头了，于是他低着头，半晌没说话，过了一会儿才接着讲。“每个人都有自己的麻烦，有他们想要杀掉的人。对小男孩来说，一般要杀的是成年人。什么是童年？这一分钟开心，下一分钟就心碎。每个男孩都有一条狗，或者邻居家有狗。”

他把头向前靠在小臂上。“我不过是个老酒鬼，胡说罢了。老天啊……吉娜肯定要生气了。你可别说啊，孩子，酒是你给我的。她也会对你发火的。”他轻声哭了起来。

斯坦感觉胃里一阵翻江倒海，没说一句话便转身离开了蒸笼似的房间。“一毛秀”大帐里虽然漆黑寂静，但空气却是凉爽的。夜晚已经过去一半了，吉娜这才回来。斯坦去迎她，说话压低了声音，以免打扰大帐里鼾声如雷的其他人。

“皮特呢？”

“喝醉了。”

“酒哪来的？”

“我——我不知道。他去怪人那边了。”

“可恶，斯坦，我让你看好他的。好了，我也累得够呛。让他睡到自然醒吧。明天又是新的一天。”

“吉娜。”

“怎么了，亲爱的？”

“我陪你走回去吧。”

“路不远，我可不想让你动什么心思。包租婆那张脸跟甲鱼似的，咱们可不能惹麻烦。以前因为涉赌，咱们差点被查封。我们都受够了。这是清教徒的地盘。”

他们已经走出了大帐，眼前是阴暗的中央过道，只有厨房那边还亮着灯。“我陪你走过去。”斯坦说。他胸中有一股努力想要摆脱的郁结之气。两人的手指缠绕在一起，而她也没有把手抽回来。

在场地不远处的树荫下，他们停了下来，开始亲吻。吉娜紧紧抓住斯坦。“亲爱的，我真是想死你了。我要的爱，比我以为的还要多。不过不能在房间里。那把老战斧还在徘徊呢。”

斯坦抓着她的胳膊，沿着公路走了起来。月亮已经落下，他们穿过一片略高于平地的原野，公路就夹在原野和黏土河岸之间的低洼处。“咱们上去吧。”斯坦小声说。

两人爬上河岸，把外衣摊开在草地上。

斯坦回到“一毛秀”大帐时，天正好刚要放亮，他便钻进自己的床铺躺了下来。然后，他耳朵里传来了窸窸窣窣的声音，感觉到有人在拉自己的肩膀。他刚刚把脑袋清空，正感觉疲惫空虚，却突然听到了尖利的人声，就像小提琴的 E 弦一样。

“孩子，醒醒！醒醒，大懒虫！”催促声比刚才更大了。斯坦嘟哝了一声，睁开眼睛。外面已经日上三竿，阳光照得大帐里金光灿烂。肩膀上的邪恶力量来自蚊子少校，他金色的头发精心洗过，梳到了婴儿般的隆起前额上面。

“斯坦，快起来！皮特死了！”

“什么？”

斯坦从床上蹭的一下起来，伸脚去够自己的鞋。“他怎么了？”

“刚咽气——这个臭气熏天的老朗姆酒桶。他把甲醇给喝了，就是吉娜留着假问题用的那东西。全没了，最多剩一点吧。皮特现在跟死鱼似的，嘴巴张得跟猛犸象住的洞穴似的。快来看看。我踢了他肋骨十几下，一点反应都没有。快来看看他吧。”

斯坦一言不发地系上鞋带，小心翼翼、一丝不苟、痛苦万分地穿上了。他被一个念头缠绕着，他努力想摆脱，但突然间，它像雷霆一样向他劈来：他们会绞死我。他们会绞死我。他们会绞死我。我不是故意的。我只是想让他醉倒。我不知道里面是甲——他们会绞死我。我不是故意的。他们会——他从台子上跳下来，女预言家的舞台周围都是团里的人，他好不容易挤了进去。吉娜走了出来，面对众人站立着，腰杆笔直，双眼干涩。

“他到底是走了。他是个好人，好演员。我早跟他说酒伤身。我昨天晚上还藏起来了——”她突然停下，低着头穿过帷幕走了。

斯坦转身从人群中挤出去，走出了大帐，上午的阳光裹挟着他。他站在场地边缘，路边有很多杆子，上面绕着圈的电话线通往远方。

他的脚碰到了一个亮晶晶的东西，他从熄灭已久的灰烬中捡起来，发现是一只烧坏的电灯泡。玻璃熏黑了，就像放在黑色天鹅绒上的水晶球，里面闪耀着好几种颜色。斯坦拿在手中，想找一块石头或者一根篱笆的木条。他的横膈膜似乎紧紧压在肺上，让他不能呼吸。电话杆上有一张孤零零的选举海报，上面是一名候选人憔悴的头像，一条眉毛下粘着一根湿漉漉的白头发，嘴角表现出来的工于心计和贪婪是摄影师怎么也掩盖不掉的。

“治安官竞选，请投麦金森一票！诚实——清廉——无畏。”

斯坦扬起胳膊，把灯泡扔出去好远。“去你个狗娘养的杂种！”时间似乎都随着他高度集中的注意力而减慢了。就像慢动作一般，灯泡砸在海报那张脸上，碎了，破片高高飞向空中，落下时闪着光。

心中的一块大石头似乎落下了。斯坦又能够呼吸了，恐惧也放下了。他再也不会因同样的痛楚而感到恐惧了。他肯定地知道，事情再糟也不过如此了吧。他的头脑如身边的空气一般清爽。他，开始思考了。

牌四／世界

少女在花环中起舞，末日怪兽在旁窥伺

从早晨开始，斯坦的脑袋就像转轮一样，思索着各种问题的答案。他去找怪人的时候，你在哪里？在我的台子上，整理床铺。你当时在干什么？练习新的纸牌魔术。什么魔术？翻掌。他去哪儿了？舞台下面吧，我猜。你在看着他？就是让他别出去。吉娜回来时你在哪儿？门口等她……

人群渐渐散去。帐外能隐约看到星星了，树林后突然划过一道闪电。十一点，霍特里把大门关了。最后一批观众也走了，"一毛秀"一众一边换衣，一边抽烟。最后，他们表情严肃地来到霍特里身边。唯有蚊子少校不为所动，欢快地吹起口哨，有人叫他别吹了。

所有人准备好后，他们就鱼贯进入车内。斯坦和霍特里、少校、布鲁诺和水手马丁坐一辆车，朝着镇中心的殡仪馆开去。

“漫漫长夜，办个葬礼就当休息了。”水手说。没有人搭话。

接着，蚊子少校尖声说道：“死啊！你得胜的权势在哪里？死啊！你的毒钩在哪里？”他吐了口吐沫。“干吗要搞这么麻烦？挖个坑，把人扔进去，等着慢慢腐烂，这有什么不好？”

“你闭嘴！”布鲁诺声音浑厚地说。“人小话多。”

“操你的橡皮鸭子去。”

“这对吉娜太不好了，”布鲁诺对其他人说，“她是个好女人。”

克莱姆·霍特里一手把着方向盘，心不在焉地说：“那个朗姆酒桶没人惦记。吉娜过一阵子也就翻篇了。不过，这对我们有启发。我记得他风光的时候。我一年多滴酒不沾了，以后也不沾。看过太多了。”

“谁跟吉娜搭档？”斯坦过了一会儿问道，“她要换节目吗？她能自己回答问题，一个人演吧？”

霍特里用空着的手挠了挠头。“现在换不好吧？用不着换节目。你在底下演好了。我到场下收集问题。电椅女孩的节目插在你和吉娜之间，你好溜到下面去做准备。”

“我没问题。”

这可是他说的，斯坦不停地想着，这不是我提的。少校和布鲁诺都听见了。他说的。

大街空无一人，殡仪馆在小路上，灯还亮着，看上去跟金三角一样。他们身后跟上来另一辆车，走下了老马吉雷，“一毛秀”的售票兼关门员，接着是莫莉，接着是乔·普拉斯基手把着车门悠了出来，来到小路对面。斯坦一看见他就想起了青蛙，感觉他是故意这么走的。

吉娜在殡仪馆门口等着大家，她穿着新的黑色丧服，那是一件长裙，上面有机绣大花。“进来吧，伙计们。我——我把皮特安顿好了。我刚给牧师打电话了，他正往这儿赶。皮特是不上教堂，不过有牧师主持总是好一点的。”

他们走了进去。乔·普拉斯基从口袋里掏出一个信封给吉娜。“小伙子们凑的份子钱，吉娜。他们知道你不要钱，就是想做点什么。我今天下午在告示板上写的。弄了个募捐箱。我就写了一句：‘演艺界同仁缅怀哀思。’”

她弯下腰，亲吻了他。“这——你们真是太好了。咱们去礼拜堂吧。牧师好像就要到了。”

他们找了折叠椅坐下。牧师是一位谦卑刻板的小老头，尚有几分睡意。斯坦觉得大概还有点尴尬吧。戏团里的人好像都是“非人”——好像他们都没穿裤子，而他只是出于礼貌才没有指出一样。

牧师戴上眼镜说道：“……我们赤身出于母胎，也必赤身回归。赏赐的是耶和华，收取的也是耶和华。”

斯坦坐在吉娜身旁，努力认真听牧师的发言，猜他下面要说的话。只要让他停止思考就行。他死了又不是我的错。我不是有意杀他的。他是我杀的。如此往复，一整天脑子里没有别的事情，感觉自己要迷失了。

“耶和华，求你叫我晓得我身之终，我的寿数几何，叫我知道我的生命不长——”

皮特从不晓得己身之终。他死时很快乐。我帮了他一个忙。他早就死了，他害怕活着，他想要解脱，用不着我专门去杀。我没有杀他。他是自己杀了自己。他总有机会喝到甲醇的，早晚的事。我只是帮了他一点小忙。老天啊，难道我要一辈子想着这件事吗？

斯坦慢慢转过头，看着其他人。莫莉和布鲁诺之间坐着少校。克莱姆·霍特里坐在后排，双眼紧闭。乔·普拉斯基脸上带着笑的残影，他的笑深深砌进肉里，似乎永远都不会消失。拉撒路死后复生时肯定就是这样的微笑，斯坦想着。水手马丁闭着一只眼睛。

看到水手之后，斯坦马上回复了正常。他当年无数次像马丁这样，跟爸爸坐在教堂的硬长椅上，看着妈妈身穿白色长袍和其他阿姨站在台上唱圣歌。人的眼睛里有一个盲点。如果你闭上一只眼睛，然后用睁着的眼睛直视讲道人脑袋的一边。然后，过了一会儿，他的脑袋就会消失不见，于是台上似乎就是一个无头人在讲道。

斯坦看着身边的吉娜，她的思绪已经飘到了远方。牧师这时加快了语速。

“人为妇人所生，日子苦短，多有患难。出来如花，又被割下。飞去如影，不能存留。我们的生命里，同样伴随着死亡……”

蚊子少校坐在他们身后，高声长叹，摇晃得椅子嘎吱嘎吱响。布鲁诺说了句：“嘘！”

该念《主祷文》了，斯坦的声音中带着慰藉。吉娜肯定听到了。如果她听到了，她就不能怀疑他参与了……斯坦压低声音，祈祷词随之溜了出来。她肯定不会想到——当初他说起皮特跟怪人厮混的时候，她就曾经严厉地看着他。她肯定不会想到。但是他不能演过头了。可恶，现在就应该转移别人的注意力了，如果有别人可以误导的话。“……因为国度、权柄、荣耀，全是祢的，直到永远。”

“阿门。”

殡仪员手脚麻利，一言不发，搬下棺材盖，无声地放到棺体后面。

吉娜以手帕遮面，转过了头。人们排成一列，依次从棺材旁经过。

克莱姆·霍特里打头，眉目紧锁，面无表情。接着是布鲁诺，双手举着蚊子少校，好让他朝下看一看。接着是莫莉，水手马丁紧跟在她后面。再然后是老马吉雷，手里攥着帽子。乔·普拉斯基蹦蹦跳跳地推着一把椅子。轮到他瞻仰遗容时，他把椅子挪到棺材跟前，然后蹦了上去。他低头看的时候，眼角还残存着笑意，嘴巴倒是平静了下来。他不假思索地画了个十字。

斯坦感到很难受。已经轮到他了，躲是躲不掉的。乔已经跳回地上，把椅子推到了墙边。斯坦双手插兜，朝棺材走去。他以前从没见过尸体，一想到这事就头皮发麻。

他收敛气息，逼着自己去看。

乍看上去，死者仿佛是一具身穿正装的蜡像。一只手放松地搁在白马甲上，另一只手放在身侧，握着一个清透的圆形玻璃球。死者面色红润——殡仪员已经把深陷的脸颊填满，还给皮肤化了妆，让死者如同蜡像般神采奕奕。但是，他身上的有些东西好像在斯坦肋骨之间狠狠打了一拳。他下巴上粘着一片栩栩如生、修剪齐整的黑胡须，和舞台上的一模一样。

"法国电小姐即将重现本·富兰克林之后再没有任何人尝试过的闪电风筝实验。她将手持两根碳丝电弧灯，让足以致命的电流穿过自己的身体……"

斯坦悄悄钻进"预言家"吉娜舞台下的隔间，里面再也没有威士忌的味道了。斯坦在地上铺了一层帆布防潮，还在小隔间四周开了几个通气口。他在上方和三面墙上安了硬纸板，这样就可以借着手电筒光打开信封，誊写问题了。

舞台外面响起了脚步声，吉娜的开场白开始了。斯坦拿着一把假问题——装在小信封里的白纸——站在窗口处，等会霍特里会穿过帘子进来。

帘子向两边分开，霍特里的手出现了。斯坦一把抓住收集来的问题，把假问题放到了从上面伸下来的手中。斯坦听见头顶上方的板子上有脚步声，于是坐在椅子上，打开手电，把信封摆好，把下端剪掉。他迅速把纸片抖落出来，然后摆在桌前。

问题：“我儿子在哪？”老式的字体。大概是六十岁开外的老妇人吧，他想着。第一个就它了，签名字迹也清晰——安娜·布里格斯·夏普雷夫人。斯坦又找到了两个写全名的，其中一个是来砸场子的，放在一边。他用黑色蜡笔在板子上写道：“儿在哪？”又随手抄上名字，从吉娜脚下的洞口里伸出来。

“我感应到了首字母 S，是夏普雷女士吗？”

斯坦认真听着她的话语，好像真的是启示一般。

“你现在还把儿子当小孩子，就像他小的时候跑过来，跟你要甜味面包的那样……”

吉娜这些话都是从哪来的?

她并不会心灵感应，就像小莫莉不是不怕电一样。电椅是骗人的，跟戏团里的其他节目一样。但是，吉娜——

“亲爱的夫人，你必须记住：他已经长大成人，可能自己也当了父亲。你希望他写信给你，对吗？”

吉娜只要看到别人的脸，就能编得跟真事一样，这太不可思议了。斯坦突然感到一阵寒意，是恐惧。在这个世界上，他最不想打交道的就是读心师。纵然内心焦虑，他却轻笑了一声。他虽然害怕吉娜会发现真相，把他打成杀人犯，但她身上对自己的吸引力要超过这种恐惧。只要看别人一眼，就能知道那么多东西，然后讲出来，这是怎么办到的？可能真的是天赋吧。

“克莱丽莎在吗？克莱丽莎，请举起手来。真是个好女孩。克莱丽莎想知道，她现在的男朋友适不适合结婚。我跟你说，克莱丽莎。我说得可能不好听，但都是真话。你也不想让我敷衍你吧。我觉得你们俩不会结婚。请注意，也许你们会终成眷属。他肯定是个特别好的男孩子，我毫不怀疑。但是，我有一种感觉，如果确实找到了对的人，你是不会来问我的，你谁都不会问——你只会马上嫁给他。”

这个问题之前出现过，吉娜的回答几乎一模一样。斯坦突然想到，这大概与天赋无关。吉娜懂人，而人往往又是相近的，八九不离十。五个人里面，总有一个人，你说什么，他就信什么。你问他说得对不对，他肯定会说对，因为这种观众就是不会说“不”的那种人。老天啊，吉娜简直是在白干啊！这可是套一本万利的把戏！

斯坦拿起另一张卡片，在板子上写道：“求助重要家庭步骤，艾玛。”她要是连这个也能回答，那就肯定是会读心术了。他把它从暗门里伸出去，然后静静听着。

吉娜急促地低语了一会儿，同时自己在思考。然后，她的声音大了起来，鞋跟轻轻地敲打着地板。斯坦把板子放了下来。他知道这是压轴问题，自己可以歇歇了。回答完这个问题，她就开始卖东西了。

“时间只够再回答一个问题了。这一次，我不会请提问者举手。她是一位女士，名字的首字母是E。我不会说全名，因为问题很私密。不过，我要请艾玛去想一想她试图传信给我的事情。”

斯坦关了手电筒，从舞台下的隔间爬出来，踮脚走上楼梯，躲在侧面帘子后面。他用手指扒开一条缝，眼睛贴在木板的空隙中。从他的角度看，台下的观众就是一个个白圈。但是，吉娜念到“艾玛”名字的时候，他看到了一张脸——一张苍白憔悴的女人的脸，看上去有四十岁，但可能只有三十岁。她的双唇张开，用眼睛做了回答。但只有一瞬，接着，嘴唇又紧紧地闭上了。

吉娜把声音低了下去。“艾玛，你面临着一个大问题，与你身边最亲近的人有关，或者从前最亲近的人，对吗？”斯坦看到女人不由自主地点着头。

“你再想要不要迈出那一步——离开这个人。我想他是你的丈夫。”女人咬住下唇，眼睛很快湿润了。叫人没来由地想哭，斯坦想着。可惜她没有一百万美元，只有一枚油腻腻的二十五美分硬币。

“这个问题有两条线在颤动。一个与另一个女人有关。”女人紧绷的表情消失了，代之以失望的皱眉。吉娜迅速换了词。“感应越来越强了，我能看到，以前或许跟某个女人有关，但现在却是别的问题。我看见了纸牌……纸牌甩在桌上……不对，玩牌的不是你丈夫。关键是地点……我明白了，真相大白了。在酒吧的里屋。”

女人发出了抽泣，人们把头扭来扭去，但艾玛却目不转睛地看着女预言家，完全不在意其他人。

“亲爱的朋友，你背负着沉重的十字架。我什么都知道，不要以为我不明白。但是，你现在的问题是复杂多面的。如果你丈夫勾搭其他的女人，不再爱你了，这是一回事。但是，我能强烈地感应到，他是爱你的——不管别的怎么样。啊，我知道他行事不端——有时还很坏，但请你扪心自问，你就没有错吗？你永远要记着一件事：男人喝酒是因为不快乐。男人不是因为喝酒才变坏。要是快乐的话，他周六晚上跟朋友出去喝酒，回来的时候，工钱还会好好地在兜里揣着。但是，男人要是有事心里苦，他就会喝酒，为了把烦心的事忘掉。一瓶不够，再来一瓶。很快，一个礼拜的工钱就没了。他回家，清醒过来，老婆骂他，他心里就比以前更苦了。他第一个念头就是再去买醉。事情就这样越变越糟。”吉娜已经忘掉了其他主顾，忘掉了推销东西。她是在倾吐心声。观众们也知道，于是津津有味地倾听着每一个字。

“你这样做之前，”她继续说道，突然回到了演出状态，“你要确定一点：为了让他开心，你已经用尽了办法。你也许不知道是什么烦心事。可能他自己都不知道。不过，你要努力去发现。就算离开了他，你也要想办法养活自己，照顾孩子们。今晚就做起来吧。要是他醉醺醺地回家，好好把他扶上床。说话要和气些。男人喝醉时就跟小孩一样。你就把他当成儿子，不要跳着脚骂他。明天早晨，你要让他知道，你懂他，对他像孩子一样。因为，如果那个人还爱你——”吉娜停顿了一下喘了口气，然后赶忙说道：“如果那个人还爱你，他赚不赚钱，喝不喝酒，这都没关系。只要你找到了真正爱你的人，你就要生死相随，苦乐同担。”她的话语有一种磁力。观众等着她说话，他们上方的空气里弥漫着沉默的味道。“坚持下去——你不会后悔的。如果真的离开他，那才会追悔莫及。好了，乡亲们，如果想了解星相如何影响你的人生，不用花五美元，一美元都不用，我这里有一套占星书，适合在场的每一位观众。告诉我你的出生日期，我就能预测你的未来：人格解读、旅行建议、幸运数字……”

长途旅行时，艾克曼－扎尔博奇妙戏团会上铁路。卡车装在平板车厢上，演员待在旧客舱里。火车在夜幕中前进，越过荒僻的小镇，旁边驶过深色的空货车，走在高架桥与桥梁上，桥下的河水在星光照耀下的乡村中蜿蜒而行。

行李车厢里堆着帆布和道具，一盏灯高挂在壁上。车厢里有一片清空的地方，中间摆着个大包装箱，箱子侧面打了眼好透气，里面不时传来刮擦声。车厢一端，怪人正躺在一堆帆布上，盖着毯子和罩衫的膝盖则顶住了下巴。

男人们在蛇箱周围抽烟，空气都弄得灰蒙蒙的。

“跟。”蚊子少校的声音带着点儿蟋蟀的味道。

水手左脸一扭，躲开自己吐出的烟雾，然后发牌。

“押。”斯坦说道。他底牌里有张J，之前最大的牌就是水手的一张10。

“我跟你。”乔·普拉斯基说道，还是不变的拉撒路式微笑。

乔身后是布鲁诺的硕大身躯，外衣下能看见坚挺的肩膀。他专注地看着，看到乔的手牌时嘴大大地张开。

“我也押。”马丁说，接着发了牌。斯坦又抓了一张J，下了三个筹码。

“加不加。”他轻松地说道。

马丁又给自己发了一张 10。“我加。”

蚊子少校的小脑袋离车厢顶部很近，就偷偷看了一眼他的底牌。“可恶！”

“你们俩拼吧。”乔没精打采地说。

他身后的布鲁诺说：“是啊。他们俩分输赢吧。咱们休闲。”

马丁发牌，是两张小牌。斯坦又加了筹码。马丁跟住，又加了两个筹码。

“我要看你的牌。”

水手亮出底牌。一张 10。他伸手就要去抓筹码。

斯坦微微一笑，数了数自己的筹码。这时，少校发话了，把大家都吓了一跳。“嘿！好牌。”

“你叫什么咬了吗，大嗓门？”马丁笑着问道。

“10 快给我看看！”少校这就把小手朝着蛇箱中间伸，抓起牌看了看。他又看了看牌的背面。

布鲁诺站起身，走到侏儒身后，抓起一张牌，迎着灯光看了看。

“你们俩叫什么咬了？”马丁说。

“摸牌！”蚊子少校大叫道，把烟从箱子边上拿起来，马上又按灭了。“牌被抹过，只要知道抹在哪里，就知道是什么牌。”

马丁拿过一张，检查了一下。“可恶！你说得对。”

“牌是你的。”少校继续谴责耍赖行为。

马丁厉声道：“你什么意思，我的牌？有人把牌落在厨房那边了。要是我没想到拿回来，咱们就没牌可玩了。”

斯坦把整副牌拿过来，用大拇指一张一张地过。接着又过了一遍，把牌朝下搁在桌子上。等他把牌翻过来，发现全都是大牌，10、J、Q、K。“是抹牌，没事，”他说，“咱们拿一副新牌。”

“你是玩牌高手，”马丁咄咄逼人地说，“你怎么知道的？抹牌是打牌时候对别人的牌做的手脚。”

“就是知道才不用，”斯坦轻巧地说道，“我不发牌。从来不发牌。我要是真想耍花招，也要把这些牌拿在手里，直到顶上一张能凑成我想要的对子，然后把最小的牌扣上，把花招牌放上去，洗牌，把8洗掉，把花招牌拿回来，再洗。再把最小的牌扣上——”

“换副新牌吧，”乔·普拉斯基说，“再怎么讨论给牌做记号也赢不了钱。谁还有牌？”

没人说话。铁轨的伸缩接头在他们身下咯噔一下。接着，斯坦说：“吉娜有一副算命用的牌，拿它玩吧。我去拿。”

马丁拿起做了记号的牌，走到半开的门前，撒了出去。“换副牌没准能转运，”他说，“手气一直背，就上一把不错。”

车厢在黑暗中摇晃着前行。透过开着的门，他们能看见阴暗的山丘，一轮银月在山间落下，还有稀稀疏疏的星星。

斯坦回来了，吉娜也跟了过来。她身穿丧服，唯有胸前的假栀子花还有一丝亮色；金发盘在头顶，由几个不成套的黄色发卡固定住。

“好啊，先生们。我过来没打扰你们吧？那节车厢里都闷死了。电影杂志我都翻遍了。”她打开手包，把一副牌放在了蛇箱上。“我看看你们的手。都干净吗？我可不想让你们把牌给弄脏了。现在图案已经不怎么清楚了。”

斯坦小心翼翼地把牌拿过来，展开给大家看。J、Q、K上的人头很奇怪。一张上画着一个死去的男人，后背斜插着十把剑。另一张是三个身穿古代长袍的女人，每个人拿着一个杯子。第三张牌上的人，一只手从云彩里伸出来，另一只手拿着一根棍子，棍子上长着绿叶。

“这玩意叫啥来着，吉娜？”他问道。

“塔罗牌，”她活灵活现地说道，“世界上最古老的纸牌。有人说，这牌的历史可以追溯到古埃及。很厉害的，解读因人而异，都是私密的。每当我遇事犹豫不决或者不知道该往哪里走，我就会给自己算一算。我每次都能得到有意义的答案。不过呢，拿来当扑克牌玩儿也行。塔罗牌一共有四种花色：权杖就是方片，星币就是黑桃，圣杯就是红桃，宝剑就是草花。这还有一堆带图的——这叫大阿卡那，专门占卜用的。不过，大阿卡那里有一张——我找找——可以当王用。就是它。”她把这张牌拿了出来，其他的放回包里。

斯坦把王拿起来。他一开始分不清上下。牌上画着一名年轻男子，头朝下，一只脚吊在T形架上，不过架子是活的树，树上还长着嫩枝。年轻人的手绑在身后，脑袋周围有一个金色光环。斯坦把牌倒过来后发现，年轻人的表情很平和，就像死而复生的人一样。就像乔·普拉斯基的微笑一样。这张卡片的名字用老式字体印在背面：倒吊人。

“老天爷啊，要是这些玩意还转不了运，我就一辈子倒霉吧。”水手说。

吉娜从乔·普拉斯基手里拿了一堆筹码，把牌洗好，然后底牌朝下发出。她抓到手牌，皱了皱眉头。大家依次抽牌。斯坦的底牌里有一张圣杯8，弃了。除非底牌里有J或者比J大的牌，否则不要押注；桌上要是出现比J大的牌，那就别跟了。除非你有更大的。

吉娜眉头皱得更紧了。现在剩下她、水手马丁和少校三家。接着，水手弃了。少校抓到三张 K，然后叫牌了。结果，吉娜是一手星币。

“你可真会耍诈，”少校凶巴巴地说，“皱着眉头，好像一手破牌，结果是个同花顺。”

吉娜摇了摇头。“我不是故意诈的。我皱眉是因为底牌——星币 A，就是五角星。我给它的解读一直是：‘遭到信任的朋友伤害。’”

斯坦把盘着的腿展开，然后说：“可能跟蛇有关系。它们一直在盖子底下乱动，好像不舒服似的。”

蚊子少校吐了口痰在地上，指着一个通气口。然后又收了回来，嘴里不知嘟囔些什么。从洞里能看到一条粉色的、分叉的舌头。少校捡起还没熄灭的烟蒂，张开嘴唇，朝着洞里吹了一口。只听箱子里传来一阵狂乱的扭动和抽打声。

“天啊！”马丁说，“你怎么这么干，小变态。它们会生气的。”

少校把头收回来。“哈哈哈！下次我把目标改成你，对着‘缅因号’战列舰。”

斯坦站起身来。“我玩够了，先生们。不过也别惹我发火。”

火车晃晃荡荡，他努力保持着平衡，推开堆着的帆布往旁边客舱的平台走。他左手伸进马甲边缘底下，解下一个小小的金属盒，体积跟形状都和五分钱硬币差不多。他把手放下，盒子就掉进了两节车厢之间，只在手指上留下一道黑印。我干吗要跟这些混蛋在一块儿？我不要他们的五毛一块，我要自己挣大钱。老天啊，只有你自己的头脑，只有它才靠得住！

昏暗的灯光下，戏团的工作人员挤满在客舱里，脑袋枕在别人的肩膀上。有的人手伸到了过道里，下面垫着报纸。莫莉在一个坐席的角落里睡着，双唇微启，脑袋靠在黑色窗户的玻璃上。

看着他们睡觉的丑态，多么无助啊。人类三分之一的生命就这样在无意识中度过，像尸体一样。有些人，绝大多数人，醒着的时候也跟睡着差不多，在命运面前无能为力。他们在黑漆漆的巷子里，踉跄着走向死亡。他们把触须伸向亮处，碰到的却是火焰，于是赶紧缩了回来，继续盲目地摸索。

斯坦感觉肩膀上放了一只手，便猛地回头，发现是吉娜。她双脚开立，轻轻随着火车的节奏摇晃。“斯坦，亲爱的，我不希望被过去的事情阻碍。天地良心，我对皮特真心难过。我猜你也是，大家都是。不过，活着的人还要活下去。我在想……你还喜欢我，对吧，斯坦？”

“当然，我当然了，吉娜，我还以为……”

“好了，亲爱的。葬礼什么的……不过，我不能一辈子哀悼皮特啊。我妈妈，现在——她大概会伤心一年吧。但我想说的是，我们很快就会振作起来的。我们要开心一下。我跟你说，到下一站下车，我们就把其他人抛下，咱俩去玩一玩。”

斯坦抱住她，亲吻她。火车猛地震了一下，害得两人牙齿都碰在了一起。他们笑了。她的手抚摸着他的脸颊。“我一直思念着你，亲爱的。”然后把脸埋在了他的头胸之间。

越过她的肩膀，斯坦看着酣睡的车厢。他们的脸都变形了，失去了往日的丑恶。女孩莫莉已经醒了，正吃着一条巧克力，吃得满下巴都是。吉娜没有起疑心。

斯坦抬起左手，检查了一番。无名指的指节上有一道黑印。抹掉。

他用舌头舔了舔，然后抓住吉娜的肩膀，把污迹抹在她的黑色丧服上。

两人放开对方，坐到过道里的一堆箱子上。斯坦在她耳边说：“吉娜，两人暗语是怎么用的？我是说好用的那种——你和皮特以前用的。”穿着晚礼服的观众。名字写在海报最顶上。辉煌岁月。

吉娜倚了过来，声音突然变得沙哑。“等到城里再说。我现在满脑子都是你，亲爱的。我会告诉你的，不管你想知道什么。不过，我现在只想着滚床单的事。”她捏住他的一根手指，夹了一下。

在行李车厢，蚊子少校翻开了自己的底牌。“三张宝剑明牌，底牌一张王，四张同花。哈哈哈！倒吊人！”

斯坦醒来时，天还黑着。之前艾尔百货的通电广告牌一直毫无规律地时亮时灭，现在终于消停了。脏兮兮的窗玻璃外漆黑一片。他是被弄醒的。床垫太硬了，还不平。他的后背能感受到吉娜身体的温度。

他们的床无声地震了一下，斯坦喉头一紧，是对黑暗和未知的恐惧反应。接着，又是一震。这一次，他模糊听到倒抽气的声音。吉娜在哭。

斯坦翻过身来，用胳膊搂住她，手盖在她的胸上。这个时候就得哄她。

“斯坦，亲爱的——”

“怎么了，宝贝？”

吉娜费力地翻过身来，泪湿的面颊贴在他赤裸的胸膛上。“就是想到皮特了。”

他无言以对，只是抱得更紧了，没有说话。

“你知道吗，我今天在小锡盒子里翻东西——皮特的东西。以前的宣传册，以前的信，什么的。我找到了他以前的记事本。用我们俩的暗语写的。皮特自己发明的，只有我俩会。有人给它出价一千美元呢。买家是当时全美国最有名的水晶球预言家。但是，皮特只是付之一笑。这个旧本子好像就是皮特的一部分。他写得那么工整，当年……”

斯坦什么都没说，只是扬起她的脸，开始亲吻她。他已经完全醒了，能够感受到咽喉搏动的青筋。他不能显得太急迫。最好先抱抱她，要是自己干得出来的话，就一路往下。

他发现，自己还真干得出来。

这回轮到吉娜沉默了。最后，斯坦说道：“你的节目怎么办？”

她的声音一下子变干脆了。“什么节目？”

“我以为，你可能要换节目来着。”

“换什么？现在卖书的钱不是比以前都多吗？你看，亲爱的，你要是觉得分成少了，别害羞——”

“我说的不是这个，”他打断了她，“在这个烂州里，就没人会写字。我每次把纸笔递给一个观众，他就会说：‘你替我写吧。’我要是都能记住，那他们自己揣着纸算了。”

吉娜伸了个懒腰，床板吱嘎作响。“亲爱的，不用为吉娜担心。连自己名字都不会写的人更轻信，我都可以跳过问答环节。上台，开场白，直接开始卖书，他们还是会买账的。”

一想到自己离不开吉娜，而吉娜却可以独立登台，斯坦便打了个激灵。“不过，我的意思是，我们不能演密语节目吗？你还会吧？”

她咯咯笑道：“听着，小坏蛋，我睡觉的时候都会。不过，要把单词表和各种技法都学会，那可得下苦功呢。再说，这次演出季已经过半了。”

“我可以学的。”

她想了一会儿说道：“我没问题，亲爱的。都写在皮特的本子里。不过，你可别给弄丢了，否则吉娜把你耳朵割下来。”

“在你手边？”

“稍等。火呢？我当然放在手边。你会看到的，别着急啊。”

沉默。最后，斯坦坐起身来，双脚落了地。“我还是回储藏室吧，他们在那儿给我租了间房。咱们的事可不能让那些家伙发现。”他把灯打开，准备穿衣服。在头顶刺眼的灯光下，吉娜看上去形容枯槁，像是个破旧的蜡人。她已经把床单拉到了胸前，不过还是掩不住凸起的乳房。她的头发扎成两个大辫子，辫子末端刺刺棱棱的。斯坦穿上衬衫，打好领带，又披了件夹克。

“你真逗。”

“怎么？”

“凌晨四点，穿戴整齐，穿过邋遢汉在大厅里走三十英尺。”

不知怎的，斯坦觉得这是对他勇气的称赞。他红着脸说：“该做的就得做。”

吉娜无所谓地打了个哈欠。“大概吧，宝宝。上午见。对了，谢谢你陪我。”

他没有去关灯。“吉娜，那个笔记本——我能看看吗？”

她把床单拨开，起身把手提箱打开了。斯坦想，占有一个女人以后，你是不是就老能看到她裸体了呢？吉娜在包里一阵摸索，取出一个包着帆布皮的记事本，上面标着“账目”。

“宝贝，要么走，要么回来接着睡，随你。”

斯坦把册子夹在胳膊下面，关了灯。他摸到门边，小心地打开门闩。开门时，走廊里黄色的灯光照了过来，映出斑驳的壁纸。

床上传来一声低唤。“斯坦——”

“怎么啦？”

“来跟姐姐亲亲晚安吧。”

他走过去，亲了她脸颊，没再说话，轻轻带上了门，走了。

他自己房间的门开锁时跟打枪一样。

他看了看大厅四周，没有反应。

在房间里，他脱下衣服，到洗手池洗漱，然后上床，把笔记本放在空空的肚子上。

前面几页是数字和标记符号。

“伊文思港。七月二十日。入账三十三美元。人员费二到六美元。人员：杰罗姆·哈奇开斯夫人。莱昂纳德·吉利，乔赛亚·布斯。一切正常。老鬼。布斯像是执事。会演一点儿。衬套里面找戒指……”

“老鬼。”大概指的是旅行社雇的当地南方人吧。

斯坦又翻了几页。又是开销：“F.T. 帕莱特队长。五十美元。”这在算命界里简直是天价了。斯坦感觉自己就是被四十大盗困在藏宝洞里的阿里巴巴。

他不耐烦地翻到了后面。最后一页的标题是：“常见问题。”下面是一张有数字的表：

“丈夫有二心吗？ 56、29、18、42。

“妈妈身体会好吗？18、3、7、12。

“狗谁下的毒？3、2、3、0、3。”旁边有一个批注：“小，稳。普适。冷读技巧，适用冷场。”

那么，这些数字就是同一场次收来的相似问题数。“妻子有二心吗？”的数量只有“丈夫有二心吗”的三分之一。

“蠢货，”斯坦小声说道，“要么不好意思问，要么傻到没起疑。”不过，他们都急切地想要答案，每一个人都是。好像他们都不想搞外遇一样，可恶的伪君子。他们都想要，只是别人不能要。他翻过了这页。

“问题是有规律的。每遇到一个冷门问题，就有五十个见过的问题。人性到处都是相同的。所有人的问题都是相同的。他们都会忧虑。发现恐惧之物，一切难逃掌中。问答节目就是这样。想想大多数人害怕什么，然后直击要害。健康、财富、爱情。旅行、成功。他们都害怕得病、受穷、无聊、失败。恐惧是通往人类本性的钥匙……他们害怕……”

透过这些纸页，斯坦看到了醒目的壁纸，又看透了这个世界。怪人是由恐惧造就的。他害怕清醒，清醒了就要面对可怕的生活。但是，他为什么要喝酒呢？是恐惧。发现他在怕什么，然后再讲给他。这就是钥匙。钥匙！克莱姆·霍特里告诉他怪人的来历时，他就知道了。但是，皮特在这里说的是同样的话：健康、财富、爱情、旅行、成功。“有些是家庭问题，婆媳矛盾，孩子，宠物，等等。总有个别自作聪明的，不理就是了。要点：把问答和暗语联系起来。把问题列出来，编上暗号。一开始讲得模糊些，慢慢明确。尽量看着观众的脸，中没中能看出来。”

之后几页清楚地写着问题和对应的编号。正好一百个。问题一：“丈夫有二心吗？”问题二：“最近能找到工作吗？”

艾尔百货正门外，玫红色的太阳已经要露头了。斯坦没有理会它。太阳渐渐升起，传来马车走在混凝土道路上的声音。城市已经苏醒了。十点钟，有人来敲门。斯坦身子晃了晃，问道：“谁呀？”

是吉娜的声音。“起床了，小睡包。太阳都出来了。”

他打开门，让她进来。

“你开着灯做什么？”她把灯关掉，然后看到了本子。“我的天啊，孩子，你昨晚睡觉了吗？”

斯坦揉了揉眼睛，站起来说：“说个数字，1 到 100。”

“55。”

“丈母娘要一直跟我们住吗？”

吉娜坐在他身边，手指抚摸着他的头发。“你知道我怎么想吗，孩子？我觉得你能干读心。”

戏团转向南行，沙土路两侧出现了松树。蝉儿在暮夏聒噪着，当地的白人也显得越发虚弱，脸上写满萧索，双唇还多有鼻烟的痕迹。

到处都是阳光，照得南方另一个种群的黑皮肤更加显眼。他们静静站着，看着戏团在氤氲的晨光中搭起来。在“一毛秀”里，他们总是站在人群边缘，一条看不见的线将他们拦在外面。有白人突然转身往外挤的时候，“让开”这两个字就像肩膀上的硬币一样砸到他们的脚下。

斯坦从没来过这么靠南的地方，空气里有些东西让他有点不安。在这片黑色与血色的土地上，斗争隐而不显，却像草地下的蚯蚓一样无穷无尽。

言辞让他着迷。他的耳朵捕捉到了节律，他注意到了生动的俗语，然后采撷入自己的语言库。他发现了老艺人口中奇特的、慢吞吞的语言背后的理据。一种南方人听起来是南方话、西部人听起来是西部话的语言。它带着土腥味，慢吞吞的背后是敏捷的大脑。它是一种给人安慰的、俚俗的、乡土的语言。

戏团这时改变了语速。外圈的人说话要更慢一些。

吉娜把占卜费减到了一毛，但搭售“征服者约翰草药”，价格一毛五。这是某种植物的根干燥以后制成的，缠绕成一坨，据说装进袋子挂到脖子上就能带来好运。吉娜是从芝加哥一家秘药店批量邮购的。

斯坦的魔术教材突然不好卖了，吉娜知道是为什么。“这边的人没见识过魔术手法，亲爱的。一半人都以为你真的会法术。你卖的时候得加点迷信元素。”

斯坦订了一批平装书,《解一千零一梦》，附赠图案为《摩西第七书》中“爱之印”的黄铜幸运币，据说有迷情惑人之效。他卖书时加了些花活。他学会了同时抛三枚幸运币。金属叮叮当当的声音似乎很受观众欢迎，解梦书也就火了。

有些人不会写字，或者不好意思开口，他也学会了用隐语来帮这个人说。

斯坦说“能否请你立即马上回答这位女士的问题”的时候，实际问题是：“我女儿还好吗？”

吉娜现在说话带上了拉长的南方腔。“好的，我感觉到这位女士在担心某个亲近的人，她已经很久没听到这个人的消息了，我说得对吗？我感觉是一位年轻女士——是你的女儿，对不对？当然了。你想知道她好不好，过得开不开心，最近能不能见到她。这个月结束之前，你就会通过别人了解到她的一些消息……”

有一个问题出现频率太高，斯坦给它编了个无声的暗号：朝吉娜的方向猛一抬头。他第一次这么干的时候，提问者是个男的，虚胖子，英俊黝黑的面庞上长着一对明亮的眼睛。“我这辈子能出远门吗？”

吉娜接过话头。“那边有一位男士，他在想一件事，这件事会不会发生在他身上。我现在，在这里要对他说，我相信你一定能得偿所愿。我觉得跟旅行有关。你想去远方旅行。是这样吗？我看到路上会发生一些事情，一群人——一群男人，在问很多问题。但是，我看到旅程走到了终点，时间和你想的不太一样，不过你确实走了一段时间。终点有工作在等着你。工作待遇不错。在北边。我很确定。”

这么说准没错。他们都想去北边，斯坦想着。暗巷，又回来了。末端有一束亮光。斯坦从小就做这个梦。从儿时起，斯坦就在做一个梦。他沿着一条暗巷跑啊跑，两侧无人的建筑阴森可怕。巷子尽头有光，但身后有什么在紧跟着他，越来越近，越来越近。接着，他醒了，浑身颤抖，最后也没有抵达那道光。他们也有自己的噩梦巷。北方并不是终点。灯只会在更前方。恐惧跟在他们身后。黑与白，都没有关系。怪人和他的酒瓶，只有它才能打破紧跟在身后的东西。

在炙热的正午，你的脖颈有时会感到一阵寒凉。女人的双臂能帮你抵挡噩梦的侵袭。但等她睡去之后，巷子的墙就会向你逼来，还有身后的脚步。

现在，整个乡村都弥漫着一股戾气。斯坦不无嫉妒地看着布鲁诺·赫兹雕塑般的肌肉。费时费力费腰，不值当的。一定有更简单的办法。

像柔道一样，用脑力和敏捷力。从斯坦加入以来，艾克曼－佐尔博奇妙戏团还没跟当地人起过纠纷（行话叫“怎么，兄弟！[①]”），但它总是像蛆虫一般困扰着他平静的思绪。真打起来怎么办？他们会怎么对他？

然后，水手马丁就差点惹了祸。

那是暮夏的一个桑拿天。女人眼神空洞，孩子在她们怀里，扯着她们的裙子；下巴突出的男人死一般得沉默。

克莱姆·霍特里已经上台了，布鲁诺却静静坐着，拿着棕榈叶扇风。“乡亲们，别急着走啊，不想看看奇人大力神吗？当今世界上最强壮的男人！”

斯坦回头看了看大帐的后侧。角落里怪人的位置上，水手马丁跟几名当地年轻人在一起耍皮带。他抓起皮带，从中间对折，缠在放钉子的桶顶上，打了个结，这样就出来两个洞：一个是真的，一拉就开；一个是假的，拉不开。他把手指插进一个洞，开了。然后跟一个观众打赌说他拉不开。观众同意了，然后赌赢了。水手就递给他一块银币。

吉娜拉开小舞台的帘子，从侧面登场了。她把挂在胸前的手帕取下，擦了擦太阳穴。“唉，今天真是烤人啊。”她随着斯坦的视线看了看大帐后侧。“水手最好悠着点。霍特里可不想在这么靠南的地方惹麻烦。这也不能怪他。太容易惹麻烦了。我说，你要是不能靠卖东西养活自己，那你就不是真正的‘一毛秀’人。我要是想做私人占卜，给人驱邪消灾之类的，早就挣大钱了。不过那只会惹来麻烦。”

---

① 原文为 Hey, rube! 十九世纪以来美国巡回戏团和当地人发生冲突时的拉人信号。——译者注

她停下来，手抓了一下斯坦的胳膊。“斯坦，亲爱的，你最好去那边看看怎么样了。”

斯坦没有动。站在平台上，他是王：身下是一群无名的观众，他的声音居高临下。但是，一旦到了下面，他们的高度就一样了。挤在他们中间，他们集体的重量，让他感到喘不过气来。

突然，一名年轻人飞脚踢翻了马丁缠皮带的桶。水手把声音提高到比正常说话声音稍大的音量，冷冷地说出“怎么，兄弟”，似乎是说给那个年轻人的。

“去，斯坦。快去。别让他们打起来。”

像是背后有人用手枪顶着一样，斯坦向着大帐另一边酝酿纠纷的地方走去。他用余光看到乔·普拉斯基用手扶着，沿着台阶一瘸一拐地往下蹦，正往帐篷角落里走。至少不止他一个人。

普拉斯基先到。“你好呀，先生们。我是戏团老板。有什么事吗？”

“能有事吗？”一名观众发难道。斯坦觉得是一名年轻的农夫。“这个文身的混蛋耍赖，骗了我五美元。我以前看过他拿皮带骗人，我要把钱要回来。”

“你要是觉得戏团里拼人品的游戏不公平，我肯定这位水手先生会把你下的注如数奉还。来看表演是为了开心，先生们，别伤了和气。”

另一名观众开口了。瘦高个，一看就是庄稼汉，嘴巴老是张着，露出里面长长的黄牙。

“我以前也见识过这个把戏，先生。蒙不了我。我们这么解，那永远也解不开。有人给我演示过。纯粹是骗人的。”

乔·普拉斯基嘴咧得更大了。他把手伸进衬衫口袋，拿出一卷钱，点出五元，交给那个农夫。“这是我自己的钱。愿赌服输，没钱别赌。我给你钱是为了免伤和气，大家开心。快走人吧。”

农夫把钱揣进裤兜，跟着同伴一溜烟跑了。普拉斯基转向水手，脸上还挂着微笑，但眼睛里闪着苛责、坚毅的光芒。“你个白痴！这个镇不好惹，这整个州都不好惹。你还想着叫兄弟？你自己留点神！现在把五块钱给我。”

水手马丁从牙缝里啐了一口吐沫在扬尘中。“我堂堂正正赢的，两个南方佬我还应付得了。你这个大善人是从哪儿蹦出来的？”

普拉斯基把手指伸进嘴里，吹了一声口哨。台上的最后一名观众正在往外走，霍特里从上面下来了。乔大幅度地挥着手，霍特里表示看到了，同时让人把帐门口的帆布拉上。老马吉雷要关大门了，关得紧紧的，下次营业时间才打开。

布鲁诺从平台上轻轻跳下，大步走了过来。斯坦感觉吉娜在他身边。蚊子少校迈着小短腿也往这儿跑，听脚步声不怎么样协调。

乔·普拉斯基平静地说：“水手，这一路上你惹了多少乱子。把五块钱给我，收拾东西走人。你别干了。霍特里会支持我的。”

斯坦膝盖有点发软。吉娜的手放在他胳膊上，手指紧紧抓着。他们是在等着自己对水手动手吗？乔是个瘸子，布鲁诺是个大力士。斯坦比水手壮一些，不过他一想到打架就恶心。他觉得光凭拳头大肯定不行。他本来想拿枪，不过枪的麻烦事也多，也害怕把人打死。

马丁看着大家。布鲁诺默默站在后面。“我不跟瘸子动手，波兰佬。我也不欠你五块钱。”水手嘴唇发白，双目喷火。

别看这杂技演员身材不高，上前抓住马丁的手，把手指握住一掰，当场疼得文身男跪倒在地。“小子，你狂不狂了！”

普拉斯基双臂交叉，不再说话，面无表情。接着放开马丁的手，双拳攥住对方长袍的领子，手腕并在一起，手背压在水手的喉咙上。马丁被紧紧锁住，嘴巴张着，狂乱地抓着普拉斯基的胳膊。但是，他动得越厉害，被挤压得就越紧，他的双眼开始往外凸，头发盖在眼睛上面。

蚊子少校上蹿下跳，跟拳击手似的走位比划。“杀了他！杀了他！杀了他！掐死他！杀死这个大猩猩！”他冲到前面，开始用小拳头捶水手的脸。布鲁诺把不停扭动的马克提了起来，然后揪着夹克衣领放到地上。

乔开始摇晃文身艺术家，摇得越来越厉害。斯坦看着这不动声色而又不可挣脱的锁喉杀招，恐怖和狂喜的感觉同时袭上心头。

克莱姆·霍特里跑上前来。“好了，乔。他应该得到教训了。放手吧，还有事等着干呢。”

乔又露出死而复生的那种微笑，放开了水手，留他坐在地上揉喉咙，大喘气。普拉斯基伸进马丁的长袍口袋，掏出一沓钱，拿走五元，把其余的放了回去。

霍特里把水手扶起来，让他站稳。“你走吧，马丁。钱，我付你到月底。收拾好东西，随时可以离开。”

马丁再次开口时，声音又小又沙哑。“好，好。我走。我拿着文身针，随便去个理发店，挣得都比这鬼地方多。不过，你们都给我记着，有一个算一个。”

晚上九点左右，人很多。霍特里站在大帐和鲜亮条幅的外面刺耳地吆喝着。

“快来看呀！快来看呀！欢迎光临奇妙世界。奇人怪兽，奇妙享受，奇观闻名，奇奇奇！更有法国电小姐，闪电穿身过，一点儿不哆嗦！”

斯坦看着那边的莫莉·卡希尔。手里拿着两个劈啪作响的电弧灯时，她总免不了瑟缩。最近这一两天，他每次看到这情景都觉得脊背蹿上一股凉气。她现在弯下腰，把她的化妆盒放到电椅后面。弯腰的时候，裤子的金属片都紧紧贴在屁股上。

几个月来，你每天都跟一个女孩见面，但她却从来没进到你的眼里。真奇怪。斯坦这样想着，接着，事情总会发生。莫莉拿着电弧灯，火花开始飞溅，而她双唇紧闭。然后，你眼中的她就完全不同了。

斯坦把目光从女孩身上移开。大帐的另一边，布鲁诺·赫兹用力鼓起小臂，粉红色的皮肤下肌肉简直要炸裂开来，雄壮的胸膛在汗水下熠熠发光，围观的人并不多。

莫莉拘谨地坐在一把曲木椅上，旁边是一个沉重的方盒，上面缠着导线。手上的绑带也好，吓人的骷髅头标志也好，全都是假的，跟戏团里的其他东西一样。她正在聚精会神地研究一张绿色的赛马票。这时，她弯腰挠了挠一侧脚踝。斯坦脊背又蹿上一股凉气。

她还在看着马票，但眼睛里已经没有它了。莫莉神游到了自己一直钟情的梦里。

梦里有一个男人，他的脸总是在阴影中。他比她高，声音低沉浑厚，一双棕色的手富有力量。两人漫步着，喝着饮料。每一根草都反射着骄阳，每一块卵石都在夏日里闪着光。一道旧围栏，外面是一片波浪般起伏的草地，草地上雏菊朝天盛放，那天蓝得让人心痛。

他的脸依然在阴影中，手臂却攀上了她。她把双手贴在他坚实的胸膛上，他却把嘴唇贴了上来。她想把头扭开，但男人的手指已经在抚摸着她的秀发，他的亲吻落在她的喉咙之上，另一只手则开始轻轻地揉捏她的乳房……

“快来呀，乡亲们，来这里。台上的这位年轻女士，她是我们当代的奇迹——法国电小姐！”

斯坦从后面走上乔·普拉斯基的舞台，坐在边上。“干得怎么样？”

乔微微一笑，继续给准备要卖的笑话书里夹上赠品。“没什么好抱怨的。今天人挺多，对吧？”

斯坦挪了挪椅子。“我担心马丁给咱们使绊子。”

乔掰着长老茧的指节走近了点说：“不好说。我估计不会。他毕竟在团里干过，胆子也小。不过，我们还是得把眼睛睁大了。我觉得他不会来找我麻烦了——他都吃过并十字绞的亏了。”

斯坦皱了皱眉。“什么亏？”

“并十字绞。日本的。十字锁喉，刚刚我在他身上用的，够他喝一壶的。”

斯坦起了疑心。“乔，这招真厉害，你使的。你到底从哪儿学的？”

“日本人做给我看的。我以前在凯霍家干的时候，那儿有个日本杂技演员。很简单的。他教了我很多柔道的技术，不过这招是最好用的。”

斯坦挪得更近了。“给我演示一下呗。”

普拉斯基走上前来，右手抓住斯坦的外衣右领，然后往上抵到斯坦喉咙。接着左臂跨过右手，抓住左领。斯坦一下子感觉到喉咙像是被三角铁扼住一样。手马上就松开了，普拉斯基把手放下，笑了笑。斯坦的膝盖还在颤抖。

“我也试试看。”他用一只手抓住普拉斯基的黑色高领毛衣。

“往上点，斯坦。你要正好抵住颈部主动脉——这儿。”他把年轻人的手提了提。“现在，两臂交叉，抓住另一边。好。手腕抬起，手背顶住我的脖子。这样血就流不进大脑了。”

斯坦感觉一股力量涌入双臂。他的牙齿已经咬紧了双唇，只是自己还没感觉到。普拉斯基迅速拍他胳膊一下，他就松开了。

“好小子，你可得小心点！要是时间稍微长一点，手下可就死人了。要练快，运用自如不简单，不过一旦顶上，对面就破不开了——除非他是日本武术的行家。”

这时，两人都抬起头，看着匆忙跑来的售票员老马吉雷。

“条，条，条……子！”他低着身子从两人身边跑过，又往霍特里那边去，霍特正站在电椅女孩的舞台上。

普拉斯基笑得更开了，每次有麻烦都是这样。“条子，孩子，警察。放松点，没事的。霍特里可有的谈了，证明他钱不白拿的时候到了。我一直就琢磨，他们总有一天会过来捣乱。”

“咱们会怎么样？”斯坦现在嘴唇发干。

“没事，孩子，大家脑子清楚点就好。别跟警察争辩，给封口费。客客气气，一直说‘是，是’，然后把封口费递上。斯坦，戏团的门道你要学的还多呢。”

入口处传来一声哨响。斯坦的头转了过去。

一名高大的白发男子站在门口，牛仔布衬衫上别着徽章，帽子后戴，双手大拇指插在松松垮垮的腰带里，腰带一侧皮套里装着一把沉重的转轮手枪。霍特里对着莫莉舞台下面的观众，咧嘴大声说道：

“乡亲们，本次表演到此结束。你们可能都有点儿口渴了吧，来杯冷饮怎么样？中央过道正对面就有个冷饮亭，苏打汽水管够。今天的节目就这些啦，请明晚再来，我们还准备了精彩特别节目——今晚看不到的哟。”

观众听话地从大帐鱼贯而出，霍特里则朝警察走去。“有什么事情需要帮忙吗，长官？我叫霍特里，是这家戏团的老板。您随便走，随便看，绝对配合。我们这没有色情表演，也不搞赌博。”

老人没有光彩、也不转动的小眼睛落在霍特里身上，就好像看小屋角落的蜘蛛一样。“站着别动。”

“你是老板。”

老人扫视了一番“一毛秀”的帐篷，指着怪人待的地方。“那里面是什么？”

“耍蛇的，”霍特里随意答道，“想看看？”

“我听到的可不是这样。我听说，你这里有虐待动物的非法低俗表演。我今晚接到的报案。”

戏团老板拿出一包烟草和纸开始卷，左手一绕就成了。他用舌头舔着纸，又点了根火柴。“要不要赏光看看我们的全套节目，长官？我们很高兴——”

警察的大嘴合上了。“警长派我来把你这封了，还让我看情况抓人。我准备抓你，还有——”他环视了一圈演员：布鲁诺呆呆地披着蓝袍子；乔·普拉斯基微笑着准备要卖的玩意；斯坦拿着五十美分硬币，一会儿弄没，一会儿弄出来；莫莉还坐在电椅上，紧身胸衣上的金属片随着胸脯起伏而忽明忽暗。她紧张地微笑着。“我还要抓那个女的——穿着暴露。本市可都是正派女人，家里有女儿的，正长大呢。这种暴露的女人可不能抛头露面。其他人原地待命。好了，你们俩，跟我走一趟。先给那女孩披件衣服。她现在这样关起来可不成。”

斯坦注意到，警官下巴上的胡子是白的——就像死人身上的白色菌丝一样，斯坦冒出了这个疯狂的念头。莫莉的眼睛瞪得大大的。

霍特里清了清嗓子，做了个深呼吸。“你看，长官，这个女孩没什么好指责的。这是演出服，她的节目要手持电线，普通的衣服会着火的，还有……”

警官伸出一只手，抓住霍特里的衬衫。“闭嘴。别想给我塞钱。我不是你们肮脏的北方警察，礼拜天去亲牧师的脚指头，剩下的六天尽忙着拿脏钱。我在教堂里是干助祭的，我的职责是确保一方安宁，把这些耶洗别[①] 全都关起来也不怕。”

他的小眼睛盯着莫莉光着的大腿，又往上看了一眼肩膀和乳沟。老人的目光火辣辣的，松弛的嘴巴也咧到了最大。他注意到，电椅女孩舞台旁边有一个潇洒的男青年，头发是黄色的，跟女孩说了几句话。她点了点头，马上把注意力转回到警官身上。

警长拽着霍特里一块走了过去。“小姐，别跟他说了。”他又朝莫莉伸出了一只指节发红的手。斯坦正在舞台的另一边，摸索着开关。一时电光火石，噼里啪啦：莫莉的黑色头发竖立起来，就像脑袋后面生出了

① Jezebel,《圣经》中的负面人物，以色列王后，曾谋划让人民背离上帝。引申义为淫荡恶毒的女人。——译者注

光环。她把手指尖碰在一起，手指之间跳跃着蓝色的火花。女孩把手伸向呆若木鸡的警官，火花一下子传了过去。他大喊一声，连连后退，放开了霍特里。静电发生器停了下来，一个人的声音吸引了他的注意力。是那名黄头发的年轻人。

“警长，你明白原因了吧，她为什么必须穿这套金属演出服。电流会把普通织物点燃，只能穿得少一点才能避免着火。她周身游走着几千伏特的电流呢。抱歉，警长，不过你兜里好像掉了几块钱。”

警官情不自禁地往斯坦指着的地方看。他什么都没看见。斯坦伸出手，五张一元钞票依次从警长的牛仔布衬衫口袋里出现。他把钱卷好，塞到老人的手里。“再过一分钟，你的钱可就没了，警长。”

警官眼睛半闭，带着敌意和疑惑，但还是把钱揣进了衬衫口袋。

斯坦继续说：“您还给妻子买了几条丝绸手绢当礼物，我都看见了。”斯坦从警长的弹链里抽出一条浅绿色丝巾，然后又是一条紫色的。“真漂亮。您的妻子肯定喜欢。还有一条纯白的——送给您女儿。她大概有十九岁了吧，对不对，警长？”

“你怎么知道我有女儿？”

斯坦把丝巾团成一个球，接着不见了。他现在表情严肃，蓝色的眼睛目光冷峻。“我知道很多事情，警长。我也不清楚是怎么知道的，不过绝没有超自然的因素，我保证。我出身苏格兰家庭，苏格兰人经常有那种……那种老人口中的‘第二种视力’。”

长着粗粝红脸的白发老人不由自主地点着头。

“比方说，”斯坦继续说道，“我还知道您口袋里有一个小玩意，也可能是古物，将近二十年吧。大概是一枚外国硬币。”

大手朝着裤袋摸了一把。斯坦感觉心跳在加速，胜利的心跳。再来两次就能把他拿下了。

“这个幸运符您丢了好几次，但每次都失而复得。它对您意义很大，虽然您也不知道为什么。我跟您说，它片刻不能离身。”

警官的眼睛没有刚才那么锐利了。

斯坦从余光中发现，他们上面的电椅已经空了。莫莉不见了，其他人也都不见了，只有霍特里站在警官稍靠后的位置，一边点头，一边津津有味地听着魔术师说出的每个字。

“警长，这实在不关我的事，您是个有本事的人，别的什么事都难不倒您。不过，我身上的苏格兰血脉正在流淌着，它告诉我，您人生中有一件担忧的事，您觉得很难办的事。您的力量，您的勇气，您在本市的权威似乎都无可奈何。它就像水一样从您指尖流走——”

“等等，小伙子。你在说什么呢？”

“我说过了，这确实不关我的事。您现在正当年，论岁数都够当我爸爸了。按理说，应该是您指点我，我哪有资格指点您呢？不过，这一次我可能真的会帮您一把。我感觉您身边有敌意的气息。您身边有人嫉妒你，还有您的能力。您是保一方平安的警官，重任在肩，这确实是一方面。但是，这件事还跟您参加的教会有关系……”

他的脸色为之一变，凶巴巴的线条都展开了。现在，这只是一张平凡老人的面庞，疲惫而迷惑。斯坦趁势快马加鞭，生怕自己施下的脆弱咒语会突然失效，同时又对自己的本领兴奋不已。他告诉自己，要是你连一个满嘴《圣经》上帝、一肚子男盗女娼、指节粗大、虚伪透顶的教堂助祭都搞不定，那可他就真是个废物了。这个老混蛋。

斯坦的双眼突然浑浊了，仿佛转向内心，声音也私密起来。“您深爱着一个人。但是，您的爱情遇到了阻碍。您感觉自己深深陷了进去，不能自拔。我好像听见一个女人的声音，很甜美。她在唱歌，是一首老歌，动听得很。等等。我听到了，是《求主掌舵》。”

警官的嘴巴张着，宽阔的胸膛随着呼吸起伏。

“我看到一座平和、美丽的小教堂，是星期日的早晨。您为它付出了辛劳，付出了心血。您在主的果园中辛勤耕耘，终于在一位女士的爱身上开花结果。但是，我看到她眼里噙满泪水，而您的心也被深深触动……”

老天啊，我怎么编的？斯坦想着，嘴里却是连珠炮般不停歇。

“但是，我感觉最终一切都会好的。因为您有力量。您会得到更多。主会赐予您力量。有人在恶毒地嚼舌头，想要伤害您，甚至要伤害那位美丽的女士。他们就像坟墓一样，外面看着华美，里面却只有尸骸与不洁之物……”

助祭的眼睛又一次灼热起来，但不是对着斯坦。年轻人继续说的时候，老人的眼里已经带上了畏惧屈服的神采。

“我们的救主耶稣啊，圣灵之光照在他们身上，却只是徒劳。他们眼睛上蒙着一层黑色的玻璃，正映出他们黑色的心，罪恶，伪善，妒忌。但是，您在内心深处是有力量的，有力量与他们抗争。把他们打垮。您相信主，崇拜主，主会助您的。

“我感到圣灵在直接与我对话，如同父子一般。我必须告诉您，您最近有财运了，会有失望，会有迟延，但您一定会拿到。我能看到，这座镇里的人们曾是盲目的，但不久便会发生一件事，让他们醒悟，让他们认识到，您是一个了不起的人，远远超过他们过去对您的认识。您会迎来惊喜——明年，可能稍微晚一点，大概十一月份。这是一块长久压在您心上的大石。但是，只要您追随自己的直觉，不管其他人说什么，相信自己的判断，您的判断何时辜负过您？那么，它就必将成真。只要您给它一次放飞的机会。”

霍特里早就走了。斯坦转过身，慢慢地往大门走。外面的中央过道上，人们三五成群地说着话。整个戏团的人都被扣下了，警官们把市民也都清了出去。斯坦慢慢地走着，说话还是温柔、内省的语气。老人在旁边跟着他，眼睛直视前方。

“我很高兴认识您，警官。我以后会回来的，看看苏格兰血脉到底准不准。我觉得肯定是准的。您当然不会在意我这样一个小字辈说的话，我怎么敢斗胆给您进言呢？我知道您的年岁比我大得多，世事洞明更是远甚于我，我永远都赶不上。但是，第一眼看见您，我就心想：‘这是一位深受思想折磨的男人，一位法律的公仆。’不过，我紧接着就发现，您根本用不着这么折磨自己，因为事情一定会如您所愿，所谓好事多磨……”

我要怎么收尾呢？斯坦心里想着。要是再不停下，肯定会露馅的。

两人走到入口处，斯坦停了下来。警官粗犷的红脸庞转过来对着他。沉默向斯坦压来，让他喘不过气。完蛋了，他的心一沉。他没什么话再好说了，现在该肢体行动了。斯坦觉得自己黔驴技穷了。这时，他突然明白该怎么做了。他从老人身边走开，表情尽可能装出圣洁的样子，抬起一只手，摆出平和自信的手势，轻轻靠在卷起来的帆布上。这就相当于一句话完结的句点。

警官长舒了一口气，把大拇指插进腰带里，看着外面暗下来的中央过道。接着，他转过头，像普通老人一样对斯坦说："小伙子，我真希望早点遇到你。你去跟镇里的其他人讲，让他们别紧张。我们只是要保一方平安。不过，上帝啊，等我——要是我再选上治安官，你们就没什么好担心的了，只要你们的节目健康向上就行。晚安，孩子。"

他慢慢地踱走了，朝着黑暗走去，装着弹夹的皮带打在他的大腿上，发出砰砰的声音。

斯坦胸口的血液汹涌澎湃，衣领挺着，脑袋晕乎乎的，就跟发高烧一样。

世界是我的，哈哈！世界是我的！我知道他们的弱点，只等我随心掌握。怪人喝威士忌。其他人也一样，他们啜饮着承诺和希望。我都给他们。然后驾驭他们，操纵他们，让他们为我所用。只要能读透那些个老家伙，把他们搞定，当个参议员有何难！当个州长有何难！

接着，他想起了让她躲去的地方。

在黑黢黢的卡车停车场，吉娜的车停在最后面，阴暗无声。他轻轻把车门打开，溜了进去，血脉贲张。

"莫莉！"

"在呢，斯坦。"座椅后面阴暗的空间传来一声低语。

"好了，我把他搞定了。他走了。"

"斯坦，你真棒。你最棒了。"

斯坦翻过座椅爬到后面，手碰到了颤抖着的肩膀，温暖而柔软。他的胳膊伸了过去。"莫莉！"

他感受到了双唇，然后一头栽下去，和她倒在了一堆毯子上。

“斯坦，你不会让我有事的——对吧？”

“当然不会。只要我在身边，你什么事都不会有。”

“啊，斯坦，你太像我爸爸了。”

他双手颤抖着解开了女孩胸衣的挂钩。高耸坚挺的乳房就在他的手下，他的舌头也触到了她的双唇。

“疼，斯坦，亲爱的。别弄疼我。”

他的喉咙处热血奔涌，领子都要憋死他了。

“啊。斯坦——弄我，快，来弄疼我——”

牌五／皇后

稻谷与河流之间，皇后端坐于维纳斯的宝座之上

这个夜晚终于安静下来了，唯有虫儿鸣叫。摩天轮冷冷清清，就像指向繁星的骨架。黑暗中只有厨房亮着孤灯。

斯坦走到车旁的草地上，抓着莫莉的手帮她下来，她的手掌温热而湿润。站在他身边时，她突然贴上来，把前额靠在他面颊上。两人几乎一样高。她头发闻起来甜甜的，搔得他下巴痒。他不耐烦地摇了摇头。

“斯坦，亲爱的，你爱我——对吗？”

“当然了，宝贝。”

“千万别跟人说。不要讲，你跟我保证。我从没让男人这样子对我。真的。”

“你当真？”斯坦对她竟有这么大的力量，这让他一阵战栗。他听出女孩的声音里带着恐惧。

“啊，亲爱的，我是说真的。一开始你弄得我挺疼的。你知道——”

“我知道。”

“亲爱的，我要是之前干过，你就不会弄疼我了。我真高兴是你弄疼了我，亲爱的，我真的高兴。你是我第一个。”

空气很冷，她开始冻得发抖。斯坦把夹克脱下来，披在她肩上。“唉，你对我真好，斯坦。”

“我会永远对你好的。”

“永远？”莫莉停下脚步，转身对着他，两只手都抓在他小臂上。“你什么意思，斯坦？”

“就是永远。”

“你的意思是，这次演出季结束，然后我们各奔东西？”她的声音里还藏着一个更深的问题。

斯坦已经决定了。他看到了闪亮的、一英尺高的大字，而他笔直地站在台前。莫莉身穿晚礼服，混在观众里，缓缓地沿着过道前行。观众伸长了脖子看她。她真是赏心悦目。两侧的牌子上只写着三个大字：斯坦顿。辉煌时刻。

“莫莉，你喜欢演艺界，是吧？”

“当然了，斯坦。爸爸一直想让我进演艺界。”

“那么，我的意思就是——让我们向辉煌迈进吧。我们一起。”

她用一条胳膊环住他的腰，两人继续往下走，走得很慢。“亲爱的，这太好了。我正想让你这么跟我说呢。”

“我是认真的。我们两人一定能走上事业巅峰。你科班出身，盘靓条顺。我是说，你长得很美，我们可以创造一套双人暗语节目，把他们全都迷翻。”

莫莉的胳膊搂得更紧了。“斯坦，这就是我梦寐以求的。爸爸会为我们无比骄傲的。我知道他会的。他会喜欢死你的，斯坦。你话里那种从底层拼上去的豪气，是他最看重的品种。还有对兄弟忠诚，永远不背叛。爸爸说，他希望自己的墓碑上写着：‘丹尼·卡希尔在此长眠。他从没背叛过兄弟。’”

“是这么写的吗？”

“没有。我爷爷不听。墓碑上就写了个‘丹尼·卡希尔’，下面是出生和死亡日期。不过有一天晚上，那是我离开路易斯维尔的前一晚，我跑出去，用粉笔在日期下面写上了那句话。我打赌，粉笔的痕迹还会剩下一点儿的。”

他们回到“一毛秀”，里面只有一盏电灯亮着。斯坦往里瞥了一眼。“没人，孩子。进去干自己的事吧。其他人都去哪了？”莫莉在吉娜舞台的帘子后面换衣服时，斯坦去了一趟厨房，发现大厨正在清洗咖啡壶。“人都哪儿去了？”

“散着呢。警察跟摩天轮和赌博摊的几个人吵起来了。他们连猫窝都搜过了。修理工明天来弄好。我得弄一盆水，好烧热了给他们洗衣服。要咖啡吗？”

“不了，谢谢。我要去找大家伙儿了。你知道他们在哪儿吗？”

厨师擦了擦手，点了根烟。

“霍特里沿着公路去找餐车了吧，还是什么的。路边小店，你肯定能看见。他说今天晚上不想在这边待着。无可厚非。看来是有人给警察透了怪人表演的信，所以他们要把你们一锅端，还有摩天轮的事。我听说啊，以前在‘一毛秀’里干文身，还跟普拉斯基起过争执那个男的，正在城里面四处传扬呢。”

“水手马丁？”

“就是那个兔崽子。我听说，他跟镇子上的人乱讲，然后鼓动他们去跟警察说。你能想象戏团里有这种败类吗？真该有人拿把菜刀捅进他下边，把那根棍给切了。”

斯坦听到外面传来低沉的口哨声，就跟厨师说了再见。莫莉站在“一毛秀”大帐的阴影下，穿着黑外套，里面是件白色绸衫，看上去扭扭捏捏的。他抓住她的胳膊，两人就朝着公路走去了。

这是一家专做鸡肉的小饭馆，里面传来说话声和大笑声。他推开了纱门。

大家都坐在一张铺着红色方格桌布的餐桌旁，上面有好几大杯威士忌，还有满是鸡骨头的盘子。霍特里正在发言：

“……就在我听到这小子搬出上帝啊、耶稣啊那套鬼话的时候，我就知道，他上道了。我跟你说，那场景真是绝了。老东西的嘴张得有一里地那么大——听得那么认真啊，说一句听一句。”

看到斯坦和莫莉进来，他停下话头，高呼一声。

其他人也打了招呼。吉娜赶忙起身，双臂抱住莫莉，还亲了亲她。“你没事太好了，宝贝，见到你太好了。快过来，挨着吉娜阿姨坐下。你都躲到哪里去了？我们知道他们没抓到你，也没抓斯坦，克莱姆在附近暗中盯着呢。你可是找得我好苦啊。”

“我藏在车里。”茉莉说，低头看看钱包，手里摆弄着钱包扣。

“还有斯坦！”吉娜紧紧地抱住他，热情地亲了他的嘴唇。“斯坦，小子，好样的。我就知道你有心计。想想看——冷读警察，还把他打发走了！哎呀，我真是太爱你了。”

蚊子少校尖利的声音插了进来。“过来吧，喝一杯。霍特里请客，快来呀。我嘴都有味儿了。”

两人分别坐下，一名头发竖立的瘦高小伙子又上了两盘鸡肉。

“兄弟们，酒别喝大了，城里管得可严。”

斯坦和莫莉坐在一块，狼吞虎咽地吃了起来。

乔·普拉斯基说：“干得好，小子。你脑子够用，不愧是干戏团的，没跑。”

布鲁诺什么也没说。他本来正要吃第四盘鸡肉，不过现在也放到一边。莫莉抓着斯坦的手，在桌布下面紧紧握住。两人迅速交换了一下眼神。

吉娜给自己倒了一杯酒，两口就喝完了。“酒可是坏东西，克莱姆。它怎么那么坏，就剩这么一点点了——那个苏格兰人就这么说的。”

克莱姆·霍特里牙叼着一根火柴。“大家注意。我问过警官，年轻的，挺面善。我问他，去哪儿能喝酒。他就把我送去小舅子家了。小心点就没事，今晚以后就太平了。查我们那个死老头，他是最麻烦的一个。咱们明晚接着开，把他们都请来玩，最好的宣传。”

莫莉看上去被吓到了。“我——我怕不安全吧。”

霍特里咧嘴一笑。“你穿马靴和马裤吧，没事的。他们都觉得你好看，犯不着担心。”

吉娜从嘴里拿出一根鸡骨头，说道：“我觉得咱们应该好好感谢一下斯坦。今晚要不是他，咱们可就麻烦大了。我总是说，第二种视觉不是一般的东西。会读心的人，走到哪里都饿不着。只是，嗨——”她转过身面对斯坦——“我都不知道你还能侃《圣经》，就跟克莱姆平常教训我们那样。”她嚼了两口，吃完继续说道：“斯坦，跟我们坦白吧，你当没当过讲道人？”他摇了摇头，嘴角上扬。“那是我爸爸的主意——他想让我当牧师。可惜我不想干。他又让我干房地产，不过那玩意太慢了。我就想变魔术。他老人家可是引经据典的高手，大概我也遗传了点吧。”

蚊子少校双手举起酒杯。“敬伟大的斯坦顿，欢乐、魔术、悬疑与瞎话的传播者！好小伙子，好小伙子……”

布鲁诺·赫兹说道：“你闭嘴，就你人小话多。”他黯然地望着莫莉，突然蹦出一句：“莫莉，你会跟斯坦结婚吗？”

房间一下子安静了，针掉在地上都能听见。莫莉一口呛住，吉娜拍打着她的后背。她回答的时候脸都红了：“怎么——你怎么这么想——”

布鲁诺莽撞而绝望地蹒跚向前。“你和斯坦在一块儿！你们俩要结婚吗？”

斯坦抬起头，平视着大力士的眼光。“莫莉和我要争当演艺界的大腕。我们都想清楚了。在两天一场的正规剧院，没有人会因为衣服穿得少来找她麻烦。”

吉娜把酒杯放下。“怎么——这，了不起。克莱姆，你听见了？他俩要去闯大剧院呢。我觉得好极了，太棒了。”她又给了莫莉一个拥抱，然后伸手去揪斯坦的头发。“斯坦，你——你这个骗人精！你还一直——跟……就像不知道世上有她这么个人似的。”她又往杯里倒了些威士忌，说道：“好啊，兄弟们，我敬新郎新娘一杯。祝你们长命百岁，一生平安——哈，莫莉？”

霍特里举起了咖啡杯。蚊子少校说：“万岁！我要躲到床底下，这可是初夜！我不出声，就让我——”

布鲁诺·赫兹给自己倒了一点酒，透过杯子凝视着莫莉。“你们好好的（原文为德语），”他嘟囔着说，“祝你们好运。你们需要点儿运气。没准哪一天——”

乔·普拉斯基还是他的拉撒路式微笑，看上去嘴巴就跟灯笼一样。“祝你们好运，孩子。我很高兴。我帮你写封推荐信吧，我在纽约有几个认识的订场经纪人。”

吉娜颤颤巍巍地把面前的盘子和杯子都挪开了，从钱包里拿出一叠纸牌。“拿着。轮到你们接受塔罗牌的启示了。塔罗牌总是会有答案。”她洗过牌后，说道：“来呀，亲爱的。切牌吧，看你能切到什么。”

莫莉切了牌，吉娜一把抓住，翻过来看。“你大概早就知道了——皇后！就是她，亲爱的。看啊，她坐在宝座上，上面还有维纳斯的符号呢，代表爱情。她头发里还有星星，代表你丈夫会给你的东西。”

蚊子少校咯咯笑了起来，布鲁诺让他噤声。

“皇后牌代表桃花运，亲爱的。再好不过了。你最想要的东西就要得到了。”她再次洗牌，拿给斯坦。斯坦之前就起身走到莫莉的椅子后面了，莫莉拉住他的手，在自己的面颊旁边握住。

“来吧，斯坦。切牌，看结果如何。”

斯坦放开莫莉的手。在牌堆里，有一张牌看来摸过得比较多，边缘比其他牌暗淡一些。他不假思索地就切到了这一张，然后把上面的牌翻开。

蚊子少校发出一阵狂叫。吉娜把酒瓶都打翻了，趁还没滚到地上，霍特里接住了它。布鲁诺麻木的脸上闪着类似胜利的光芒。莫莉看起来很疑惑，斯坦则笑出了声。桌子对面的侏儒用勺子敲打桌布，耍酒疯一样地高喊：

“哈！哈！哈！哈！是倒吊人！”

牌六／复生

在炽翼天使的呼唤下，坟墓与棺木打开了，死者赤条条地出现了

"……夫人，我看到你身边有很多人，他们嫉妒你的幸福，嫉妒你的教养，嫉妒你的幸运，还有——是的，我必须对你实话实说——你的美貌。我建议你去走自己的路，去做你内心深处认为是正确的事情。我相信，你的丈夫，现在与你同坐在剧院里的丈夫，他也会这样认为。对付恶意的嫉妒，最好的武器就是相信你自己的道路。不管他们说什么，你都是正义的，道德的。就是这些人中的一个——夫人，我相信你知道我说的是谁——毒死了你的狗。"

掌声不是一下子就响起的。观众感到不可思议，都被镇住了。掌声是从剧院后排开始的，然后逐渐向前。之前跟莫莉耳语问题，然后由斯坦解答的人最后才加进来。当时真可谓掌声雷动。斯坦已经回到沉重的大幕后面，像呼吸山间的空气一样享受着。

大幕再次拉开，意思是要他第二次鞠躬致意。他欣然同意，缓缓地低下躯干，直到与腰部平齐，然后伸出一只手。莫莉穿过后台侧面的门翩然而至。两人手拉着手，一同向观众鞠躬。接着，大幕重新拉上，两人从舞台侧面离开，走上混凝土楼梯，最后进了更衣室。

斯坦打开更衣室的门，站在门口等莫莉进来，然后把门关上。他在柳条沙发上静坐片刻，然后取下白领带，解开笔挺的衬衫的领圈扣子，点了根烟。

莫莉也脱掉了紧贴皮肤的晚礼服，挂在衣架上。她不着寸缕地站了一会儿，挠胳膊下面的肋骨。接着，她披上一件长袍，用头绳把头发扎住，然后开始往脸上敷冰奶油。

终于，斯坦开口了。“连续两晚是不是太累了？”

她手停了下来，压在下巴上，头拧到另一边不看他。“对不起啊，斯坦。我有点累了。”

他起身走过去，从上面看着她。“咱们都一块儿演了五年了，你怎么还搞错？老天爷啊，你脑子是干什么使的？ 88 是什么？”

她涂着烟熏妆的大眼睛泪光闪烁。“斯坦，我——我得想想。你一下子这么来，我得想想。我——就是得想想。”她已是有气无力的了。

他还是不依不饶，声音冷酷。“88！”

“组织！”她突然一笑，说道。“我能加入俱乐部、兄弟会或其他活动吗？当然了。我没忘，斯坦。真的，亲爱的。”

他走回柳条沙发，又坐了上去。“你睡前翻来覆去念一百遍，然后才能睡觉。知道吗？”

“好，斯坦。”

她心里高兴了些，紧张的时刻可算过去了。她用毛巾在脸上卸去粉妆，又在前额拍了点粉，开始涂口红。斯坦脱下衬衫，披了件睡袍。他熟练地在脸上抹了冰奶油，然后皱着眉头看镜子里的自己。蓝色的眼睛冷若冰霜，嘴角也出现了浅浅的皱纹。他笑的时候一直都有皱纹，不过，这是他第一次发现没笑时也有。时间正在他的脸上显出痕迹。

莫莉一边扣裙子，一边说："老天啊，真是累死了。我今晚哪都不想去，就想上床。我能连睡一个礼拜。"

斯坦坐在镜子前凝视自己的倒影。在镜子边缘灯光的照耀下，他显得有些僵硬。他都快认不出自己了。他在想，这张熟悉的面容背后发生了什么。还是方下巴，还是黄头发。这是一个谜，他自己也解不开的谜。几个月来，他第一次想到了吉普。这么多年了，记忆已经模糊，但它的形象依然清晰：它在长势喜人的庄稼地里蹦蹦跳跳，叼着无人在意的暮夏野草。

"好狗狗，"他嘟囔着说，"好狗狗。"

"你说什么，亲爱的？"莫莉正坐在柳条沙发上等他换衣服，顺便翻看电影杂志。

"没什么，"他转过头说，"胡言乱语罢了。"

谁毒死你的狗？身边嫉妒你的人。十四号。一的暗语：会；四的暗语：告诉。你会告诉这位女士她在想什么吗？

斯坦摇了摇头，均匀地用毛巾擦着脸。他把燕尾服挂起来，换上花呢长裤，梳过头后又系好领带。

外面下起了小雪，雪花落在更衣室脏兮兮的窗户表面。

走到舞台大门，冰冷的冬意扑面而来。他们叫了一辆车，莫莉用胳膊挽住斯坦，脸颊靠在他肩膀，一路如此。

“到了，伙计们。普利茅斯酒店。”

斯坦给了司机一美元，然后帮莫莉下车。

两人穿过旋转门，进入热得令人发昏的大堂。斯坦去了趟香烟柜台，抬起眼睛看着前台，再就不动了。莫莉转身过来见斯坦没有跟上，便赶忙走过来，把手搭在他胳膊上。“斯坦，亲爱的——你怎么了？天啊，你看上去不太好啊。你病了吗，宝贝？说话呀。你病了吗？你不是还生我的气吧，斯坦？”

他突然一转身，大步流星地从大堂走入冬夜的寒风中。寒冷的空气真好。他的脸，他的脖子，都需要冻一冻。他转向女孩。“莫莉，什么都别问。我刚看到一个不想见的人。上楼收拾东西。咱们退房。身上有钱吗？好，到前台把账结了，让服务员帮咱们取行李。”

她没再说话，点了点头便回去了。

下楼的时候，前台值夜班的女人放下侦探小说，抬头朝她笑着说：“麻烦结一下账，斯坦顿·卡尔里斯先生太太？”

女人又笑了。她头发都白了，莫莉很奇怪，为什么这么多白头发的女人一定要涂那么艳的口红？看起来跟妓女似的，她想着。我要是哪天头发也白了，是绝对不涂颜色比紫色转心莲深的口红的。但是，她当年一定绚丽过，莫莉暗下决心。她活过。她身上有一种让人觉得在演艺圈干过的感觉。不过，很多漂亮的人年轻时不也是一样？年轻根本代表不了什么。只要坚持在演艺圈扎根，坚持向着顶峰攀登，那样才算数。永远不要做“当年”而被“淘汰”。被淘汰，这是最糟糕的事情了。趁着有钱得多存点。还得住最好的旅馆，宴请剧院经理和报社老板。不过，谁知道过了这个演出季是怎么样呢？节目越值钱，想卖出去的成本也就越高。

“一共是十八美元八十五美分，”女人一边说一边打量着莫莉，“你丈夫还回酒店吗？”

莫莉脑筋飞快地转着。“不了。其实吧，他已经在市中心那边等我了。我们得坐火车去。”

笑容从女人的脸上消失了，变成一种担忧、期盼，同时又带着一种奇怪的饥渴感的表情。莫莉很讨厌她的这个模样，付完钱就出门了。

斯坦正大步来回走。路边停着一辆出租车，表已经打上了。装上行李，车就出发。

过了一会儿，莫莉躺在斯坦身旁，周围晦暗不明。她在思考。酒店都在一点区域啊，为什么车窗外总是有路灯亮着，街上总有车流，头顶总能看到电梯，楼上还总是有人砸东西呢？不过，总比哪儿也不去、什么都看不到好吧。

之前看着斯坦脱衣服让她一阵心悸，她怀念起了过去许多美好时光。那时虽然两人都累成了狗，但还是希望斯坦能好过一点。他最近很暴躁，两人上床时总是筋疲力尽。她脑中闪过一丝恐慌，担心自己的美貌正在逝去，或者别的什么。斯坦本来人那么好。一想到这些，她内心便恐惧不安。天啊，等待是值得的——等他真的想一起开心的时候。但是，她接着又想到了别的东西，并开始自言自语：“88——组织。我能参加俱乐部、工会、兄弟会或其他组织吗？我能参加俱乐部、工会、兄弟会或其他组织吗？”她重复了三遍，然后嘴唇微启着睡着了，手垫在脸颊下面，黑色长发披散在枕头上。

斯坦伸出手，在床边的桌子上摸索着香烟。他找到一根，用火柴点着了。远处能听到一辆晚间列车进站的声音，顺着铁轨清晰地传来。不过，那声音又从斯坦的脑中溜走了。

一段记忆涌上心头。那年他十一岁。

初夏一个平常的日子，他被卧室窗外树上的鑫斯鸣叫声唤醒了。斯坦·卡尔里斯张开双眼，太阳已经很大了。

吉普坐在床边的椅子上，喉咙里发出深沉的叫声，一只爪子放在斯坦的胳膊上。

斯坦懒散地伸出手，抚摸着狗狗的头，它开心地扭动着。没过一会儿，它就兴奋地摇着尾巴，跳上床来。他把吉普推开，开始用力擦狗狗爪子在床单上留下的干泥印。吉普上床总会让妈妈生气。

斯坦蹑手蹑脚地来到门口，但大厅对面父母的卧室还关着门。他又踮着脚回来，呆呆地穿上内衣和灯芯绒短裤。他在衬衫里面揣了本魔术教材，然后系上了鞋带。

斯坦走下楼梯，从冰箱里取出牛奶、面包和果酱，小心不弄出任何声响。给吉普的牛奶和面包放在地上的碟子里。

清晨寂静的厨房空无一人，斯坦切下几片面包，抹上果酱，读起了广告：

“……专业套装，适合剧场、俱乐部、社交场合。全套需表演一小时。附送精美布面教程。厂家直邮，地方经销。定价十五美元。”

吃完第八片果酱面包之后，他把剩下的早餐放好，专心到后门去看广告。太阳越来越大了。夏日清晨的骄阳带给他一种甜蜜的忧伤，恍如回到了很久以前骑士与高塔的时代。

他听到楼上传来高跟鞋的哒哒声，接着是浴缸放水的声音。妈妈起得还挺早。

斯坦急忙上楼去，在水声里听出妈妈在唱歌，是尖利的女高音：“哦，女士，我的女士，我爱你身上的香味，我爱你帽上的银扣……”

他很讨厌这首歌，一听就心烦。她一般是家里来客人了，把他哄上床之后才唱的，由深肤色的高个声乐老师马克·汉弗瑞伴奏，爸爸则坐在餐厅里，抽着雪茄，低声跟他自己的朋友聊生意的事。这是成人世界的一部分，它的秘密，它的喜怒无常，翻云覆雨。斯坦讨厌它。

他走进总是一股香水味的卧室。道道阳光从百叶帘照在黄铜床架上，很亮。床上乱糟糟的。

斯坦走了过去，把脸埋在残留着淡淡香水味的枕头里，一次次地呼吸。另一个枕头上是生发素的味道。

他跪在床边，想着伊莱恩和兰斯洛特的故事——她在舟里顺河而下，兰斯洛特站在岸边找她，最后却只能在恋人尸体旁神伤。

浴室的水流声停了，只留下断断续续的歌声。接着塞子拔了下来，污水流走了。

窗外的树影让房间里也有了荫凉，伴着弱起、变强，再渐弱消失的蝉鸣，炎夏要来了。

斯坦又对着枕头吸了一口，然后把头包在里面，隔绝噪声，隔绝一切，只感受着枕头的柔软与甜美。

浴室的弹簧锁突然响了。男孩忙乱地整好枕头，爬过大大的黄铜床，跑回大厅对面自己的房间。

他听到楼下詹妮正在后门慢步走着，还有厨房椅子吱嘎的声音，她肯定是把一身的肉都砸到上面，然后把帽子和好衣服脱掉。今天詹妮该洗衣服了。

斯坦听见妈妈从浴室里出来，然后卧室门关上。他溜进大厅，在旁边停住。

里面有光脚踩在地板上的声音，接着是门挡轻声插上。成人总是把自己锁起来。斯坦突然因为神秘和兴奋而颤栗，从后腰升起，最后直到肩胛骨。

透过关着的房门，他听到了香水瓶轻轻放在梳妆台上的声音，接着是椅子腿在挪动。椅子本身没怎么摇动，只是在地板上蹭着走。门挡插上的时候，瓶子也动了一下。

妈妈出来的时候已经穿戴整齐，准备去城里了。她还会给他布置很多活干，比如清理自己房间的衣柜，或者除掉阳台上的杂草。

他沿着大厅悄悄地走，然后小心地推开通往阁楼楼梯的门，轻声关上之后就上去了。他知道有些台阶踩上去有声，于是都避开了。阁楼上很热，木头和陈丝的味道很重。

斯坦四仰八叉地躺在一张盖着丝被套的铁床上。被套是用一块块方形的绸子缝起来的，两边颜色不一样，不过中央都有一大块黑色丝绸。它是斯坦顿奶奶去世前的那个冬天做的。

男孩脸朝下趴着。家里的各种声音飘来，听上去仿佛是很远的地方。被赶到后院的吉普呜呜叫着。詹妮在地下室里，新买的洗衣机轰鸣作响。妈妈的房门打开了，声音清脆，还有她的高跟鞋踩在台阶上。她大声叫了他一次，然后又朝下面叫詹妮。

詹妮浑厚深沉的声音从地下室窗户里传上来。“好，卡尔里斯太太。我看见就跟他说。”

有那么一会儿，斯坦害怕妈妈会走出后门，然后吉普扑到她身上，气得她大发雷霆，又开始说要把吉普弄走之类的。但是，她是从前门走的。斯坦听到邮箱被摇动的声音，然后是妈妈下台阶的声音。

他跳起来，跑到阁楼窗户边上，穿过下面的枫树树冠能看到门前的草坪。

妈妈正朝着停车线快步走去。

她要赶着去城里上汉弗瑞老师的声乐课，很久才会回来。有一次，她在教堂草坪的玻璃广告牌前停下脚步，上面说帕克曼博士下周日要来讲道，不过牌子太黑了，前面的玻璃又跟朝镜子里看一样。妈妈站在那里，好像在阅读下周日讲道的内容。她先朝一边看，又扭头看另一边，把帽子往前压了压，又摸了摸自己的头发。

接着她又走了，速度慢了些。男孩看着妈妈，直到她消失在他的视线之外。

斯坦跑遍了每个山头，每处高地，穿过原野，四顾遥望。他总能看见自家的屋顶，掩映在翠绿的枫树之间。

太阳落山了。

空气里弥漫着夏日的草香味儿。吉普在土堆之前奔跑，一会儿跑到看不见，一会儿又蹦跳着回来了。

斯坦越过栅栏，穿越草地，然后爬上一堵石墙，把吉普也带了过去。另一边的原野上，灌木丛、橡树苗和松树苗更加茂密，再过去便又是树林了。

走到树荫下，他再次不由自主地感到了混合着愉悦与恐惧的颤栗，一直传到肩胛骨。树林是与敌人拼杀的地方。你手持战斧与他们战斗；你全身赤裸，但没人敢说什么，因为你腰间的皮革带子上总是挂着一把斧子。树林深处还有一座古老的城堡。石块间的缝隙长满青苔，护城河里蓄满了水。古堡矗立着，死一般的寂静，没有一丝声响，也没有生命的迹象。

斯坦屏住呼吸，潜行向前，倾听带着绿意的寂静。脚下的叶子很柔嫩。他跨过一棵倒下的树，然后穿过树枝，仰望赋予树枝光明的太阳。

他开始幻想。他和辛西娅女士骑马穿过森林。他妈妈的名字叫辛西娅，但她不是辛西娅女士，只是长得像罢了。辛西娅是一位骑着白色小马的美丽女士，马鞍镶嵌着宝石，在透过树枝的斑驳阳光下一闪一闪的。斯坦身穿铠甲，长发修剪得十分整齐，面庞晒得黝黑，而且没有雀斑。他骑着一匹有力的、如同午夜般漆黑的战马。这就是它的名字：午夜。辛西娅是来探险的，因为树林里住着一位强大的老法师。

斯坦来到一段废弃多时的运输木料用的道路，他的梦也在此时醒了，因为他记得以前来这里野餐过。那次是跟莫里斯夫妇一起来的，马克·汉弗瑞开他的敞篷车载着爸爸妈妈。食物放在篮子里。

他突然心头升起怒火。他想起爸爸当时跟妈妈为了什么事情产生龃龉，结果把一天都毁了。他声音很小，但接着妈妈说："我跟斯坦要单独走走，走吧，斯坦。"她对其他人微笑着，出了事情的那种微笑。斯坦感觉那醉人的颤栗又一次窜上肩头。

那一次，他们发现了"林间空地"。

这是山脊上的一个深坑，除非偶然遇到，否则根本不可能知道。他以前来过这里。但是，妈妈来到这里时，仿佛突然感到了一种魔力，蹲下来亲吻他。他还记得妈妈喷的香水。她伸直手臂举着他，这一次是真的笑，似乎是对着她内心深处在笑。“别跟其他人说。这里是我们之间的秘密。”

他回去一路都很开心。晚上回家后，他上了床，爸爸尖锐粗暴的声音隔着几道墙都能听见，这让他很不好受，想要反抗。他老是跟妈妈吵什么呢？接着，他又想到了林间空地，想到了妈妈亲吻他的样子，便在床上幸福地扭动起来。

但是，第二天就跟没事一样。她又尖声对他讲话，还派了各种活给他。

斯坦沿伐木工的道路走着。他在一处水洼蹲下，像猎人追踪脚步一样查看。是汽车胎印和春雨，胎印还很清晰，刚刚才开始积水。

斯坦讨厌他们——成年人到处都是。他最讨厌他们的声音。

他警惕地穿过道路，喊吉普过来，免得它在灌木丛里乱动。他抓住狗项圈，继续向前，小心不要踩到枯枝。前往“林间空地”一定要静口，要敬心。他手脚并用爬过最后一道河岸，俯视着深坑。他僵住了。

“林间空地”里有声音传来。

他往里面瞥了瞥。两个人正躺在一条印第安毛毯上，斯坦马上就知道是一男一女，而且在偷偷干那种只要自己出现大家就都闭口不谈的事情——当然，有些成年人从来不谈这事。他心中燃起了好奇，想要趁他们没发现再去窥视一番。他从头到尾，全都看见了，那件让女人肚子里长出宝宝的事。他快要不能呼吸了。

女人的脸被男人的肩膀挡住了，只能看见她的双手压在他背上。过了一会儿，他们不动了。斯坦怀疑他们是不是死了——他们做的时候会不会死呢？还是说，就算做的时候疼，他们也必须要做呢？

最后，他们动了。男人躺到地上，女人坐了起来，双手抓着自己的头发。她银铃一般的笑声从“林间空地”的一侧传了上来，只是稍稍有些刺耳。

斯坦的手指抓紧了下面的草，接着转过身，拉住吉普的项圈，踉踉跄跄、连滚带爬地顺着斜坡下到路上。他奔跑着，喉咙火辣辣的，眼睛留出热泪。他一路跑回了家，最后上了阁楼，躺在铁窗上，想要哭却哭不出来。

过了一会儿，他听见妈妈回来了。天色暗了下来，影子渐渐拉长。接着，他听到汽车启动的声音，爸爸出去了，他是从摔车门的声音里听出来的，爸爸生气时就是这样。他刚才听到楼下爸爸急促的说话，隔着墙板传来；妈妈也提高调门，是发怒了。

斯坦往楼下走，一级一级台阶地往下走，边走边听。

父亲的声音是从客厅里传来的。“……我再也受不了你的这些谎话了。我告诉你，卡朋特太太看见你们两个拐进米尔斯树林了。她认出你了，还有马克，还有他那辆车。”

母亲说话声尖利。“查尔斯，我觉得你应该多一点——骄傲，能用这个词吗？——不要像你的朋友卡朋特太太这样庸俗。”

爸爸用拳头狠狠砸着壁炉台，金石之声充耳可闻。“纽约帽子！黑人女佣！洗衣机！音乐课！我给了你这么多，你转过身就这样对我！你！我早就该拿鞭子狠狠抽那条藏在草丛里的毒蛇！”

母亲缓缓说道。“我倒觉得马克·汉弗瑞能应付得了。实际上，我倒是想看看你在街上走到他面前，把你跟我说的话跟他也讲一遍。他会告诉你，你是个骗子。你想要的都会得到，这不就是你想要的吗？不仅如此，查尔斯，你有一颗肮脏的心。你不能随意评判别人，亲爱的。毕竟，一个人跟朋友开车，享受一个小时的快乐时光，不过如此而已。但是，我发现，如果你和——克拉拉·卡朋特，比方说？……”

爸爸发出一声既像怒吼，又想抽泣的声音。“以永恒的父之名，我发誓从不妄用主的圣名。但是，你够了，你在挑战圣徒般的耐心。愿主诅咒你！你听见了吗？愿主诅咒你还有——”

斯坦已经站在一楼，手指上下摆弄着楼梯的栏杆，看着宽阔的双开门里面的客厅。母亲笔直地坐在沙发上。父亲站在壁炉台旁，一只手揣在兜里，另一只敲打着木头。他抬起头，看见斯坦，手骤然停住。

斯坦想要转身跑出前门，但父亲的注视把他钉在了地上。母亲转过头，微笑地看着他。

接着，电话铃响了。

爸爸冲到大厅另一边接电话，一声“喂”！凶巴巴的，就像过道里炸开了爆竹似的。

斯坦痛苦地走着，就像行走在糖浆里一样。他穿过房间，来到母亲近旁。她的笑已经僵住了，变得有些可憎。她小声说道：“斯坦，爸爸生气了，因为我跟汉弗瑞先生开车兜风。我们本来想带你去的，但詹妮说你不在。不过——斯坦——你假装真的跟我们去了吧。下次去一定带你。要是爸爸以为你当时就在旁边，可能会好受些。”

父亲在大厅另一侧的说话声跟打雷一样：“以永恒的父之名，你为什么一开始要告诉那个白痴呢？我就不同意让他知道。投票委员会建议方案是理事会的事。我们本来都搞定了，板上钉钉了。现在城里的每个人都——他们都知道哪几条街要被切断了，明天早晨就等着沸反盈天吧……”

母亲挨近斯坦身边，他闻到了她头上的香水味。她去城里上音乐课的时候总涂这种香水。斯坦内心觉得阴冷空虚。她的亲吻也没用。“斯坦，你是谁的好宝宝？你是妈妈的好宝宝，对不对，宝贝？”

他点了点头，笨拙地朝客厅的双开门走去。爸爸回来了，把斯坦扛在肩上朝前门走。“玩去吧。你母亲跟我有话要说。”

母亲站在两人身边。“让他留下把，查尔斯。你怎么不问问斯坦顿，问问他今天下午干了什么呢？”

爸爸嘴巴紧闭，盯着她看，斯坦还在他肩上。慢慢地，他转过了头。“斯坦，你母亲在讲什么？”

斯坦咽了口吐沫。他讨厌这张松弛的大嘴，讨厌父亲下巴上几个小时不刮胡子就长出的淡黄色胡茬。马克·汉弗瑞用四卷报纸和一顶帽子变了个戏法，还教斯坦怎么变。他还讲了几个谜语。

斯坦说：“我们跟汉弗瑞先生开着他的车兜风了。”越过还举着他的父亲的胳膊，斯坦看到母亲的脸对着他做了个小动作，好像是在亲吻空气。

爸爸平静而危险地继续说道：“你们跟汉弗瑞先生都去哪里了，儿子？”

斯坦感觉自己都大舌头了，妈妈的脸也变得煞白，连嘴唇也是。“我们——我们去了上次咱们野餐的地方。”

爸爸的手指松开了，斯坦扭头跑进了落山的夕阳。他听见前门在身后关上了。

有人打开了客厅的落地灯。过了一会儿，爸爸出来了，钻进自己的车往城里方向开。母亲在厨房餐桌上留了冷盘、面包和黄油，斯坦一个人默默吃完，边吃边看魔术广告。菜索然无味，蓝色柳纹盘和老式刀叉也带上了可怕的忧伤。吉普在桌子底下扭来扭去，斯坦把自己的肉都给了他，然后拿了点果酱，抹在面包上吃。母亲回到楼上，进了一间空卧室，把门锁上。

第二天，妈妈给他做了早饭。他什么也没说，她也是。但是，她不再是成年人，而他也不再是小孩子了。再也没有什么成年人了。他们恐惧时就会撒谎，跟任何人没有两样。每个人都一样，只是有的人个头大点。他吃得很少，擦了擦嘴，礼貌地说了声："谢谢。"妈妈没给他安排活，她什么也没说。

他把吉普拴在狗窝里，然后朝着有伐木工道路的森林走去。他仿佛在梦游，太阳好像也不再温暖。在林间空地顶上，他停了一下，接着像狗一样滑下了斜坡。他身边是冲天笔直的树木，中间还传来啄木鸟的声音。草地有一块被压过，斯坦在附近发现了一块手帕，角落里绣着一个 C。

他出神地看着它，然后在地上挖了个洞，埋了。

回来的时候，他脑子里不停想着事，表面却若无其事。接着，他不想了，一种深深的落寞感淹没了他。

他上楼时，母亲正在自己的房间里。但是，他的床上却摆着一个又大又方的东西。他急忙跑了进去。

原来是它！"三号"神奇魔术套装。适合剧场、俱乐部、社交场合。

全套需表演一小时。定价十五美元。外包装色彩鲜亮，画着梅菲斯托让纸牌从玻璃杯中升起的图画。盒子侧面是一张贴纸，写着“梅尔玩具大卖场”和城里的地址。盒子四个角是仿金属质感的镶边，其实是打印在纸上的。

斯坦跪在床边盯着它看，接着抱住了它，用额头不停地撞一个尖角，直到血液流下。

电车来了，在酒店窗下静静开着，孤独地在夜色中穿行着。斯坦在颤抖着。他把床单扔掉，打开床头灯，踉跄地进了浴室。他从柜子里取出一个瓶子，往手上倒了一颗白色药片。他找到刷牙杯，就着一口温水把药片吞了。

回到床上后，安眠药过了几分钟才发挥作用。他感到一种平和的醉意钻进他的脑袋。

“神啊，我为什么一定要想起这些呢？”他大声说道，“这么多年过去了，我为什么一定要看到她？再过一周就是圣诞节了啊。”

牌七／皇帝

宝座上刻着权力的名字，权杖上刻着权力的象征

“斯坦，亲爱的，我害怕。”

斯坦降低车速，低头去看路标。舍伍德公园——8 英里。“我们就快到了。你害怕什么？因为这些人讲究大吗？咱不是都准备好了开场白了吗？八句说完，万事大吉。”

“我试过了，斯坦。就是——唉，太傻了。我怎么知道该用哪把叉子？他们那些高档菜摆得跟蒂芙尼的橱窗似的。”

斯坦顿大师下了高速。夏日余晖洒满天际，跑车在小路上加速的时候，车头灯把枯叶都抛到了后面。路旁是两排榆树，备显庄严。

“没什么大不了的。你就看着桌子最前面那位老妇人。她入席你再坐，跟着她学用餐具就行。我以前的朋友规矩也大着呢。她都能搞定。以前她跟我爸不管去哪，她都这么跟他说。”

大宅在夕阳中现身了，前面是一片足有高尔夫球场大的草坪。门口是一位黑人管家，衣服上是小小的黄铜扣。他说道：“先生，请让我给您放外套和帽子。”

“我是斯坦顿。读心师斯坦顿。”

“哦，哈灵顿夫人吩咐过，让我直接带您上楼。她说希望您在楼上用餐，先生。”

斯坦和莫莉跟着他穿过一道拱门，看到一名穿着晚礼服的女子。一名身着无尾礼服的男子背对巨大的深色壁炉站着，手持鸡尾酒杯，捏在底部而不是中部。

他们的房间在顶层后侧，天花板是倾斜的。

“晚宴马上开始，先生。有什么需要的话，拿起电话按8即可，那是联系管家的。”

管家把门关上后，斯坦又上了锁。“放松，孩子，”他说，“咱们俩自己吃。先把东西放好，试试电池怎么样。”

斯坦打开旅行袋，莫莉把连衣裙从头上脱下，挂在衣柜里。她从一个袋里抖出了镶有金属片的黑色网孔晚礼服。“提着线，亲爱的，别缠上我的头发。”

斯坦娴熟地把衣服从她头上套下去。这是一件露后背高襟圆领的衣服。她把头发拨到前面，同时他拿出一块贴着扁平耳机的弯曲金属板，然后放到她的脖子后面。头发放回来之后正好盖住耳朵，这样里面小巧的耳机就被完全藏起来了。斯坦把手伸进她脖子后面的深V开口，找到了一个小插头，然后连在耳机上。他从自己的手提箱里取出燕尾，往礼服衬衫上装。

“化妆要细心，孩子。记住——你现在不是给老百姓表演。该表现沉醉的时候，千万别乱跳乱动。”

他现在身上只有内衣，站着穿好亚麻背心，背心的兜是猎装样式。兜里鼓鼓囊囊的，装着扁平的手电筒电池。一根导线在外面晃悠着，在腿上有三处固定，最后伸进黑色丝绸短袜里，袜子上有一个小眼，是专门给导线用的。从袜子又进鞋，通过鞋子一边的插口，最后才穿上衬衫。他手上蘸了点水，在手绢上擦干净，然后从蜡纸信封里抽出一尘不染的白领带，打好以后，对着梳妆镜皱着眉头打量了一番。他的外套衬里中密密麻麻地缝上了细导线，另一个插孔将细导线与藏在下面的背心连在一起，发送器就在背心里。

斯坦顿大师调整了一下吊裤带，然后把马甲扣子扣好，用手指梳理头发，接着递给莫莉一把小刷子，让她掸掉自己肩头的灰尘。

“亲爱的，你真潇洒。”

“换你自己想想，狠狠亲一口是啥样？我可不想把脸弄花了，快给我把口红弄下去。”

他左脚趾下有一个鼓包，是耳机开关。斯坦把手伸进白马甲，假装把开关扔了出去。他在地上走着说。“有声没？”

“还没。”

“好。”他手伸进鞋里按了一下脚趾，但莫莉无动于衷。“可恶！要是我能弄根导线插在今天看节目的人身上就好了，保准不会出错。该死的无线玩意到处都有问题。”他双手在女孩衣服上摸索着检查。接着他说：“头发拿起来。”耳机插头掉了。斯坦用指甲锉把耳机的小分叉磨得锃亮，再次插好，然后莫莉整理好了头发。

他再次走到房间的另一边，按了按左脚脚趾。

“收到了，亲爱的。很清楚。现在走一走，看不该有反应的时候有没有。”

斯坦来回走了几步，整个身子压在脚趾上，莫莉什么都没听见，只有弯脚趾的时候才有反应。

“好了。我现在去另一个房间。要猜什么？”

“扑克、颜色、州份。”

“好。这是什么？”

莫莉闭上双眼，耳机里传来三次轻音，是黑桃。接着是一长三短。五加三等于八。

“黑桃 8。”

“正确。”

敲门声传来，斯坦让她噤声。

“晚餐到了，先生。哈灵顿夫人向您致意。她会打电话通知您下楼时间的。我帮您把酒开了吧，先生？下面要忙死了。”他把软木塞起了出来，涂了油的手指跟餐巾颜色对比很强烈。

斯坦在兜里摸二十五美分硬币，正好找到一枚。管家鞠着躬往外退。

“啊，快看，斯坦！香槟！”

“这一杯给您，卡希尔。咱们现在是工作。你要是说顺嘴了，管人家老妇人叫‘亲爱的’怎么办？”

“你呀，斯坦。”

他倒了几滴在自己的酒杯里，接着把酒瓶拿到浴室，把剩下的都倒进了洗手池，香槟酒带着欢快的气泡进了下水道。

从后面看，布拉德波恩·哈灵顿看上去就跟小女孩似的。可一看到脸，哎呀，好一只老乌鸦，斯坦想着。她敲响了铜锣，直到叽叽喳喳声没了才停。“我给大家准备了一个好节目。斯坦顿先生，我相信很多人已经在剧院里跟他见过面了。他将向我们展示了不起的奇观。我不知道他们是怎么办到的，所以还是有请斯坦顿先生亲自跟大家说明吧。”

斯坦和莫莉并排站在大厅里。他做了个深呼吸，用双手整理好头发。管家突然出现在他旁边，手里端着银盘，上面放着一张叠好的纸。“哈灵顿夫人让我给您的，先生。”

斯坦拿过来，用一只手展开，看了一眼就揉成一团放进兜里，面色阴沉。莫莉小声说：“怎么了，宝？发生什么了？”

“没事！”他恶狠狠地吐出两个字。“妥。”哈灵顿夫人在画室里接着说道：“……节目很激动人心，我肯定。有请斯坦顿先生。”

斯坦深吸一口气，走了进去，先向女主人鞠躬致意，然后再向观众行礼。“女士们，先生们。我们即将为大家带来的节目或许有许多种解释，而我不会解释。在人类心灵的领域，科学连皮毛都还没有抓到。大多数谜团还有待我们解开。但是，历史上的某些人展现出了非凡的天赋，而我不敢自诩是他们当中的一员。”这一次，他只不过微微颔首。观众都是大人物，上流阶级。片刻震惊之后，斯坦认出了一位著名小说家，身材高大，略驼背，半秃。另一位年轻女士，最近刚刚进入社交界，与流亡贵族的风流韵事便登上报纸。她膝上放着海波杯，白色连衣裙开得很低，斯坦都在想是不是能看到她的乳晕了。

“我出自苏格兰家庭，而苏格兰人向来以天赋异禀著称。”一位表情严峻的白发老法官点了点头。“先辈们称之为‘第二种视力’。我的说法更简单：通灵。众所周知，两个人的头脑之间可能建立起比语言更亲密的沟通方式。就是亲和（rapport）。我几年前就发现了这样一个人。女士们，先生们，请出我的助手，卡希尔小姐。”

莫莉带着微笑款款入场，手轻轻放在斯坦屈起的前臂上。社交新人把头转向坐在她椅子扶手上的青年男子。“是你的朋友吗，迪吉？”他把手放在她的唇上，然后津津有味地看着莫莉。

她双眼半闭，朱唇微启。老法官悄悄摘下了老花镜。“不好意思，能否请卡希尔小姐侧卧在那个沙发上呢？”

人们纷纷起身找别的座位，有个男的不禁窃笑。斯坦把莫莉领到沙发上，在她身后垫了个枕头。她抬起双脚，同时他把金属片长袍拖地的部分塞到了沙发里面。他从马甲口袋里掏出一颗弹珠大小的水晶球，然后放到她的眼睛上方。“集中注意力。”

房间里终于安静了。

“你的眼皮越来越沉重。重。重。你抬不起来了。你要睡了。睡了。睡了……”

莫莉长吐出一口气，嘴角的线条也松弛了下来。斯坦拉起她的手，放到她的大腿上。她已经睡了。他转向观众说：“我已经让她进入深度催眠状态。只有这样我才能确定是心灵感应的作用。现在节目交给大家，请给我看几样东西，珠宝、戏票，什么都可以。”

他又转向躺着的女孩。“卡希尔小姐，我会触碰房间里的几样东西。我碰的时候，你就描述它们。清楚吗？”

她点了点头，像是正在做梦一样，声音如同耳语。“是的，东西。描述……”

斯坦到了屋子另一边，老法官取出了一支金笔。斯坦接过来，聚精会神、眼睛瞪得大大地看着它。他背对莫莉，而莫莉则面对沙发背。她什么都看不见，但她却发出了声音，仿佛从远方传来，只有认真听才能听清。“笔。钢笔。金的。还有……刻着字，A……G……K。”

场上响起掌声，斯坦抬手止住。

女主人指着胸前佩戴的一束棕色水仙。莫莉悠远的声音再次响起。“花……美丽的花……它们……它们……是水……水仙，我感觉。”

众人都屏住了呼吸。

嘴唇鲜红，身穿低胸长裙的社交新人示意让斯坦过来。他走近的时候，她从旁边年轻人的口袋里掏出一个金质网纹小盒，打开盖子后，只让斯坦自己看到里面的东西。他皱了皱眉，而她咯咯笑着对他说：“来呀，读心师先生，来读读我的心。”

斯坦一动不动地站着，深吸一口气，然后憋住，脸都憋红了。

“看呀。他还会脸红呢。”女孩说道。

斯坦顿大师还是没动，莫莉却开口了。“这东西……这东西……我一定要说吗？”

斯坦扭过头去轻声说：“不用了，别说了。”

女孩把盒子合上，放回旁边男子的口袋里。“你赢了，兄弟。你赢了。”杯中酒一饮而尽。

斯坦顿大师鞠了一躬。“为免有人说我要诡计，给卡希尔小姐发信号，能否请几位先生女士同我到别屋片刻？五六人即可。我现在要请大家每人拿出一张纸，趁我离开的时候记下卡希尔小姐说的话。”

女主人自告奋勇，另有三对夫妇跟着斯坦走过大厅，进了图书室。

人都进来后，斯坦把门关上。有什么东西碰了一下他的手，凉凉的，吓了他一跳。大家都笑了。他旁边站着一条大丹犬，目不转睛地抬头盯着他，带着一种奇怪的孤独感，还用爪子推斯坦的腿。通灵师则一边跟其他人说话，一边若无其事地挠着耳后。

“请哪一位从这 52 张牌中选一张？”

“草花 2。”

“好，你记住了。哪位再选一个颜色？”

“查特酒色。”

“这可不太好想啊，我们会尽力的。现在，请哪位女士想一个州名，只要是美国的就行。”

“这个简单，”女孩拖着长音说，“只有一个州值得我们去想——阿拉巴马州。”

“阿拉巴马，很好。还要不要改呢？”

“不改了，就是阿拉巴马了。”

斯坦顿鞠了一躬。“我们请回吧。”

他把门撑住，其他人鱼贯而出。斯坦跪了下来，面颊蹭着大丹犬的脸。“你好呀，帅狗狗。你想让我当你的主人，对不对？”

大丹轻轻摇了摇。

“别让他们看扁了你，狗狗，狠狠咬他们的肥屁股。”

起身后，他整了整翻领，然后回到了人群和灯光下。

莫莉还躺在沙发上，如同等待着王子用亲吻解救的睡美人。屋内则是人声鼎沸。

“草花 2！还有颜色——他们选了查特酒色，然后她说不确定是黄色还是绿色！太了不起了！阿拉巴马也说中了！”

“你找他当丈夫怎么样，亲爱的？有人我知道马上就要回戛纳了。”

“奇迹。完全是奇迹。”

斯坦坐在莫莉身旁，拉起她的一只手说：“醒来！快醒来！”

她坐起身来，手背放到眼前。“怎么——发生什么事了？啊！我没事吧？”

“你太棒了，”他看着她的眼睛说，“全部完美通过。”

“我太高兴了。”

他把她拉了起来，两人的手还攥着。他们走到门口，转身向人群微微鞠躬，然后就出了门，只听掌声在身后响起。

“斯坦，我们不留在宴会上吗？我是说，后面的活动？”

“闭嘴。”

“可——斯坦——”

“我说了闭嘴！以后跟你解释。你先上楼，我一会儿就到，然后赶紧从这鬼地方离开。”

她顺从地走了，紧紧闭着双唇，强忍着哭出来的冲动。这跟其他演出有什么区别？她本来指望后来会有宴会，能跳舞，还有香槟。

斯坦径直走入图书室，狗狗跳起来迎他。斯坦也不管衬衫硬挺不硬挺了，没有阻挡它。“你还认识老伙计，是吧，好狗狗。”

“斯坦顿先生。”

来人是那位形似法官的老人。

“除非你告诉我奇迹的原理，不然你是走不了的。”

“谢谢。”

“我是认真的，孩子。恐怕你还没意识到你来到了什么地方，水比你想象得要深。”

“我没有解释。”斯坦突兀地说着，同时用手抓着狗狗的耳后。

“不过，我觉得我知道你们的秘密。”

沉默。斯坦能够感觉到血液涌到了脸上。老天爷啊，又是个业余魔术师，他愠怒地想着。我得赶紧摆脱他。不过，第一步是争取。最后，他微笑着说道：“也许你有了答案。少数拥有非凡智慧和科学知识的人或许能够猜出个大概。”

老人像贤者一样点了点头。“我猜到了，我的孩子。我都猜到了，这不是暗号的把戏。”

斯坦笑得很亲切，眼睛里闪动着惺惺相惜的光芒。老天啊，这就来了，不过我总会搞定他的。

“是的，我的孩子。我知道了。你保守秘密，我不会指责你。关键在那位年轻女士。”

“哦？”

法官放低声音说：“我知道不是心灵感应，你有鬼神相助。”

斯坦简直想要欢呼了。但他只是闭上眼睛，笑意在嘴边一闪而过。

“他们不懂，我的孩子。我知道你为何托辞是第二种视力。他们还接受不了人类存在的这个荣耀的真相。但是，这一天会到来的，我的孩子，会到来的。这位小姐，她是灵媒，是你的宝物，一定要发扬光大。她就像柔弱的蓓蕾，要善待，要呵护。激荡灵魂啊！啊，你想一想——这宝贵的灵媒天赋，我们与解脱者之间的黄金桥，他们生活在永恒上升的精神世界里——”

门开了，两人都转过头。原来是莫莉。“不好意思，我不知道你们有事。这个，斯坦——”

“卡希尔小姐，这位是金博尔法官先生。金博尔法官，我肯定，虽然我记不起看过你的照片。”

老人点了点头，朝斯坦微微一笑，好像刚刚分享了什么秘密。他拍了拍莫莉的手。“了不起的天赋，我亲爱的孩子，了不起。”

“是啊，确实是天赋。好了，法官先生。我得回楼上了。”

斯坦握住莫莉的双手，摇着说道：“你今晚太棒了，亲爱的。精彩绝伦。快去，我随后跟上。你最好躺下休息几分钟。”

他放开她时，茉莉说了声“哎呀”，看了看左手。但是，斯坦催她快走，在她身后轻轻关上门，接着把头转向法官。

“我承认，法官。但是——”他把头朝大厅对面的房间点了一下——“他们不会懂的。所以我才专门过来。这里有确实懂的。”他看着大狗说道：“是不是呀，狗狗？”

大丹轻轻摇着靠近了他。

“法官先生，你也知道，它们能感应到人类感官以外的事物。它们能看到，能听到我们永远察觉不到的存在。”斯坦朝着扶手椅旁边的阅读灯走去。“比方说，我刚才就接收到了房间里的某种感应，来自另一个世界，微弱但很清晰。我肯定是一位年轻女子，正要努力跟我们沟通。不过，我只能到此为止了，我看不见她。要是我们这位潇洒的朋友会说话就好了，它肯定能告诉我们。”

狗盯着摆满图书的房间的一处阴暗角落，发出可疑的低吼。正在老人看得入神的时候，它跳起来冲向那个角落，然后警惕地站住，不再出声，眼睛朝上看。

通灵师流畅地把手插进裤兜。“它们知道，先生。它们能看见。现在——祝您今晚愉快。”

在老法官看来，大宅里现在满是看不见的事物；一想到身边或许就有，他的双眼湿润了。斯坦顿大师缓缓地、优雅地、耸着肩膀往楼上走，就像皇帝一样。法官目送他离开。多了不起的年轻人啊。

回到倾斜天花板的房间，莫莉身穿胸罩和短裤躺在床上，抽着烟。见斯坦来了，她坐起身，抱了抱膝盖。“斯坦，你好好跟我说，我说想留下参加活动的时候，你干吗那么凶我？其他人请我们去家里的时候，我们都会留下玩玩，我又不是三杯香槟就顶不住的人。我真不是啊，亲爱的。你觉得我不懂规矩吗？”

他把双手插进兜里，抽出一张纸，揉成球扔向房间的角落。他恶狠狠地小声说：“老天爷啊，出去之前你不准哭。我说了不行，是因为现在不合适。我们只给他们这么多，吊着他们。咱们得留点神秘感，竹筒倒豆子可不行。老天爷啊，我们给了他们一个奇迹！他们这辈子都会到处传扬的，而且会越传越邪乎。我们得到了什么？区区三百美元。他们对我们就像传菜上酒的黑人服务员似的。辉煌时刻，就这样。你的名字写在一英尺高、发着光的字上了，然后去他们家，他们给你什么了？打发叫花子的饭。”

他呼吸沉重，面色通红，喉咙起伏。“我要把他们全拿住。楼下那个老头给了我一个角度。我要从他们身上好好榨点油水出来。我要让他们求着我再待一个星期。我要让他们揣测我们为什么在自己房里吃饭。

他们不配——这些混蛋。我以前怎么没想到应该这么干？太蠢了。以后我就明白这套把戏了。我给他们表演通灵，他们就像两条腿站着的狗一样企盼。好呀。他们自找的，我来了。”

他停了下来，看着莫莉。她正盯着自己，嘴唇周围毫无血色。“你干得不错，宝宝。”他笑着说道，嘴角上斜。“这是你的戒指，宝贝，表演用的。”

莫莉依然皱着眉头，把钻戒戴到手上，看着它朝倾斜天花板黑暗角落里闪烁的光。

斯坦小心翼翼地把导线解开，脱下衣服，走进浴室。莫莉听见门栓被大力拉上。

你永远说不清斯坦做事的缘由。你看他，落汤鸡都没见像他这样生气。他不会解释的。她绝不能惹到他，只能微笑，低声细语，假装自己是刚催眠结束累了。她没搞错暗号啊。他这是怎么了？

她起身从角落里捡回了纸球。这是活动最开始，黑人侍者在表演开始前给斯坦的。她颤抖着打开了它。

“请勿与来宾交往。”

牌八 / 太阳

太阳之子，以火为发，身骑白马，手持着生命的旗帜

“我不再提这事了，咱们不能再吵一整晚。我跟你说，这跟通灵没有一丁点区别。还是以前那样，穿上演出服，安排在过道里睡觉。我说真的。”

“亲爱的，我不太喜欢。”

“老天啊，那又怎么了？”

“这个，要是有——要是他们又来找我们。我是说，那个，他们可能不喜欢呢。我也说不清。我有点怕。”

“听着，宝贝。我经历这事也不下一百次了。要是真有人来找茬，那也不会因为做了点假就暴跳如雷。我们是为观众好，我们给他们带来了多少欢乐啊。毕竟，你想一想，你现在真的能跟你爸爸说话，就现在。你不高兴吗？”

“老天啊，我真希望能和爸爸说话。可能是我太想了吧，总希望有一天能够实现。”

“我知道，宝贝。我知道是怎么回事。也许毕竟并非全然虚幻。我不知道。不过，我去年一年见了六七位同行，他们全是骗子，每一个都是。我告诉你，这只是表演。观众相信我们能读心。那么好。我告诉他们‘案子会有好结果的’，他们就信。给他们一点盼头不好吗？周日的讲道人都在做什么呢？只不过是给人许愿。我们不只是许愿。我们还能证明！”

“我——亲爱的，我做不到啊。”

“什么都不用你干啊！我全包。你只需要进到柜子里，想睡觉也行。剩下的都交给我。”

“要是我们被抓了呢？我控制不住自己，我觉得很可怕。还记得我跟你讲，那天晚上，你——你让我跟你搭档——我说自己去爸爸的墓碑上写下‘他从没背叛过兄弟’？我在墓地里吓得要死，每一分钟都怕，直到碰到爸爸的墓石，然后我就哭了起来，一遍一遍地念着他的名字，好像他能听见似的。接着，我就感觉他真的能听到。我确定他能。”

“好了。你是他的女儿，你有胆量拼这一次，过上他希望你拥有的生活。咱们就干这么几年，办完这件大事，然后就可以退隐了。用不着全国巡回表演胡说八道了，我们应该安顿下来。我们会——我们会结婚，买一所房子，养几条狗。还有孩子。”

“别哄我了，亲爱的。”

“我认真的。你觉得我不想要孩子吗？养孩子是要钱的。一大笔钱。冬天一家子去佛罗里达，大看台上，孩子坐在咱俩中间。挡板升起，赛马飞奔出去，朝着终点冲刺。这是我想要的生活，我做事情都是为了它，每一件事情。今天就是我拿到牧师证书的日子。亲爱的，你可是跟一名不折不扣的讲道人同床呢。你从没想过会跟牧师睡觉吧！上个礼拜，我找裁缝做了件衣服——黑的，细绒面的，翻领，该有的都有。再戴上黑手套，披上黑斗篷，弄一盏暗室里用的那种红色的灯——伸手不见五指。扣子都是布的，一点不反光。我跟你说，装备都齐了。你不知道骗子从来不班门弄斧吗？要是有人发现了猫腻，蠢材们都会围着他念叨，拼了命地打包票。你觉得我会找科学家演吗？还是砸场子的聪明人？选好观众，然后随便你怎么说。你要做的，就是演完了跟老太太们走在一块，让她们感谢你，崇拜你。你给她们带来了多少安慰啊。你要不想做的话，我自己干也行。你回去找戏团，随便找个劳什子把戏玩，从头开始。"

"不是的，亲爱的。我不是说真——"

"好，我可是说真的，真真的。两条路。一条，走高端路线，赚大钱，有孩子，有衣服，有百万富翁一样的生活。另一条，回戏团，搔首弄姿，给一群穷棒子逗开心，也就那么几年。然后呢？我跟你都说了。主意你自己定。"

"让我想想。亲爱的，求你了。"

"你都想过了。别逼我干我不想干的事。宝贝，我是爱你的，你知道。手别放开，别说话。我说了，我是爱你的。我想要跟你生孩子，明白吗？另一只手也抱住我。就像以前那样，对吧？来。喜欢吗？当然喜欢。这就是天堂，宝贝，别搞砸了。"

"啊，亲爱的，亲爱的。"

“这多好。你干吗？说是。说是，宝贝。”

“是。是——我什么都干。”

河滨大道的古灰色石屋旁，艾迪·皮巴蒂（奇泽姆·W 夫人）亲自来应门。她已经把珍珠送走了。珍珠想到之后要发生的事，也很乐意地离开了。

最先到的是西蒙斯夫妇，皮巴蒂夫人把他们迎进了客厅。“实话说，我都闷死了，就想找人说话。我还以为这个下午过不去了呢。本来要去日场音乐会的，不过我知道我肯定坐不住。今晚我很激动的，他们都说新灵媒特别有本事——而且特别年轻。都说她没有背景，纯粹是天然的，自发的。我听说以前在马戏团干过，这有什么？异能不拘三百六十行，下层人民里反而多。我知道，我们都修不成正果，不过他们都说，卡尔里斯神父是修炼大师。我有一个朋友，现在跟他修炼快一年了吧，她就发现，自己一个人在家的时候会看到奇妙的现象。他迷上卡尔里斯先生了，他那么真诚，那么善解人意。”

其他来宾三三两两聚在一起。为了活跃气氛，西蒙斯先生讲了几个无伤大雅的笑话，人畜无害的那种。毕竟是要参加降神会，每个人都得带着发自内心的喜悦，必须把心态调整好，心诚则灵，心不诚则不灵。

门铃响了，坚定而威严。皮巴蒂太太匆忙出来，在大厅的镜子里看了一眼自己，扳了扳腰带，然后才来开门。门外灯下站着两人，其中的女子年近三十，身材高挑，衣着靓丽，美艳不可方物。但是，皮巴蒂太太的视线越过她，落在了另一名男子身上。

斯坦顿·卡尔里斯神父年约三十有五，手持黑帽，头发在灯下闪着金光——就像太阳一样，她想着。他让她想起了阿波罗。

刚看第一眼，皮巴蒂太太就注意到，他穿着牧师的常服，还有黑马甲小翻领。在通灵师里面，她还是头一次见过穿法衣的。不过，他实在是英俊潇洒，丝毫不显浮夸。每个人都会把他当成圣公会牧师的。

“哎呀，卡尔里斯先生，我就知道是你。你按门铃的时候我就有感应，很清晰。”

“你我之间必定有着完美的振动协律，皮巴蒂太太。有幸向您介绍灵媒，玛丽·玛格丽特·卡希尔。”

回到屋内，皮巴蒂太太向观众介绍了二人，接着又上了茶，太英伦了——就跟请来了真牧师一样，她想着。卡希尔小姐长相如此甜美，可惜没托生在好人家。为了摆脱自己的出身，她肯定已经竭尽全力了吧。哪怕她看上去带着一点卑贱，但她真的好美，唇齿之间还带着一种奇异的憔悴感，让皮巴蒂太太不禁心悸。灵媒消耗能量很大的——我们真的亏欠她太多。

卡尔里斯先生魅力非凡，声音里有种搅动心魄的力量。哪怕他面对着其他人，也仿佛是专门为你说的。他太善解人意了。

最后，皮巴蒂太太站起身来。“我可否演奏一曲？我经常说，什么都比不上传统的家庭管风琴。音调那么和谐，比钢琴强多了。”

她坐在琴台上，轻敲了一下琴弦。左踏板发出吱嘎的声音，该上油了。她弹的第一首曲子是《古旧十架》，观众一个接一个地跟着哼了起来，西蒙斯先生的男中音很棒。

卡尔里斯牧师清了清喉咙。“皮巴蒂太太，您是否还记得那首美妙的传统赞美诗《约旦河对岸》？这是我虔诚的母亲最喜欢的曲子，我很想现在听一听。”

“我记得。至少赞美诗集里有。”

西蒙斯先生自愿站在风琴旁领唱，其他人跟着哼：

在约旦河的对岸，
在甜美的伊甸园，
生命之树繁盛的地方，
我在那里安歇。
疲惫的人在那里安歇，
疲惫的人在那里安歇，
在约旦河的对岸，
我在那里安歇。

赞美诗结束时，皮巴蒂太太的眼眶湿润了。她知道灵感已经来了。她无声地坐在椅上，闭上双眼，任指尖自己去找到该按下的琴键。每个人都轻唱起来。

愿我们在河边相聚，
这美丽的约旦河。
我们将在河岸相聚，
这从主的宝座下流过的圣河。

她轻柔地奏出“阿门”的旋律，在音乐声的余韵中转向卡尔里斯牧师。他闭着双眼，正襟危坐，双手放在黑色绒裤膝盖上的位置。他开口了，眼睛没有睁开。

“我们的女主人为我们献上了精妙的一曲。琴与墙之间的壁龛太美妙了。我相信，大家悬着的心可以稍稍放下了。让我们怀着谦恭的心，在神面前静静地体会。祂对智者贤人隐藏，却对赤心稚子敞开。”

他睁开眼睛。在皮巴蒂太太看来，她从未见过这样澈碧的眼睛，也从没见过这样如鹰般锐利的凝视。灵力从他身上流出；你只能去感受。

通灵师继续说道：“请西蒙斯太太到祭台那边，紧贴着它坐下。皮巴蒂太太，请您来这一边，坐在她精妙弹奏的风琴前面。我要坐在这里，在她旁边。西蒙斯先生请在您妻子旁坐下。”

一把扶手椅搬到了壁龛内，卡希尔小姐膝盖并拢，直挺挺地坐着，双手交叉紧握。卡尔里斯牧师走进了壁龛。

“你觉得今晚状态如何，我亲爱的？”

卡希尔小姐勇敢地昂起头，微笑着点了点头。

“非常好。你身边都是好朋友。没有人会打破法阵。没有怀疑者会拿灯照你，危及你的生命。没有人会冒着破坏振动灵线的危险从椅子上起身。你身体上发出的灵性力量都会被细心观察，但不会有人去触碰。你没有什么好怕的。你感觉好吗？”

“是的，很好。”

“太棒了。你需要音乐吗？”

卡希尔小姐摇了摇头。“不需要。我感觉——感觉想睡觉。”

“放松，我亲爱的朋友。”

她合上了双眼。

皮巴蒂太太踮着脚把四周的灯灭了，只留下一盏。“壁龛的帘子要拉上吗？”

卡尔里斯摇了摇头。“首先要与她建立沟通，不要有任何隔阂。来，大家围成一圈。”

他们静静地各就各位，几分钟过去了。一把椅子发出了吱嘎声，外面有一辆车经过。天鹅绒窗帘将路灯挡得严严实实，外面的一切似乎都失去了意义。卡尔里斯牧师仿佛也进入出神状态。

咚！

每个人都吸了一口气，然后微笑着颔首。

咚！

卡尔里斯开口了。“罗摩克里希那？”

回应是三声叩击。

“我们亲爱的教师——我们敬爱的上师。他的精神从未离开我们——我们在神爱之下迎接你。你与神如此亲近，而我们却为凡尘所系。请你对我们说话，通过我们宝贵的灵媒玛丽·卡希尔的双唇。”

卡希尔小姐在椅子上活动起来，头向后仰。她张开了双唇，声音很轻，仿佛来自远方：

“人的肉体是灵的城，城里是心的宫殿，宫殿里绽放着灵的莲花。花中包含着天与地，水与火，日与月，闪电与星辰。”

她的声音毫无顿挫，就像发报机里一个个蹦出来似的。“他的眼光被幻像遮挡，他问这城：‘岁月终会将它掩埋，让它破碎，那之后还剩下什么呢？’智者答道：‘身体会老，灵魂不会；肉体腐朽，灵魂不灭。’世界之间，灵风吹拂，将莲花的花瓣带往繁星。”

她在此处停下，长舒一口气，双手紧靠扶手，接着落到大腿上。

“导师金口已开，”卡尔里斯轻轻地说，“今晚必将有大收获，我肯定。”

卡希尔小姐睁开双眼，从椅子上跳下来，在屋里四处走动，用指尖抚摸着家具和墙壁，然后转向卡尔里斯牧师。“我能换一身更舒适的衣服吗？”

牧师点了点头。“朋友们，我向来有一条宗旨。检验灵媒的本领，必定要去除环境中一切怀疑的因素。我们必须承认：招摇撞骗的灵媒是有的，专门利用人类最高贵、最纯洁的情感牟利。而我要说，玛丽·卡希尔的天赋是超绝于一般灵媒的。她能够在微光之下发挥，虽然不免会损耗自身的能量。今晚，我想请一位女士陪同她更衣，确保不会有欺诈、诡计和隐瞒。我知道大家不曾有过此等念头，但为了传扬灵修的福音，我们必须对整个世界、对最尖锐的批评者大声说道：我看到了，而且是在检验的条件下。”

皮巴蒂太太和西蒙斯太太站起身来，卡希尔小姐微笑着等她们。卡尔里斯打开小旅行箱，取出波纹绸白袍和白色凉鞋，交给灵媒，然后三位女士依次走出。

皮巴蒂太太带路走向自己的卧室。“来吧，亲爱的。在这儿把衣服都换下来，我们在楼下等你。”

卡希尔小姐摇了摇头。“卡尔里斯先生希望你们留下，我一点都不介意。”夫人们于是坐下，尴尬地一言不发。灵媒缓缓解开连衣裙，任由它落在地上。然后整齐地脱下丝袜，放在鞋子旁边。她一丝不挂地站在两人面前，从容地把长袍抖开。这时，皮巴蒂太太感到了一阵深切的、无名的悲哀。太太看着眼前的裸女，在自己孀居的卧室里毫无赧颜，喉咙便哽住了。卡希尔小姐是这样美，这样无瑕，心灵——至少部分的心灵——依然神游在那个遥远的世界。她看到卡希尔小姐终于穿上长袍，把带子宽松地系好时一阵难过，感觉回到了童年，舞台的大幕终于在自己面前落下。她把脚伸进凉鞋，对着两位夫人微笑。皮巴蒂太太站起身，整了整自己的裙装。

“亲爱的，你能来真是太好了。我们真的很高兴。”

接着，她带头回到楼下。

起居室的灯全都灭了，只有牧师带来的一盏小油灯，灯罩是红宝石色的玻璃，勉强能让每个人都看清其他人的脸。

卡尔里斯牧师拉着灵媒的手，把她领到壁龛的椅子上。“我们先不拉帘子试试看。”

大家围成一圈，虔诚而耐心地等待着。玛丽·卡希尔双眼紧闭，呻吟一声便缓缓坐下，扭过身子，头靠在椅背上。从她体内深处发出细语，接着她扭了回来，呼吸沉重起来。白袍的系带已经松了，穗头触到地毯。她的身体突然一弓，长袍大开。

围坐的观众倒抽一口气，身子纷纷前倾。

“皮巴蒂太太，麻烦您？”牧师的说话声就像赐福祈祷一样。

她赶忙跑来，摸着灵媒的脸，接着把她的长袍穿好，带子系紧。她禁不住温柔地轻拍女孩的手背，但灵媒却似乎毫无意识。

回到椅子上，她朝卡尔里斯牧师看去。他坐得笔直，闭着眼睛，双手静静地放在膝盖上。在油灯昏暗的红光下，他翻领上的面庞似乎浮在半空；他一动不动的双手也像是漂浮着，如同纸剪的一样。除了朦胧的一圈头颅以外，房间里唯一能看见的就是穿着白袍的灵媒。她的头发也融入阴暗。轻轻地，慢慢地，灵魂又开始说话了。起先是轻叩，后来渐渐成了响亮的敲击。不知怎的，吊灯的玻璃柱晃动起来，一直持续了几分钟，仿佛有一双灵魂的手在弹奏——就像小孩子一样拨动，如果小孩子能浮到天棚上的话。

西蒙斯夫人先开口了，语速急促，带着敬畏。“我看见了光。”

光真的在。一束柔和的绿光在皮巴蒂夫人身旁的地板附近一闪而过。皮巴蒂夫人感受到了一股微风——奥利弗·洛奇爵士笔下的精神之风。接着，另一道光穿过房间在高处游走。她稍微侧了侧眼镜，好看得清楚些。那是一只手，食指仿佛指向天堂。它消失了。手影似乎已经随着光不见了，但她知道，自己真的看到了它。然而，光再次出现时，每个人都看到了。一团光浮在地板上方，灵媒身前，仿佛是无中生有。它逐渐成形，升到她面前，有那么一刻竟模糊了她的面容。

光变得更亮了。皮巴蒂夫人认出了一名女孩的容貌。“卡洛琳！卡洛宝贝，是你吗？”

私语声亲切而柔和：“母亲。母亲。母亲。”

声音消失了。皮巴蒂夫人摘下眼镜，揉了揉眼睛。卡洛琳终于来了。这孩子的形象是那么清晰！年纪似乎定格在离世的时刻。卡洛琳还是十六岁，苍天保佑！“卡洛——别离开！不要走，亲爱的！回来！”

黑暗。油灯忽闪着，火焰渐渐熄灭，黑暗笼罩了所有人。但皮巴蒂丝毫没有注意。她的眼睛噙满泪水，紧闭着。

卡尔里斯牧师说话了。“麻烦开下灯？”

明亮的橙色灯光下，牧师依然坐着，双手放在膝盖上。他起身走向灵媒，用手帕擦拭着她的眼角和嘴唇。她睁开眼睛，双脚摇晃着，一句话都没有说。

通灵师稳住双臂，再次对着参与者笑道。“我要去趟楼上。”她上气不接下气地说道。

她离开后，众人围在斯坦顿·卡尔里斯神父身边，按着他的手。他们终于松了一口气，于是七嘴八舌起来。

“亲爱的朋友们，今晚并不是结束，未来还有很多机会。我们要共同探究另一个世界的奥秘。现在，卡希尔小姐收拾好，我就必须离开了。大家也知道，灵媒是要呵护的。我现在上楼找她，请各位不要动，不要出声道别，她承受了巨大的压力，静静离开就好。”

他笑着献上祝福，接着轻轻关上了身后的门。大厅桌子上放着一个蓝色信封，“致我们亲爱的灵媒，些许敬意，聊表寸心。”里面是皮巴蒂太太的七十美元。

“十块一张，”斯坦把信封捏成一团，压低嗓子说道，“把帽子拿稳了，夫人！刚才这都不算什么。”

他上楼进了皮巴蒂太太的卧室，把门关上。莫莉正在换衣梳头。

“好了，宝贝，我们把他们摆了一道。每时每刻都有灯光，灵媒也都能看见。袍子真是太棒了。这招转移视线干的真是绝了！就算知道我在干什么，他们也挪不开视线。”

从法袍下面，他取出了两只纸做的手模和两只黑手套。外衣有一个扁平的大兜，里面放着一张黑色硬纸板，纸上画着杂志上剪下来的电影女星照片，上面还有荧光剂。袖子里藏着蓝钢制成的小筒形的望远镜。他把这些道具收入白袍里，塞进之前带上楼的旅行箱中。接着，他提起自己的鞋，从脚背的位置上取下一根荧光图钉，扔进包里，然后合上。

“准备好了吗，宝贝？趁我还没忘，夸我两句吧。这一趟就七十，不过这才刚起步嘛。这一趟挺成功，咱们可以悄悄地下楼，用不着应付别人的庆贺什么的了。宝贝，咱们下一次要好好吃这老太太一票。”

莫莉的双唇在颤抖。“斯坦，皮巴蒂太太人太好了。我——我不忍心再干这种事了。我做不到啊。她那么想跟女儿说话，你却只能在她耳边低语。”

斯坦顿·卡尔里斯牧师是正规的通灵神父。他先给美国通灵协会寄去了两美元会费和一份宣誓证词，自称收到灵魂发来的信息，从而获得了灵媒证书。至于牧师证，他花了五美元，某个周四的晚上跟一名正规神父见了面，后者让候选牧师卡尔里斯上讲台谈了几分钟。另一边的信息随之而来，一位新的通灵神父也随之诞生。他现在拥有主持婚礼、葬礼和宗教仪式的资格。他把头一回，不发出声音地笑了。

“别担心，宝贝。她会听到女儿说话的。不止是低语，她还能看见女儿。操纵光影再加上灵媒随时在场，这是先取得他们的信任。下次就是正常的降神会，没有灯光，或者壁龛上拉帘子。到时候跟皮巴蒂夫人说话，让她激动不已的人会是谁？你猜猜看？”

“反正不是我。斯坦，我做不到啊。”

他突然冷酷起来。“你不想让我下楼跟那些老人说，我被假灵媒骗了一路吧，宝贝？我的小舞蹈家，你已经吃住他们了。时机来到的时候——你肯定要扮鬼魂说话的。来吧，宝贝。咱们把这里搞定。越快把这套劳什子撇掉，咱们的小日子就能越来越好。你觉得这出戏里只有你在发抖？”

来宾在皮巴蒂太太家用自助餐到很晚。皮巴蒂太太已经从认出女儿的颤栗中缓了过来，开始大力颂扬新灵媒和她的导师——斯坦顿·卡尔里斯牧师。“你们知道吗，他按响门铃时，我真的有了感应。我开门时，他的头发上闪着光——就像太阳的光晕，简直别无二致。我当时就对自己说，他就是阿波罗。这是我的原话。”

其他人离去后，艾迪·皮巴蒂兴奋得睡不着觉。最后，她披上一件便服，走下楼梯，感觉卡洛琳一直在身边。她来到管风琴旁，她的手指按上琴键，乐音里灌注着精神的力量。她的演奏中带上了一种新的音色。接着，一首奏鸣曲从她指尖流出，她闭着眼，凭着记忆弹奏着：

在约旦河的对岸，
在甜美的伊甸园，
生命之树繁盛的地方，
我在那里安歇。

牌九／教皇

他们匍匐在头戴三重冕、手持天上与地下的宝匙的最高祭司面前

面庞悬浮在空中，笼罩在神秘的绿色光辉中。但那是一名女孩的脸，她说话的时候，艾迪能看见她的嘴唇在动。她的眼睛睁开时，黑暗与空虚霎时降临，让人心头一紧。接着，发着光的盖子再次合上，传来了人的声音：

“妈妈……我爱你。我想让你知道。”

艾迪费力地咽着唾液，努力控制自己的喉头。“我知道，亲爱的。卡洛，我的宝贝——”

“你现在……可以叫我卡洛琳。它是你给我的名字。你肯定很爱它。我竟然不希望你这样叫我，真是太愚蠢了。现在，我明白了很多事情。”

面容在黑暗中逐渐退散，声音也变得模糊了。接着，光亮也变形，缩小，成为地板上方的一个光斑，最后消失了。

人声又来了。由于壁龛里和灵媒放在一起的金属喇叭，声音比刚才大了。“母亲……我要回去了。多保重……这里也有邪恶的力量。我们并非都是善类，同样有恶灵。我能感到他们在我身边。邪恶的力量……母亲……再见了。”

喇叭磕在管风琴上，伴着一声脆响掉到地上，滚到艾迪椅旁不动了。她急切地伸手捡起来，却发现它是冰冷的，无声的，只有嘴的位置残留着卡洛琳双唇的余温。

之前两晚搅动心神的轻响开始了，从墙壁、风琴、她的椅背、地面等各处传来。戏谑的旋律，杂乱的节奏，就像坏孩子折腾老师似的。

壁炉台上的花瓶打了，在壁炉的瓦片上摔得粉碎，吓得艾迪失声尖叫。

卡尔里斯牧师的声音从黑暗中传来，来到她身边。“我们要有耐心，毕竟是冒昧请你前来与我们对话。我们对你没有敌意，希望你平安。我们来到这里，是希望凭借祈祷帮你解脱，只要你肯听。”

他自己的椅背上发出一声怪响，权当回应。

皮巴蒂太太感到手里的喇叭不太安分，它在头顶的天花板叮咚作响，接着从中传出人声。杂乱的怪响停止了。人声低沉，颤栗，口音很重。

“通往神要经由爱的瑜伽。”这是克里希那精魂的声音。“生活在低层世界中卑猥的存在啊，倾听我的爱之言，走向精神的成长。不要戕害我们，不要戕害我们的灵媒，也不要戕害这个甜美女孩的灵魂，她曾与自己的母亲沟通，却被你恶意驱赶。倾听心中的爱吧！这爱就如同百川汇海，而这海便是神的宏心。哈瑞—欧姆！（Hari Aum）”

喇叭落地，房间再次沉寂。

门口，卡尔里斯牧师一边道晚安，一边紧紧握住艾迪的手。“我们一定要有信心，皮巴蒂太太。恶灵干扰是常见的现象。有的时候，我们——还有已经解脱的亲友——可以通过祈祷挫败他们。我会祈祷的。你的小女儿卡洛琳或许帮不上太大的忙，但我确定她也会努力的——在冥河的另一边。现在，我们要鼓起勇气。就算肉体不在，我的精神也与你同在。请务必记住。”

她关上了正门。身后、头顶这座空荡荡的大宅让她恐惧。她多想找个女孩同住啊。但是，珍珠已经走了，接着是那对挪威夫妇，赖尔登老妇人也离开了。没办法的。卡尔里斯先生说过，搬去酒店于事无补，因为灵魂是跟人走的，而不是附在房屋上。酒店里要面对女仆、服务生等，那么多人，那可太糟糕了。

另外，这是卡洛琳居住的地方——当年她活着的时候，她纠正道。卡洛琳三岁时，一家人买了这处房产，就在圣诞节前不久。圣诞树就放在卡希尔小姐在降神会里坐着的地方。她从腰带里拿出一张雪纺手帕，擤了擤鼻子。卡洛琳面前的生活那样美好，结果却发生这样的事情，真是太可怕了。

扶手椅还放在壁龛里，艾迪小心翼翼地坐在上面。现在，这个角落属于卡希尔小姐。为了让卡洛琳开口、现身，她付出了那么多牺牲，承受了那么多苦痛。艾迪往下坐得更实了些，想要驱散一种感觉：这里再也不是她的家了。她努力回想卡洛琳度过的第三个圣诞节，当时有哪些礼物。她记得有一台小小的木质电话，卡洛琳圣诞节一整天都在“打给”别人。

现在，这座房子再也没有家的味道了——它属于一位可怕的陌生人。它愚蠢而妒忌，打破东西，敲打窗玻璃，几乎让艾迪精神崩溃。它无处不在，无处可逃。哪怕是出去买东西，看电影，她似乎也感觉皮肤下有东西在爬。她试图告诉自己，这不过是神经过敏。但卡尔里斯先生提到过一起驱魔案例，当时恶灵真的附在一个男人的皮肤上。她现在相信了。她抽泣了起来，身体的痛楚却带来心理的安慰。你感受不到其他可怕的事情了，这就是一种安慰。

房子一片寂静。但在上楼的漫漫长路中，她感觉有人在看自己。不是眼睛，而是不以眼睛视物的邪恶精灵。

艾迪·皮巴蒂迅速把头发散开，然后把水泼到脸上，用毛巾擦了好几遍。

她在床上试着阅读卡尔里斯神父给的一本书，主题是克里希那和爱的瑜伽。但是，单词感觉都是乱的，她发现自己在翻来覆去地读着同一句话，巴望着敲击声不要再来了。敲击声来自窗玻璃。第一次的时候，她赶忙打开窗户，以为是小男孩在扔石头。但外面没有人，街对面的出租屋都在沉睡中，窗户像山洞一样黝黑，一两家脏兮兮的蕾丝窗帘随着晚风拂动。那是近一周前的事了。

啪！

艾迪打开灯，看了看钟。一点二十分。她双手捧着皮革外套的旅行钟，眨了眨眼，直到看清缓慢而坚定地走着的分针，就像人生一样。她把钟放下，用两只手上紧发条，然后静静等待。一点三十分。大概不会再来了吧。上帝啊，我是有信心的；我真的有。别让它——啪！

她披上长袍，赶忙下楼，一路上把灯都打开。灯火通明的空宅让她毛骨悚然。于是，她从大厅关掉楼上的灯。楼梯顶部黑漆漆的，那浓重的黑几乎让她窒息。

在厨房里，她灌上了一壶水，溅得袖子上都是，然后放在茶炉上。突然，橱柜里发出了碰撞声，吓得她用袍子裹紧喉咙。

“亲爱的——”她对着空气说话，希望让“它”听到自己说话。“我不知道你是谁，亲爱的，但你肯定是个小男孩，淘气的小男孩。我——我不想惩罚你，亲爱的。神——神是爱。”

地下室又传来碰撞声，让她感到脚下颤动。她怕极了，不敢下去看，但她知道是炉子旁边的大铲子倒了。接着，她又听到楼下传来动静。在沉睡的城市中，唯有这座房子悄无声息地亮着灯光；只见她捂住耳朵，奔到楼上，连炉子上嗡鸣的壶也不管了。

地下室里传来煤铲的磕碰声，好像它长出了螃蟹似的腿，正在水泥地上小步爬行，每步一英寸，慢慢地爬着，爬着。

这一次，她拿起电话，拨通了一个号码。对面的人声低沉而模糊，但对她来说便如同温暖的披肩。

“皮巴蒂太太，听到这件事，我感到很难过。我会马上开始冥想，整晚为你祝祷，汇聚精神的力量。我相信它不会再打扰你了。至少今晚不会。”

艾迪一上床就睡着了。她给自己倒了杯茶。有一次，她想到了地下室的声音，但她再也不怕了，因为卡尔里斯牧师与她同在，精神上同在。要是能请他前来同住几晚就好了。她必须再次开口请他。

这座老旧的灰色石屋与附近的房屋同样幽静。送奶工正独自走在路上，他看见一名穿深色外套的男子正从地下室的窗里往外拉东西，长度跟一条鱼线差不多。他正想着要不要叫警察，不过转念一想，这人十有八九是个怪人。这片地方怪人太多了。

莫莉·卡希尔转过身，发现斯坦正要躺到她旁边时，窗户上刚刚能发现阳光的痕迹。她把头靠在他喉咙上片刻，接着翻回去睡了。有外遇的男人身上总能闻见别人的香水味。大家都这么说。

艾迪·皮巴蒂起得很晚，给卡尔里斯打了电话，但没人接。她有一种奇异的感受：她在自家电话里听到的铃声也来自街对面的出租屋，但她还是将心绪平缓下来。不管怎么说，没有人接。

过了一会儿，她打开药柜拿牙膏，结果看见一只大约三英寸（不到七厘米）的棕色大蟑螂飞了出来。她敢肯定，这是恶灵放进去的，只是为了捉弄她。

吃早饭的时候，牛奶带着一股姜味。她知道是恶灵干的，因为它们总是让牛奶变酸或者带上姜味。她的牛奶可是最优质厂家生产的正规产品。她赶忙穿好衣服出门了。发廊里，不管是跟格林斯潘小姐谈天，还是吹风机的热度，都是那么令人安宁舒心。艾迪做了面部护理和美甲，感觉好了些。购物之后，她去看了一场电影，看到中间觉得心绪不宁，只好离场了。

她回家时已经快傍晚了，还没把东西放下就闻到了烟味。片刻之间，她呆住了，不知道是该去寻找火源还是叫消防队。徘徊不定间，烟味更浓了。然后，她看见大厅的雨伞下有东西烧着了，散发出可怕的烟味。损失倒没有什么，只是冒烟而已，于是艾迪就把黄铜伞柄拿到了后院。气味有点像老式含硫火柴。难怪古人总是说，邪灵会在火焰与硫黄中出现——恶灵之火闻起来就是硫的味道。

夜色一分一秒地走向深沉。那场火又让她神经紧张起来；她一直怕火怕得要死。接着，窗户上又传来敲击声，这次连前门上的扇形气窗也有这种声音了。

这时，敲门声响了。她知道是卡尔里斯先生和卡希尔小姐。多让人安心啊。西蒙斯夫妇今晚不来，艾迪觉得这是好事，虽然不无负罪感——她可以独自占有卡尔里斯先生了。这样似乎总能带来最好的结果。外在干扰对效果不利，哪怕是对通灵师这样最亲近、最投入的西蒙斯夫妇。

卡希尔小姐看上去比以往更加倦怠了。降神会开始前，艾迪给她做了一杯热气腾腾的阿华田，但似乎并不能让她打起精神。她嘴角的皱纹更深了。

她谈起《约旦河对岸》时，卡尔里斯先生问她，卡洛琳有没有最喜欢的圣歌。她只好如实回答说，卡洛琳并非虔诚信徒。当然了，她在主日学校里会唱圣歌，但在家里从来不唱。

“皮巴蒂夫人，她在家里到底唱什么呢？比较正经的歌。也许是老情歌？”

艾迪回想起来。卡尔里斯在身边的时候，她就都能想起来了，这种感觉真的很奇妙。跟他说话时，她仿佛就离卡洛琳更近了。她现在想起来了。“听，听！云雀！蓝天边唱！”她转过身弹了起来，起初声音很轻，之后越来越强，充盈在整个房间中，金属盘都发出了谐振。她一遍遍地弹着，听着卡洛琳的童声随着琴声流出，虽然细弱却是真声。最后停下来的时候，她的双腿都踩得疼了。

卡尔里斯先生之前把灯都关了，还拉上了壁龛前的帘子。她坐到他身旁的直背椅上，然后他就把最后一盏灯也灭了，让黑暗笼罩在每一个人周围。

听到喇叭声响起时，她唱了起来。接着，传来了悠远甜美的笛声，音调颇高，就像牧羊人吹芦苇一样。“……太阳之神正在生气。他把骏马牵向水边……”

一阵清风拂过她的面庞，接着发梢感到某种实体的触摸。黑暗中发出一点绿光，她知道是壁龛的位置。它在颤动，跳跃，就像喷泉上的球一样，越来越大，随之绽放成了花的形象。接着，它继续变大，逐渐成形，似乎蒙上了面纱。是卡洛琳，她悬浮在空气中，就在地面之上几英尺的地方。

绿光，也就是卡洛琳的面庞，越来越亮。艾迪能看到她的眉毛，她的嘴巴，她的眼睑。眼睛睁开了，黝黑的，如洞穴一般，让她的心纠结不已。

“卡洛琳——宝贝，跟我说话吧。你快乐吗？你还好吗，宝贝？”

她的嘴唇张开了。“母亲……我……必须向你坦白。”

“亲爱的，没什么需要坦白的。我有时会苛责你，但我并不——请原谅我吧。”

“不……我必须坦白。我并没有……没有完全解脱。我有自私的念头。卑鄙的念头。对于你对于其他人的。他们让我停留在低层的世界里……有低级的力量，它们困扰着我。母亲……救我。”

艾迪已经站起身来，颤巍巍地朝着成形的实体走去。卡尔里斯牧师马上抓住她的手腕，而她自己都几乎没有注意到。“卡洛琳，宝贝！告诉我该怎么办——什么都行！”

“这座房子……进来了邪物。它们占用了这座房子，将我带走了。”

“亲爱的——那我怎么办呢？”

“去远方，去温暖的地方，去加利福尼亚。”

“好，好，亲爱的。你把所有的都告诉妈妈。”

“这座房子……请卡尔里斯先生把它献给教会。我们不要住在这里了。带我去加利福尼亚吧。只要你去，我也会跟着去。我会跟你一起去的，我们会过上快乐的生活。只有这座房子变成教堂，我才能够快乐。求你了，母亲。”

“啊，孩子，当然了，什么事都行。你之前怎么不对我说呢？”

形象黯淡了。下沉，摆动，最后光不见了。

出租车里两人还跟以前一样说个不停。老天爷啊，太搞笑了！——“她们从此幸福地生活在了一起。”司机从公交车和小轿车之间插了过去，刮到一点车皮，担心地嘟囔了几句。

“格温，你个蠢货。”男人喊道。

夫妇二人继续开说，他偷偷听着，逗逗乐子。

“我跟你说，咱们有大本营了。你没看出来吗，宝贝，这就是梦想起航的地方。这座房子，我要从地下室到阁楼来个大变样。只要我想要，让耶稣再世也没问题。你太棒了，宝贝，太棒了。”

“斯坦，把你的手拿开。”

“是什么事烦心呢？控制情绪，宝贝。上床后来一杯怎么样？”

“我说了让你把手拿开！我受不了了！我受不了了！我要下车。我走着去。你听见了吗？让我下车！”

“宝贝儿，你冷静点。”

“我不。我不跟你走了，别碰我。”

“司机，我们下车。拐角处就行，随便。”

出租车司机看了一眼后视镜，差点没控制住方向盘撞到路灯杆子上。我的妈呀！车里这女的满脸发绿光！

下文摘自艾德·沃尔夫霍普的专栏文章《动脉硬化》：

“……孀居，年逾七旬，拥有一栋公路旁的优雅古宅。育有一女，多年前即去世，留居此地只因当年回忆。不久前，两个骗子让她的女儿‘实体化’，还告诉她母亲把房子交给他们，然后移居西海岸。没有人知道他们之前从孀居老妇手里窃取了多少钱财。但是，她启程时面色红润，心情愉悦——在列车门口还亲了这两个骗子。他们竟然以‘拒缴赡养费’为名把别人投入监狱！……”

下文出自《号角之声》：

“致编辑：

“我的一位友人最近给我送来一篇百老汇专栏作家的文章，主题是斯坦顿·卡尔里斯牧师。这篇文章从头到尾都是谎言。我要说的是，用气枪打我的窗户，开什么玩笑？我一整晚都睁着眼睛。任何人，只要对通灵现象有一点了解，就肯定知道那是恶灵邪火。

“在我有幸见过的人中间，卡希尔小姐和卡尔里斯牧师是最可贵的两位。我可以作证，他们的所有降神会都是在最严格的条件下进行的，任何正派人士都不会怀疑其中有诈。第一次降神会的时候，我就认出了自己的女儿卡洛琳，她十六岁离开人世，本来再过几天就要上高中了。在其他场合下，她一次又一次地出现，我几乎能够触到她金色的秀发，她身上还是死的时候穿着的衣服。我有一张她高中年鉴里的照片，穿的衣服和照片里的一模一样，除了我没有人知道。

“卡尔里斯牧师从没说过房子的事，是卡洛琳让我捐给他的。实际上，我费了一番工夫才说动他。卡洛琳又求了他一次，他这才勉强同意。我可以很高兴地说，在加利福尼亚州哈雷·格温牧师的指引下，我几乎每天都和卡洛琳在一起。她不像在纽约时那样年轻了，但我知道，这反映了我内心灵性的成长……”

阳光照在条纹图案的遮阳伞上，从这里往下六层楼，曼哈顿曲折的人行道被晒得火烫。莫莉从小厨房里出来，端着三罐冷啤酒。乔·普拉斯基盘腿坐在厚软垫沙发上，伸出长茧的手拿啤酒，他笑着说道：“真有意思——演出季正到一半，咱们却在这儿悠游自在。不过，你反正也跟霍巴特那种大团似的，钱多的都数不过来了吧。你的演出季正是火热的时候。”

吉娜坐在床边的扶手椅上，拿着一本《综艺》（*Variety*）杂志轻轻扇着风。她已经把腰带摘了，换上了莫莉的旧和服，中间怎么也合不上。“妈呀！这天真热死了。你知道吗，这是我头一次夏天来纽约。我也不是羡慕你们。印第安纳也没那么差。你说，莫莉——”她喝完最后一口啤酒，用手背擦了擦嘴——“要是他们把这摊事都搞定了，你就跟我们走呗，演到这一季结束。你不是说斯坦正忙着单飞吗？”

莫莉挨着乔坐下，伸了伸大长腿，接着盘在身下。手中火柴轻轻一晃，烟就点着了。她穿着一件彩排用的旧连体服。吉娜不无悲哀地注意到，莫莉在他们两人眼里还跟孩子一样。

莫莉说："斯坦在教堂忙得紧呢。大家都疯狂地追随他。他每天晚上都要读经讲道。我以前会过去帮他，不过他现在说，他一个人从头讲到尾就行。他每天下午还有灵修课。我——我就是闲着。"

吉娜把空罐子扔到地上，又从窗台上拿起莫莉放的一罐新啤酒。"小羊羔，你得开心一下嘛。干吗不收拾收拾，跟我们走呢？我们给你定日子。比方说，我认识霍巴特戏团的一个棒小伙，会腹语。咱们租辆车，把他接上，路边找个地方吃一顿。他特别会跳舞，乔歇几天也不要紧，对吧，老东西？"

乔·普拉斯基嘴咧得更开了，眼睛也温柔了些，面对着吉娜说，"好主意，我现在就跟他打招呼。"

莫莉马上说道："别，别麻烦了，我挺好的。这么热我哪儿也不想去。真的，我挺好。"她看着壁炉台上的皮革外套旅行钟，那是艾迪·皮巴蒂送给她的。接着，她打开了收音机。电子管渐渐热了起来，声音也越来越清晰。听着耳熟，但比吉娜之前听过的任何声音都更丰富，更深沉。

"……因此，亲爱的朋友们，我们关于精神存在的主张是经得住考验的，是有确凿证据的。奥利弗·洛奇爵士、亚瑟·柯南·道尔爵士、卡米伊·弗拉马里翁、威廉·克鲁克斯爵士，他们都是有才干的人，不会把自己的生活交托给梦境、臆想和幻觉。收音机前的朋友们，精神存在的惶惶证据无处不在。

“天堂来信教会的大家，你们都是有信仰的，平安，喜乐。我们了不起的会众们，我要向你们致以最崇高的谢意，感谢你们的慷慨，如果没有你们，我就不可能连续这么多周为大家带来主日下午的好消息。

“有些人认为，‘灵性新宗教’只是封闭的小圈子。他们问我：‘我能一边相信让亲爱之人重返世间的力量，一边不背离祖辈的信仰吗？’亲爱的人们，灵性真理的大门对所有人都是敞开的——它是你最贴近心灵的东西，你要去珍惜它，在教会里面珍惜它，在信仰里珍惜它。不管你属于哪个教派，它都只会巩固它，不管你是在贵格会的礼拜室里，天主教的大教堂里，还是在犹太教的会堂里。抑或如许多人一样，口中说着‘我不知道’，然后又无意识地拜倒在造物主的‘大自然教会’的绿叶葳蕤的拱门下，伴着鸣禽清亮甜美的歌声，还有树枝间螽斯的聒噪。

“不，亲爱的朋友们，精神存在的真理是向所有人敞开的。它是从高不可攀的实在界中汩汩流下的清泉水。你要运用自己的力量——愿意相信自己双眼，神赐的感官的证明。我们是精神存在的信仰者，我们能够喜悦地、笃定地说出内心里最真挚的话：‘死啊，你得胜的权势在哪里？死啊，你的毒钩在哪里？’”

乔·普拉斯基的笑现在淡了，只是肌肉僵在脸上，仅此而已。他朝莫莉靠过去，轻轻关上收音机。“有牌吗，孩子？”他问她，脸上又闪着光。“我是说你自己的牌——你爸爸玩的那种牌。那种只有一面能看到的牌。”

牌十／月亮

清冷月光下，犬吠狼嚎，淤泥中有物在爬行

暗巷尽头有着光，脚步声跟在身后，越来越近。跟着，跟着。接着，一阵令人心脏停跳的恐慌抓住他的肩膀。

“……大概十五分钟前吧，你让我把你叫醒，先生。”是列车员在摇晃着他。

斯坦坐起身，脉搏还在砰砰直跳，仿佛身上的绳索被猛地解开。在晨光下，他坐看原野飞驰而过，努力想稳住呼吸，摆脱噩梦。

这座城看起来小一些，街道窄些，低档些，建筑也要脏一些。新的电气招牌还暗着，广场里的七叶树看上去同样阴暗。土地变老的速度没有人造物那样快。随着时间推移，法院的圆顶绿了，墙壁也灰暗了。

斯坦顿·卡尔里斯缓缓走过广场，进入官邸酒店，伍兹老头正在钥匙架后面的皮革沙发上睡觉。斯坦顿敲了敲柜台，他这才醒来，眨了眨眼。他忍不住观察这个耸着肩膀、长着冰冷蓝眼睛的男人。卡尔里斯牧师在登记册上签名时，他不知道是否有人还能认出他。这都快十七年了。

坐在最好的房间里，斯坦看着窗外的法院广场，城镇正在醒来。他让服务员拿了一盘培根鸡蛋，现在正一边慢慢享用，一边看着广场。

马斯顿药店开门了，男孩出来把一桶灰色的水倒进了下水道。斯坦在想，这个桶会不会还是当年自己用过的那一个呢？他的第一份工作就是在药店里，是高中暑假实习。这孩子那会儿还没出生吧。

他毕竟还是回来了。他一整天都可以在镇子里晃悠，看看老地方，然后搭夜班火车回去，再也不用来伍兹老头身旁。

卡尔里斯牧师又倒了一杯咖啡，在银壶抛光的表面上看着自己的脸。太阳穴处的毛发比较稀疏，长了个“美人尖”，大家都说显得俊俏。下巴比较饱满。肩膀宽阔，围着进口花呢。粉色衬衫，袖扣是用蛋白石耳环改的。还有黑色针织领带。他们只记得一个穿着卡其布长裤、皮夹克的孩子，在货运列车的水箱后面等着。

十七年了。斯坦头也不回地走了这么远。

老头活着还是死了，结婚了没有，得了病没有，血管爆了没有，这对他又有什么关系呢？他为什么要回来呢？

“我再转悠一圈，今晚就彻底远走高飞。”斯坦边说边披上了大衣，然后拿起帽子和手套，上了楼梯。楼梯整体是木质的，有点年岁，都发黑了，台阶上嵌着大理石。他在酒店阳台上停歇了片刻，从箱子里取出一根香烟，迎着十月秋风点亮了打火机。

在晨光下，七叶树的叶子如金雨一般，飘落在公园的草坪上。现在是冬天，草坪上的喷泉已经关了。喷泉中央是一个斑驳的青铜男孩雕像，在铜伞下抬头笑看不再喷水的喷头。

斯坦沿着公园南侧拐进大街。梅尔玩具大卖场收购了旁边的铺面，比以前更大了。橱窗里摆着用橡皮筋做动力的航模套件、机械拖拉机。看起来像长款红内衣的运动服，配玩具手枪。玩具也更新换代了。

拉法特糖果厨房还没开，不过橱窗的金属托盘里还放着金灿灿的太妃糖，糖上压着花瓣形的杏仁片。拉法特太妃糖是圣诞节吃的，不是秋天。不过在打败奇尔德斯少年队的那年秋天，他带了一整袋去比赛现场。

秋风席卷街道，店铺招牌在头顶吱嘎作响。秋天比以前冷了，冬雪却没有以前深了。

站在镇子边缘，斯坦看着起伏的乡野。山脊那边原来有一家农场的。现在要么被烧掉，要么被拆掉了。米尔斯森林在山顶那边，走过去太远了。再走一遍又能如何呢？她大概早就死了。没关系。老人都是要死的。

斯坦在想，他坐出城的公交车能不能赶上夜班火车？还是买一堆杂志回酒店看。中午已经过了，不过天还很长。

一条小街道带他走上了熟悉的路。到处都是空地，原来有房子的地方，现在只剩下了张着大嘴的地下室。

不知不觉，学校已经近在眼前。附近房屋大多是方形的砖楼，而在几名了不起的校董主持下，校舍别具一格。它是一座灰色的石质建筑，配铰链窗户，就像大学预科学校或英文书院一样。草坪依然翠绿，而拱门上的青藤已经现出红色。

那是一个六月的凉爽傍晚。斯坦身着蓝衣白裤，翻领上别着一朵康乃馨，坐在平台上看着观众，喇叭在耳边不住发出声响。他的父亲在观众中间，大约十排的位置。一个人。其他人都是成双成对，似乎只有他父亲独自一人。

“……埃德温·布斯剧本朗读优秀奖，斯坦顿·卡尔里斯。”

现在，他站在观众面前，但是鼓掌并没给他留下什么印象；他充耳不闻。肋骨下激荡着愉悦感。人们把眼睛聚焦在他身上，将他抬升，摆脱了整晚压在身上的阴暗虚空。接着，他转过身，突然听到了掌声，也看到了父亲。父亲正用力地鼓掌，忽而向左看，忽而向右看，陶醉于其他人的掌声。

“出租车！”斯坦看见那辆旧豪车朝自己开过来，朝它招手。司机是阿布·扬哈斯本得，直到斯坦报上地址才认出他。

“啊，你是查理·卡尔里斯家的小子，对吧？有一阵子没见你了。”

“十六年——快十七年了。”

“真的？家乡这些年变化可大了。我听说你干牧师了，是这样吗？”

“算是吧。主要是演讲。”

他们开下车道，驶入熟悉的街道。午后的阳光把枫叶照得通红。

“我一直以为你干演艺的呢。我还记得你在共济会大厅演的节目呢。你把多纳根警长的手表借来，假装要把它砸了。他那时的表情可真有意思。不过，我估计你过一阵子就烦了吧。我家儿子很会变戏法，成天给人寄东西。好了，咱们到了。我听说查理最近身子骨很不好。上个礼拜又恶化了。”

房子看起来又小又破，侧边有一段木梯，木梯上是通往阁楼的门。庭院荒凉，有几块都秃了。当年的大枫树也砍了；吉普的小窝还在，却只剩下方形的壳子。大地遗忘的速度没那么快。

应门的敦实女人满头白发，嘴角带着愠怒。是克拉拉·卡朋特，她现在怎么长成大水缸了！

“你好，卡朋特夫人？”

“卡尔里斯夫人。哎呀。”她的表情放下了戒备。“你肯定是斯坦·卡尔里斯吧。快进来。你爸老跟我念叨你要来，一个钟头十次不止。”她压低声音说：“他现在一点也不好，我跟他说他得躺在床上，他不听。没准你能劝他歇歇。他那个心脏啊，你也知道。”她朝楼上喊道：“查理，有客人啦。”接着又对斯坦说：“你还记得楼上什么样吧。主卧。我马上过去。”

楼梯，中心柱。透过双开门能看到壁炉台上奇怪的尖嘴壶。金属壁炉拿布盖着。墙纸换了，大厅上方看着也有了变化，但他并没有停下揣摩。

老人坐在窗边的椅子上，膝上盖着一条针织的阿富汗毛毯。脸上和脖子上都布满皱纹。目光阴郁，略带讶异之色。

“斯坦顿？”查理·卡尔里斯双手抓着扶手，想动弹，却是白费劲。“斯坦顿，过来呀，让我好好看看。天哪，你——你和以前一个样，儿子。就是长开了。你——你看起来挺好的，儿子。”

斯坦想要过去，但肩膀感到了重压，死一般的重压，让他膝盖都在颤抖。生命力似乎正从他身上流失，流到地毯上，流到脚下。他在窗户另一边的椅子上坐下，向后靠着，大呼了一口气，努力抵抗排山倒海的倦意。

“我不知道你跟克拉拉结婚了。”斯坦最后说道，同时拿了根香烟点上。他给父亲递上一根，后者摇了摇头。

“大夫让我最多一天一根。是啊，你走以后，我当了一阵子鳏夫。我——我一直想着能听到你的消息，然后就告诉你。克拉拉是个好女人。有你妈的信吗？”

他的双唇感到疲惫，很艰难地吐出几个字。“没。一直没有。”

“果然。她大概觉得咱爷俩没意思了。现在怎么说来着，魅力？辛西娅要的就是它。魅力。就算她真找到了，现在估计也不剩什么了。”他嘴角现出苦笑。“好了，跟我说说你吧，斯坦。我早就跟克拉拉说，你肯定会回来的。我说，我们是有分歧，但你肯定忙着闯天下呢。我说，只要我跟你讲自己身体的情况，你肯定就回来。我今天感觉好多了。我跟大夫说了，这个月就回公司上班。真的好多了。我听说你现在传福音，斯坦？克拉拉有一天在广播里听到了，她说的。那时我才知道该往哪儿发电报。”

卡尔里斯把翘着的腿放下，把烟灰弹到一盆蕨类植物上。“我主要干演讲。不过，我确实有牧师证书。”

老卡尔里斯的脸亮了起来。“我真是高兴极了，这比我这个月在《周日时报》看到的消息都让我高兴，你信我，儿子。你是从神学院上来的？儿子，我当时为什么让你走？你当时看不清楚，不过你知道的。你老是耍那些无聊的魔术。你终于不搞那些了，我很高兴。都是你妈把你带到坑里的，给你买了那套玩意。我现在都没忘。不过，我还不知道你是哪个教派的呢。”

卡尔里斯牧师闭上了双眼。在他听来，自己的声音平淡极了。“不是那种富裕的大教会。叫联合通灵协会，宗旨是宣讲灵魂不灭，已经进入更高位面的灵魂能够与人间沟通的学说。”

“你是说，你是个通灵师？你相信死者能够回来？”

斯坦勉强笑了笑，目光溜到了天花板上，墙上的裂缝正好显出老人面容的轮廓。窗外，太阳已经西斜，夜色即将降临，但还得过一会儿。他又开始讲了。

“我不是来说服你皈依的，爸爸。我的信仰坚定，许多人也和我有同样的看法。但我此来绝非说客。”

父亲沉吟半晌，喉头不安地往下咽。他的头不由自主、有节奏地来回晃悠，幅度大约一英寸，频率很快。这是衰弱的标志。“好吧，信仰自由。我对通灵不太感冒。不过你信了就好。本地房地产不行了，儿子。即使年岁小点，我也不干了。镇子要死了。我一直在劝说市政改良委员会搞点项目，开放务实，招商引资。可他们就是不听。房产一路走低——啊，这是克拉拉。都该吃晚饭了。咱们谈了很久啊。”

“我洗洗就下楼。”斯坦说。倦意的重负——他知道有个地方可以把它放下，那就像脖子上的重物一样。

在大厅里，他朝左转去找门把手。一阵寒意袭来：他发现面前是一面光滑的墙，壁纸都贴上了。阁楼的门不见了！他低头看见墙底下有一级台阶。原来如此——外面的楼梯是干这个用的啊。阁楼现在租出去了，跟房屋的其他部分隔开，里面住着陌生人，头上是倾斜的屋顶，中间是砖砌的烟囱。铁床、丝被、樟脑、丝绸、木料的味道，还有小窗户下面密密麻麻的枫叶，透过去能看到教堂草坪上的告示板。这座房子也要死了。

斯坦关上并锁好浴室门，发现洗手池的水龙头没变，虽然墙已经变了颜色。地上的瓷砖图案看起来怪怪的，他当年就发现有不成整片的，还想数来着。老式高脚浴缸；大理石面的洗手台，带有老式的桃花心木抽屉；圆盒剃须镜架，爸爸当年放剃刀、水杯、肥皂和磨刀石的地方。

斯坦在想，浴缸塞子拔出来的时候，是否还会发出高亢的漩涡声——就像妈妈当年洗完澡、独自唱歌时那样。他想起自己从树上掉下来的那天，母亲双手把他抱到楼上，裙子前面沾满了血。她根本不在乎裙子脏了。她用波纹纸板给他做了护腿，就像丛林探险家一样，一只护腿上血迹斑斑。医生把额头缝好之后，母亲帮他脱了衣服，小心地把纸板护腿也摘下来了，然后放在洗手台的大理石面上。护腿在上面放了挺长时间，血迹后来都黑了。最后还是詹妮给扔了——她说怪吓人的。

要是他们能在一起多待几年，要是母亲不那样关心这座镇子，要是爸爸一直像临死前这样衰弱而友善，要是他已经死了二十年，也许，斯坦还会爱着他，而现在只剩下了怀旧。旧物正在消散，很快就会彻底不见。

他深吸一口气，试着把肩膀放松。我可不能忘了问问老头教堂的事，该放手的时候怎么把教堂脱手。不过，现在谈天堂来信教会似乎太偏了。老头正滑进一个无底的黑洞，永远没有尽头。我们都在朝洞的边缘爬行，有些在慢慢前进，有的则堪堪没有掉下，就像他一样。然后呢？就像子弹带出的气流一样，永不回还。吉普早就死了，甚至在记忆中也死了，只有一个人记着它。那个人死后，吉普也就永远被遗忘了。老头死掉，埋到地里，斯坦也就可以忘掉他了。

吉普从来不知道是被什么砸到的。他们说，兽医把氯仿倒在布上，然后倒进盒子里，就这样。

但是，绳子的另一端系在车库工作台的腿上——斯坦放学回家时，绳子已经被割断了。如果他们不想要吉普了，又干吗把它拴起来呢？不，不是他们。只有他。吉普的窝里有链子，要绳子做什么？

老天啊，让我赶紧离开这鬼地方吧。但是，那个叫他“儿子”的声音拴住了他。房子在吞噬他。他们还把阁楼门封上了。没有路了。这么多年都过去了，让他精心排演的仪态再也绷不住了。机智、笑容、令人沉醉的凝视，都不见了。在曾经熟悉的旧屋中，他被困住了，毫无力气。

他回来，是因为爸爸要死了，妈妈走了，枫树砍了，当年吉普狗窝所在的院落依然可见；还有光滑木柱上的剃须架，还在原来的位置，还是那么光滑，闻起来还有剃须泡的香味；还有磨剃刀的带子。

带子挂在铜钩上，和以前一样，一条光滑的黑色皮带，上了油，闪着光。

夜晚到了。月光下，地板上的金属条和工作台都染上了银色，老虎钳的铁棒和装钉子螺丝的敞口咖啡罐闪闪发光。混凝土地面显出清冷的蓝色，阴影里似乎隐藏着恐惧和羞耻。

“把裤子脱了。”

羞耻后面还要加一个词：裸体。

斯坦匆忙解开裤带，然后停住了几分之一秒。

“赶紧的。快脱了。”

裤子掉到脚踝的高度，他跑不了，只能承受。“现在哈腰。”肩上的一只手把他压到月光下，暴露出自己裸体的样子。斯坦看到磨剃刀的带子扬起，于是抱紧了自己。疼痛一波波袭来，他头疼欲裂，禁不住咬住嘴唇，一口气吸满。他把嘴顶到膝盖上，免得被邻居听到。月光仿佛模糊的泪晕。带子打到赤裸的屁股上时，他是先听到脆响，然后才感受到火辣辣的疼。太阳已经落山了，那根绳子还绑在工作台的腿上，散发着汽油和机油的混合味道。

查理·卡尔里斯在楼下摆弄着餐巾，接着双手抓紧抛光的扶手，坐进椅子里。“见鬼，克拉拉，你觉得那小子在上面干什么呢？哎呀，你来了，儿子。快坐下。”

查理抬头看着走进餐厅的人，固然年老气短，也倒抽了一口气。是斯坦。跟几分钟前的样子差不多。也许是脸洗净了，头发也沾了些水。但是，双肩有点异样。老查理迎上儿子的眼神时，发现他从没见过这样犀利的蓝色眼眸，就像冰封的池塘一样坚硬。

斯坦顿大师拉出一把椅子，迅速而优雅地坐下，利落地抖开餐巾。卡尔里斯夫人端上一盘鸡肉。米饭和肉汁上桌后，查理说道：“坐下吧，克拉拉。别忙前忙后了。斯坦要做谢饭祷告了。”

卡尔里斯用手理理头发，做了个深呼吸，洪亮地说道：

“万能的神，我们天上的父，感谢你使我们安享你的赏赐。我们来到世上时深陷罪孽，内心被罪感染黑。我们知晓，我们必被你宏大的宽恕洗为雪白。”

父亲用血管凸出的手揉了揉眼睛。

“主看顾着麻雀的坠落，也会用手掌托着我们，直到最后，此世与彼世。”

克拉拉皱了皱眉，可能是迷惑不解，也可能是怕鸡肉凉了。

“……以圣子，我们的救主，基督耶稣之名，我们请求这餐饭。阿门。”

老人说了声“阿门”，接着对妻子虚弱地一笑。“克拉拉，不管是什么教派，我们的儿子终于口呼圣名，自己也当了讲道人，总归值得骄傲。把饭递给斯坦吧。”

克拉拉拿饭时嘴也不闲着。她先简述了过去十六年来本地的情况，全都是夏天热、冬天冷、婚丧嫁娶、生老病死、世事无常一类。

斯坦很快吃完，又要了一份。最后，他把盘子推开，点了根烟，盯着克拉拉·卡朋特·卡尔里斯看了有一分钟，漫长的一分钟。他的蓝色眼眸富有穿透力，让她想到了齐整衣服外面套着的围裙。

“亲爱的朋友，你有没有想过，你为之哀悼的死者其实是永远不会逝去的。”

在斯坦睿智的目光下，她开始傻笑，发现很难控制自己的双手。“怎么，斯坦，我——我一直相信的。不过，我觉得这种事情只能亲身去感受。我一直没有太注意。我以为是理所当然的，我是说天堂。”

卡尔里斯牧师用餐巾擦了擦嘴，喝了口水。“灵魂会一直延续到审判日，我亲眼见过不可思议的证据。解脱者的灵魂就在我们周围，每时每刻。我们经常痛苦地说：‘我要是能再次跟他说话，感受他双手的触摸，那该有多好啊。’”

卡尔里斯老两口看起来颇为尴尬，他们互相看着，然后都默默无声地低头喝了一小口咖啡。

斯坦继续柔和地说道。“是的。这是可以做到的，这是一个伟大的事实。就在现在，解脱者的灵魂就在我们周围，就在我们说话的时候。”他眼睛依然看着克拉拉，接着放低声音。“我感觉身边就有一位。清晰，连续，想要与我们沟通。”

他父亲脸上显出狡黠的笑容。

“它生前深爱着我。但它不是人类。”

他们盯着他。

“渺小，卑微，但散发着忠实、忠诚的光。我相信是吉普，我以前养的狗。”查尔斯·卡尔里斯之前身体前倾，双臂撑在桌布上，现在却直起身来，嘴角周围的皱纹更深刻、更苦涩了。

“儿子，你可不能信啊！这是渎神！你不是认真的吧——狗能和人一样拥有灵魂？”

斯坦微微一笑：“我说过了，我不是来让你皈依的，父亲。只有走入灵魂生活的存在才能做到。但是，我已经与吉普沟通过了。当然，不是通过语言，吉普不会说话。而是通过自然的感应。这座房子里充盈着它的存在。它跟我开口了，想要告诉我一些事情。”斯坦专注地看着父亲，注意到他沟壑纵横的脸上闪过一丝警惕。他用手盖上双眼，窥视到父亲的双手放在桌布上时，他开始了：

“是关于它最后的日子。我还记得，我放学回家时，你说已经叫兽医用氯仿把吉普麻醉了。但是，这里面有矛盾。我感应到了另一种情形……”

老人萎缩的手腕上，脉搏开始剧烈跳动。

“吉普想要告诉我……等等……车库！”

父亲双手握拳。

“是的……我眼前看得清晰。吉普被绑在绳子上，绳子系在车库工作台的腿上。我看见有东西在一起一落……怒气冲冲……越来越快。”

地板上传来叉子哗啦啦的响声，于是斯坦抬起了头。老人面如死灰，不住摇着头，努力想说话。“不。不，儿子，别说了。”

“就是那天——母亲离开的那天。跟马克·汉弗瑞走了。你回家，看到她留下的字条。吉普挡了你的道，你必须找什么发泄自己的情绪。如果我在家，那就是我了。不过最后是吉普，它死了。”

老卡尔里斯蹭地一下站起身来，一只手揪住衬衫衣领。斯坦转过身，身形略微摇晃，僵直地穿过门走进起居室，又穿过起居室进入大厅。取下衣帽时，他的双臂感到麻木沉重。他看到的最后一幕是：克拉拉从瓶子里倒出胶囊，端着一杯水；父亲痛苦地把药吞了下去。

月亮照亮了通往阳台的水泥台阶，阳台上的草参差不齐。下到街上时，他感到双腿僵硬。夜深了，月光穿过头顶的枫叶，撒下深沉的树影。他刚离开的房子里传来一名老男人虚弱的呼喊。

在斑驳的银色月光下，卡尔里斯牧师停住脚步，抬头看着满月。清冷凄凉，令人心痛。一件死物，俯瞰着将死的大地。

牌十一／恋人

恋人站在伊甸园的树木之间，爱神张开翅膀，智慧树上缠绕着毒蛇

莫莉第三次醒来时，斯坦正在穿衣服。她看了看表：四点三十分。“你要去哪儿？”

“出去。”

她没有继续问，只是躺着看他。斯坦最近风风火火的，她都不敢跟他多说话，生怕他把她的脑袋咬掉。他的睡眠质量也越来越糟，总是大把地吃安眠药，惹得莫莉很担心。安眠药似乎已经完全失效了，他的脾气不如以前，样子也狰狞起来。她轻声哭了起来，斯坦正在扣衬衫中间的扣子，闻声走来。

“又怎么了？”

“没事，没事。我挺好的。”

“什么事烦心呢，宝贝？”

“斯坦——”莫莉从床上坐起来，把被单抱在胸前保暖。“斯坦，咱们别干了，回去吧。”

他继续扣扣子。“回哪儿？街头卖艺？巡回戏团完蛋了。我知道自己在做什么。再宰一头大金牛，咱们就齐活了。”

她把被单抱得更紧了。“亲爱的，你的样子好可怕。去看看医生好吗？我——我是说，安抚一下神经之类的。亲爱的，我怕你神经崩溃，怕得要死。”

他揉揉眼睛说：“我要出去走走。”

“下雪呢。”

“我要出去，你没听见吗？我要去楼下教堂，看看道具。我有了个点子，想试试看。回去睡觉。”

没用的。他只会一直走，直到倒下。莫莉在祈祷，千万不要在讲经过程中倒下，或者在降神会里，那样就全完了。要是有人找麻烦，警察会把她和斯坦一锅端的。看斯坦现在的状态，他肯定是不能嘴遁了。莫莉担心极了，等斯坦走了以后，她自己也吃了半片安眠药。

现在出门买马票还太早了。杂志都是过刊。广播里全都在放唱片，然而这只会让她感觉更孤独——歌是点给收费公路上艾德餐厅里的夜班小伙子们的。她真想自己也在餐厅里，旁边坐着卡车司机，放声大笑。

斯坦走进皮巴蒂太太以前的宅子。幸好前天晚上他在锅炉旁存了点儿煤，现在他去地下室里铲了些煤进去。火焰很快燃烧起来，他站在炉前，面庞烧得滚烫，看着蓝色的火焰从灰色的煤块上升起。

片刻之后，他叹了口气，晃晃身子，打开了一个旧金属匣，那原本是放油漆和清漆的。现在里面是留声机的转盘，他打开开关，将唱针放到铝制唱片上面，接着上了楼。

偌大的房间依然冰冷刺骨。这里以前是客厅和餐厅，是他打通了隔断。斯坦把灯开了，椅子上空荡荡的，整齐地排列着，等着事情在他身上发生——坏事。他朝灯泡坏了的一盏灯走去，按下开关，等着电子管加热。一分钟后，他又去了书桌旁，桌上平常放着喇叭，是音乐降神会和修炼课程用的。

在管风琴旁，他重重地踩在地毯下松动的板子上，这是他早就养成的习惯。人声从金属喇叭中如鬼魅般传出，那是他的灵魂导师克里希那深沉的声音。“哈瑞—欧姆。欢迎，我亲爱的门徒，我世间的弟子。你们今晚相聚于此。”声音停止了。斯坦感到恐惧爬上了心头。肯定又是导线坏了。现在没时间拔出来检查了。还是扬声器？马达？他跑到地下室，但唱片还在旋转。肯定是放大器。没时间修了。降神会预计就在今晚。他总是可以把锅甩到客观条件上：对任何灵媒来说，降神会没发生灵异现象都是司空见惯的。不过，普雷斯科特夫人这次要带两个朋友来，都是她信任的社会名流。他提前把一切准备都做好了，录音也齐备了。他们可能以后不会再来了。他们可能就是自己一直期盼的金牛。

斯坦脱下外衣，换上旧罩衫，先检查了电子管和导线，接着回楼上把线路板撬开。扬声器接触良好。毛病出在哪？时间，时间，时间就要没了。他想过十几家无线电修理工，但都放弃了。只要有人知道房子里遍布导线，他就完了。他想过从纽瓦克或别的地方叫人，不过都没有信得过的人。

孤寂感像雪崩一样降临。他孤身一人。这是他一直渴望的状态。只有自己信得过。每个人内心深处都有一只老鼠，只要你逼得够紧，老鼠就会出来咬你。降神会的每一具新面孔都似乎带着怀疑，带着恶意，带着知识。教会内部会不会有一小撮人正要害他？

他慌乱地再次打开留声机，踩上松动的地板。“哈瑞—欧姆。欢迎，我亲爱的门徒，我世间的弟子……”没坏！他上次肯定是无意中把身子移开，电路这才闭合了。现在，他自己把录音停下，在恐惧中颤栗。他害怕，接下来播放的不会是他录在铝盘上的声音——唱片会自己活过来，带着恶意背叛他。

在寂静中，房屋好像在朝他压来。墙壁没有动，天花板也没有。你直视它们的时候都没有。他双手理了理头发，做了个深呼吸，念出了开场白的八句话。毫无用处。

外面，后院对面，有一只狗在叫。

“吉普！”

他被自己的声音吓了一跳，接着笑了起来。

他笑着走进大厅，笑着走上楼梯，笑着在空空荡荡的卧室之间进进出出。在昏暗的降神室中，他打开了灯。白色的墙上什么都没有。他又把灯灭了，摸索着踏脚板里面的面板，面板里是他放好的放映机。这个过程中，他依然笑着。

他把放映机对准墙壁。模糊的画面中是一位老妇人，随着他的笑声和挥舞的手臂狂乱地摇摆。拧上旋钮后，她就不见了。又扭了一下，画面中出现金色雾气中的婴孩，同样随着他的笑声和挥舞的手臂狂乱摇摆。“跳呀，你这个小混蛋。”他的声音在封闭的墙内轰鸣。

接着，他开始转这部手持放映机，最后婴儿整个倒了过来，他爆出一阵狂笑。他跌倒在地，大笑着指向天花板的光柱，看着婴孩从墙角飞过，最后停在头顶，嘴上还挂着谜一般的微笑。斯坦已经笑得几乎不能呼吸了。他开始把放映机对准地面，接着咔哒一声，光灭了。

他匍匐在地上，找不到门，这才不笑了，在地面上不住摸索。他一共找到了九个墙角。他开始呼喊，最后好不容易找到门，浑身大汗地离开了。

在他的办公室里，灰蒙蒙的曦光透过软百叶窗投射进来。书桌上的灯不亮，他一把将墙上的插头扯下来，扔到角落里。百叶窗跟拉绳缠住了，他双臂把窗帘拉住，然后猛地一拽，结果窗帘整个儿都掉到了他头顶上，他费了好大劲才挣脱出来。最后是卡片索引。

R……R……R。该死的 R 都去哪了？拉尔夫森（Raphaelson）、鲁道夫（Randolph）、里根（Regan）——就是它。女性心理学家，由塔伦泰尔夫人介绍。据说对灵异现象感兴趣。曾推荐患者练瑜伽。电话号码，偏偏没有电话号码，老天啊！只有名字——莉莉丝·李特尔医生。试试电话簿吧。R……R……R……

接电话的人声音冷漠，低沉，有力。“喂？”

“我叫卡尔里斯。我有点睡不着觉——”

电话的那一头把他打断了。“你怎么不去找自己的医生？我不是临床医师，卡尔里斯先生。”

“我在吃药，但似乎没什么用。他们都跟我说，是我工作太辛苦了。我想跟你见见面。”

电话的那一头沉默了半晌，接着冷漠的声音说道：“我后天上午十一点可以见你。”

“之前不行？”

“之前不行。”

斯坦砸了一拳桌面，眼睛紧紧闭上。接着说道：“行，李特尔医生。那就十一点——星期二。”

不管长相如何，这位女士的声音着实甜美。她刚才肯定是在熟睡中被吵醒的。但是，星期二——他之前怎么办，玩女人？

房子热了起来。斯坦把前额紧紧贴在冰冷的窗玻璃上。街道上有一个女孩在遛爱尔兰塞特犬。她身穿毛皮大衣，没穿长袜。

斯坦的眼睛随着女孩裸露的双腿曲线移动，想着毛皮大衣下是否什么都没穿。有些人就是这样的——皮草就是真空——买香烟，买苏打水，或者去寻欢。

公寓里，莫莉展开身体，躺在床上，头上只别着一根发卡。她可能会穿黑色雪纺家常服，也可能裹一块印花布，反正没人看。

塞特犬女孩转过身，抓紧绳子，皮毛大衣敞开了，露出一件粉色内衣。斯坦悲叹一声，转身离开窗户。他坐在书桌前，取出日程手册。今晚八时三十分，天堂来信活动。周一上午，催眠灵媒修炼和宇宙呼吸班。宇宙呼吸：左鼻孔吸气，数到四；接着屏住呼吸，数到十六。右鼻孔呼气，数到八。数的时候默念“哈瑞—欧姆”。

周一下午，讲座：塔罗牌符号的秘传性。

斯坦从旁边抽屉里取出塔罗牌。慢慢地，手指记忆来了。正，反，走！然后从膝盖下重新出现。他在一张牌上停住，摆在面前，双手捧着脑袋，仔细参详。恋人。男女二人赤裸地站在伊甸园中，毒蛇盘在树上，脑袋触地，准备带给他们智慧。两人头上是一名天使，双翅展开在智慧树和生命树上。生命之树繁茂，我等安歇。

恋人都是赤裸的。没来由地，一阵刺痛击中心房。他看着看着，女人浑圆的屁股和小腹似乎开始了旋转。天呀，我如果只有这点追求，现在就还待在“一毛秀”里给色情节目吆喝呢！揩油的机会还不有的是。

他把牌扫到地上，把电话拽过来开始拨号。这一次，对面说道：“好的，先生。我去看看塔伦泰尔夫人在不在。”

只要是卡尔里斯牧师，她肯定在。

“塔伦泰尔夫人，我昨天一整晚都在冥想，然后产生了一个念头。我接下来要静思三天。很不幸，我去不了喜马拉雅，不过我想卡茨基尔山也不错。你肯定能理解。不知你今晚能不能代劳，知会我们的好朋友，说我受到感召要离开一段时间。我不胜感激。就说我去求静了吧。我会回来的，三天以后，没问题。”

就这样。现在要闭关。办公室门要锁起来——过一会儿再收拾这些乱七八糟的东西。日程手册落在楼下大厅桌子上了。塔伦泰尔夫人有外门的钥匙。里屋门没锁。

他披上外衣，几分钟后匆匆踩着柔软的雪回去了。

“哎呀，亲爱的，你可算回来了！你还好吗？”

“是啊，挺好。我能照顾好自己，都说了多少遍了？”

“要不要来两个蛋？我饿了。我给你做两个吧。咖啡煮好了。”

斯坦站在厨房门口看着她。她身穿黑色雪纺家常服，冬日晨光从窗户里照进来，她仿佛一丝不挂。懂女装的男人都是行家。她怎么看起来那么遥远，在时间和空间上？她绝不会背叛他。而且，她的身材容貌依然是影星、写真女星一流的。

斯坦双手理了理头发，说道："来。"两人面对面站着，看了对方半晌。接着，他看到她深吸一口气，把煎锅下面的煤气关了，跑过来环住他的脖颈。

这幅场景就像亲吻自己的手背那样平常，但他还是双手抱着她走进了卧室。她紧紧抓着他，手在他衬衫下摸索，而他则将雪纺上衣拉开，开始亲吻她的肩头。但是，这都没有用。

她哭了，怨恨地看着正在穿夹克的他。

"抱歉，宝贝。我得走了，周二就回来。我要——我要去呼吸一下新鲜空气。"

他把几样东西扔进手提箱里，锁好后就匆忙出去了。莫莉把被单裹紧，抱住膝盖，眼泪还在往下掉。过了一会儿，她起床披上袍子，给自己煎了个蛋。盐好像没放够。吃着吃着，她突然抓起盘子，砸到厨房地上。

"老天啊，他这是怎么了？我什么情况都不了解，怎么给他开派对散心？"

过了一会儿，她穿好衣服，出门做头。她在理发店碰见了米奇，他给了她十六美元。她押的马赢了，赔率七比一。

听着轮子在他身后咔哒作响，斯坦感觉好受了些。帕里萨德山坡上的积雪有手指那么厚，哈德逊河上满是碎冰，海鸥忽飞忽停。他随手翻着邬斯宾斯基的《宇宙新模型》，寻找可能用的上的警句，还做了些旁注，为一门可能要开的第四维永生的课程做准备。到底谁知道第四维是个什么？傻瓜才信。

一个女孩没法把手提箱从架子上拿下来，斯坦赶忙过去帮忙。她要到波基普西下车。他手放在她的手和箱子把手上面，感到血气涌上面颊。这小姑娘真性感。她落落大方地从车厢走下，他走在前面，手里提着她的箱子。他在火车上看着窗外月台上的她。

抵达奥尔巴尼后，他打车去了酒店，中途偷偷在酒吧买了一瓶五分之一加仑装的威士忌。

房间很大，也比大多数房间干净。

"有日子不来了，查尔斯先生。换地方了？"

斯坦点点头，把帽子扔在床上，脱掉外套。"一份苏打水。多加冰。"

男孩拿走五美元，眨了眨眼。"要不要人陪？来了些好姑娘，都是上次以后新来的。我认识一个金发女郎，身材娇小，活儿会全套，真的是全套。"

斯坦躺到另一张床上，点上一根烟，双手抱在脑后。"黑头发的。"

"您说了算。"

男孩走出去时，他抽起了烟。天花板的裂缝仿佛是一张老男人的脸。有人敲门，是加冰苏打水来了。男孩把威士忌瓶的胶棉塞子起了下来。

房间再次陷入沉寂。酒店仿佛空荡荡的、没有一丝人情味的荒野，斯坦倾听着街上的喧闹声。电梯声，是他这一层。走廊里的脚步声。他把床单一下子掀开。

女孩皮肤黝黑，身材不高，穿着黄褐色的马球衫，没戴帽子，不过耳朵旁的头发上别了一朵假栀子花。

她走了进来，鼻子和脸颊冻得通红，口中说道："好呀，帅哥！我是安妮叫来的。你——你怎么知道我喝威士忌？"

"我会读心。"

"哎呀，你真会。"她在被子里倒了两杯，递给斯坦，他摇了摇头。

"我不喝。你随意。"

"行，帅哥。喝了床上来劲。"饮尽之后，她又给自己倒了一杯，然后说道："趁着我还没忘，先把钱交了吧。"

斯坦给了她一张十美元纸币，她说了句："谢了。来，你有两张五块没？"

沉默。最后还是她先开口。"看——每个房间都有收音机。这屋子可有新玩意。来，咱们听点查理·麦卡锡？你不介意吧。"

斯坦在看她细弱瘦长的腿。她去衣柜小心地挂起马球衫时，他发现她的胸很小。她里面是一件长款毛衣和短裙，以前是妓女的打扮，现在大学里的女生也都这么穿。她们怎么不去上大学呢？反正也看不出来跟别人有什么分别。你根本无法区分。老天啊，这世道是怎么了。

她听着广播节目很开心，威士忌更让她身子发热。脱掉鞋后，她把双脚缠在一起。然后，她一边喊斯坦扔根烟，一边脱掉丝袜，用双手捂脚，还给他抛了个媚眼。

节目结束时，她把声音调小一点，然后站起来伸了个懒腰。她小心地脱下毛衣，免得弄乱栀子花，然后展开挂在椅背上。她很瘦，肩胛骨和锁骨都往外凸。裙子脱掉后，下身要好一点，不过也没好多少。她的一条大腿上均匀分布着四块淤青，每个都像大块头男子的手指头那么大。

她一丝不挂地站着抽烟，身上只有那朵假栀子花。这时，斯坦的目光又回到了天花板上的老人头。

出城，坐几个小时火车，酒店，买酒，就为了这个。他叹了口气，起身脱掉了夹克和内衣。

女孩给自己哼着歌，跳起了芭蕾舞步，双手捧着脸庞旋转，接着唱起扬声器里传来的歌曲副歌部分。她的声音清脆悦耳，气息控制得很好。

“你也会唱歌？”斯坦冷冰冰地问道。

“是呀。我有时在乐队里唱歌。现在我正研究发声技巧呢。”她朝后仰起头，爬起了音阶。“啊……啊……啊……啊……啊。”

斯坦顿大师衬衫刚脱到一半，呆呆地看着她，接着一把抓住女孩，把她扔到床上。

“哎呀，小心点，宝贝，别这么快嘛！老天爷啊，你小心点！”

他把手插进她的发丝。女孩脸色煞白，面孔紧绷，凝视着男人。“慢慢来，亲爱的。不要啊。你听着，艾德·麦克拉伦，酒店里看场子的，他是我哥们。你放松点——你这么干，艾德会打死你的。”

收音机还开着。“……特内里费酒店，黄道客房，为您带来菲尔·雷盖特慢摇乐队。现在有请歌姬杰西卡·福欣来到麦克风前，她端庄贤淑，将为大家献上罗伯特·彭斯的永恒伴舞金曲，《吹声口哨我就来，我的情郎》。”

阴暗的河面中央航道两侧，清出的河冰都堆在游艇俱乐部的码头上。铁轨接头不住发出哐当哐当的声音。东南西北——春夏秋冬——爱情，欲望，厌倦，离开——结缘，打仗，离开，怨毒——睡下，醒来，吃饭，睡下——幼儿，男童，成人，尸骸——抚摸，接吻，舌交，胸脯——脱衣，紧握，压住，射出——洗漱，穿衣，付钱，离开——东南西北……

斯坦又感到刺痛爬上心头。老房子在等着他。夹鼻眼镜、满口假牙、身材浑圆的人在等着他。那位女医生很可能就是其中之一，声音如音乐般悦耳，平缓而冷漠。她能把他怎么样？谁能把他怎么样？谁能把谁怎么样？他们都被困住了，在暗巷里朝着光亮奔跑。

名牌上写着：“莉莉丝·李特尔医生，心理咨询师。请进。”

等待室很小，装潢风格是淡灰色和玫瑰色。铰链窗外，大片的雪花轻轻落下。窗台上的玫瑰色花盆里种着仙人掌，仙人掌上长着长长的白毛，跟老人的胡子一样。一看到它，斯坦就感到如同万蚁噬心。他把衣帽放好，看了一眼色粉海贝图后面。没有口授录音机。他在怕什么？不过，如果你想在秘书进来时模仿医生说话，好让自己马上进去，那可是个藏东西的好地方。

她有秘书吗？如果真能见一面，他或许会好好了解一下这位女医生——谁管她到底干什么——她对神秘学到底投入有多深。他也许可以不搞修炼课了，试试她的疗法。她是给人提建议，还是解梦什么的？他点了根烟，抖烟灰时烫到了手指头；低头捡的时候又碰掉了烟灰缸。他正手忙脚乱地捡烟头呢，这时，他听到了一个冷冷的声音：“请进。”

斯坦抬起头看，发现这位女士不胖，不高，也不老。直发，颜色很浅，在脖颈后柔顺地盘成一团，闪着绿金般的光。她是个苗条的女人，看不出年纪，只能说不大，大大的灰色眼睛略有一点斜。

斯坦捡起烟灰缸，放到桌边。后来又掉下去了，但他没发觉。他凝视着眼前站立的女人，她正扶着通往另一房间的门。她走近的时候，斯坦弯下腰，小心翼翼地走着。接着，一股香水味扑鼻而来。灰色的眼睛简直有小碟那么大，就像你捏着猫咪的鼻头碰自己的鼻子、它把眼睛睁得大大的那样。他看着她的樱桃小口，饱满的下唇，涂了口红但绝不妖艳。她没有说话。从她身边走过时，他几乎都要摔倒了。他反应过来时，她的手臂已经环住了他。他知道自己是个傻瓜，知道肯定会发生不好的事，知道他想哭，想清空膀胱，想尖叫，想要一边想着把她抱紧，一边沉沉睡去……

斯坦正趴在地板上。她之前把他双肩一扭，翻过身来，干净利落地踩住他的膝盖后侧。现在，她单膝跪地，双手攥着他的右掌，朝手腕反向用力，让他老老实实在地毯上不准动，否则就拉断他的筋腱。她的表情从来没有变化。

她说："你是斯坦顿·卡尔里斯牧师吧？属于天堂来信教会，宣讲塔罗牌的象征和瑜伽吐纳法，用粗棉布——也许还要用上魔灯？——制造鬼魂。我放你起来，你能保证规规矩矩吗？"

斯坦一只胳膊靠在眼上，能感觉到泪水顺着脸流进耳朵里。他好不容易说出："保证。"

灵巧的双手放开了他，他站起身来，双手捂住脸庞，突然想到残留着香水味的枕头。羞耻感冲刷着他，灯光照得他睁不开眼，眼泪更是止不住地往下流，喉咙里面好像有东西要让他窒息。

"来——喝了它。"

"什么——什么这是？"

"白兰地。"

“我不喝酒。”

“让你喝你就喝。喝。”

他跟瞎子似的摸索着拿起杯子，屏住呼吸，喝了下去。嗓子火辣辣的，斯坦不禁咳嗽起来。

“好了，起来坐到这把椅子上。睁眼看我。”

莉莉丝·李特尔博士坐在宽大的桃花心木桌子对面，正打量着他。她继续说道：“我听说过你的事迹，卡尔里斯。你一直在玩招摇撞骗的独角戏。”

牌十二／星

星光倾泻在裸体的女孩身上，她在大地与海洋之间，从罐中倒着神秘的水

“躺回到沙发上。”

“我不知道要说什么。”

“你每次都这么说。你在想什么？”

“你。”

“我的什么？”

“想让你坐到我能看见你的地方。我想看你。”

“你往沙发上躺，马上要贴到沙发时会用手理头发。为什么？”

“那是我的上台动作。”

“解释一下。”

“每个巡回戏团演员都有：开演前在舞台旁边等候时做的动作。”

“你为什么要做？”

“我一直做。我小时候像牛一样大舔，我妈老让我别干了。”

“就这一个原因？”

“有什么要紧？”

“想一想。你知不知道其他人也这样做——戏团里的其他人？”

“没有。谈谈别的吧。”

“你在想什么？”

“钢琴。”

“继续。”

“钢琴。人们弹钢琴，给唱歌的人伴奏，我妈妈唱歌。她唱歌时，我爸爸会去餐厅，总是跟一个朋友小声说话。其他人在起居室里，听我妈妈唱歌。”

“她自己弹钢琴？”

“不是。马克弹，马克·汉弗瑞。他会坐下抬头看她，好像他能看穿她的衣服似的。他也会用手去理头发——”

“真的？”

“简直是疯话！我怎么会从他身上学东西？她跟他跑了以后，我晚上一躺下就想怎么把他杀了。”

“我认为你崇拜他。”

“那位女士崇拜他。他身材魁梧，说话也洪亮。那位女士爱他到癫狂了。”

“汉弗瑞喝酒吗？”

“当然了，隔三差五都喝点儿。”

“你爸爸喝酒吗？”

“坚决不喝。他是白缎带[1]。”

“你第一天来的时候，我给了你一杯白兰地，帮你控制情绪。你就说你从来不喝酒。”

“可恶，你不要肆意歪曲，弄得我好像在模仿我爸爸似的，或者汉弗瑞。我讨厌他们——两个都讨厌。”

“但是，你确实不喝酒。”

“那是别的事。”

“什么事？”

“跟你没——我——这事我不能告诉你。”

“我拿钱就是为了听你说话。慢慢来，你会告诉我的。”

“那玩意儿我闻起来跟甲醇似的。现在好了，就第一次。”

“你喝过甲醇？”

“当然没有，是皮特。”

“姓什么？”

“我不知道他姓什么。是在密西西比州的波利。戏团里有个男的叫皮特。酒鬼。一天晚上，他灌了不少甲醇，然后就蹬腿了。”

“他声音低沉吗？”

“嗯。你怎么知道？”

“没事。他是你的什么人？”

“什么都不是。就是——”

“你在想什么？”

① White Ribbon，基督教妇女戒酒联盟的会标。——译者注

“可恶，别再折磨我了。”

“慢慢来。”

“他——他是吉娜的丈夫，吉娜是演读心节目的。我——我——我一直在撩拨她，我先知道她和皮特是怎么演的，我想要女人，于是就上了她，皮特老在周围转悠，我就给了他点酒，想把他灌醉，我不知道是甲醇，也可能是忘了，他死了，我害怕他们会把我抓走，不过事儿就这么过去了。就这些。你满意了吗？”

“继续。”

“就这些。很长一段时间里，我都害怕被判谋杀，不过事儿后来就过去了。吉娜从来没有怀疑。后来，我跟莫莉搭档，退出了戏团，回想起来真跟噩梦一样。我就是忘不了。”

“但是，你负罪感太强了，就戒酒了。”

“我的天哪——读心不喝酒，喝酒不读心！你要每时每刻掌控自己。”

“接着说汉弗瑞吧。他跟你妈妈私奔之前，你更想让他当你爸爸，对吗？”

“又来？行。谁不想呢？但出了那事——”

“继续。”

“我发现他——”

“你发现他和你妈妈做爱？是吗？”

“在林间空地。我和妈妈一起发现的。后来我一个人去，然后就看见了。我跟你讲，我真看见了。完完整整，从头到尾。我当时想杀了我爸，我以为是他开车送她去找汉弗瑞的。我想——我想——”

“嗯。”

“我想让他们把我也带上！可她不肯。她该死。她把我一个人留下，跟那个老东西待在那个烂城市里。我想跟她走，见见世面，没准还能进演艺圈。汉弗瑞就是演艺圈的。不过我被留下了，不得不跟那个满嘴《圣经》的老混蛋一起烂在那儿。”

“于是你成了一名通灵牧师。”

“我就是个骗子，可恶。冰山婊子，你明白吗？我要的是名利。世界是个疯人院，我诅咒它，只有钱才是要紧的。有了钱，你就是老大。没有钱，你就得在最底层。就算绞尽脑汁，粉身碎骨，我也要赚钱。我要把这些蠢货的奶水榨干，把他们的金牙都掰下来，方才罢休。你可别把我的事四处传扬。只要你透露一丁点我的事，你的那些金牛都会风声鹤唳，扯一次淡就赚二十五美元的好事可就没了。你柜子里面的猛料够多了，够他们喝一壶的。我知道里面都有什么——交际花的风流韵事、暗箱操作的银行家、靠床上功夫吃饭的女演员、烦恼儿子不成才的家长。你这里全都有。我要是有这些材料，能冷读得他们五体投地来拜我。你却一张死人脸坐着，日复一日地听着蠢货跟你抖落心事，才赚那么一点点钱。我要是有那么多料，早就挣满一百万，然后金盆洗手，一分钟都不多干。金发宝贝，你真傻。他们都是金牛啊。他们都有渴望。好了，我来这里也是为了倾诉。要是有人大嘴巴，把我的事捅给警察，你等着吧，我认识人，他们可不怕你的柔道。”

“我可不是吓大的，卡尔里斯先生。不过，你并不认识黑道上的人。你害怕他们，就像你害怕我一样。你满腔愤怒，对不对？你觉得你恨我，对不对？你想要从沙发上起来打我，对不对？——但是你不能。你对我无可奈何，我是你猜不透的人，你的装神弄鬼骗不了我。我对你的冒牌瑜伽也不感冒。你是那么无助，就像你妈妈跟别的男人跑了，而你只想跟他们一起走一样。我想，你确实跟她走了。你进入演艺界，对不对？你上台时会用手理头发，就像汉弗瑞一样。汉弗瑞魁梧，强壮，有魅力。我想，你已经成了汉弗瑞——在你自己的头脑中。”

“可是他——他——”

“不过如此。同样的道理，我认为你还想占有自己的母亲。”

“上帝诅咒你的灵魂，那——”

“躺回沙发上。”

“我要杀了你——”

“躺回沙发上。”

“我要——妈妈，妈妈，妈妈。”

他双膝跪地，一只手捶打着自己的眼睛。他爬了过去，把头撞在她的大腿上，埋在她怀里，而莉莉丝·李特尔医生则看着乱蓬蓬的浅黄色头发，微微笑着。她一只手搁在他头上，用手指温柔地抚摸他的头发，安慰地拍着他的头。他则抽泣哽咽，双唇紧紧贴在她的腿上。接着，她用另一只手取来桌上的写字板，潦草地记下：“波利，密西西比。”

方尖碑矗立在春夜里，都是黑色的。没有云彩，只有一颗恒星。不，那是行星。金星。向地球眨着眼睛，仿佛在传递着宇宙的讯号。他稍微挪了挪头，直到这颗冰冷、明亮的行星似乎放在石柱的铜顶上方。一辆车在公园里穿行，车灯朝方尖碑方向照过来，上面的象形文字霎时间呈现在阴影里，接着光就消失了。王名圈，对死者的赞美，献给死神的咒语，还有对波光粼粼、神秘定期涨落、有无数个入海口、向北流过文明古国的那条大河的祈祷。它当年真的神秘吗？他思索着。在阿拉伯人将它占据、一寸一寸地测量大金字塔的甬道、希望借此预测未来之前。

春风搅动了她的秀发，散开的发梢拂过他的脸庞。他将面颊贴上去，用另一只手指着天上的行星，在石塔尖顶闪烁的行星。她点了点头，没说话。无助感再次涌上心头，那种触碰她时的无力感，那种哀求感。她给了他两次，就像递给他白兰地一样，只是观察他的反应。在精灵般的面庞之外，在笃定的双眼之外，她还有呼吸，还有供给血液的小心脏，在她的翘乳之下。但手指下是蜘蛛网。森林中的蜘蛛网，碰触到脸庞，接着在手指下消失了。

红唇的热度在他口中升腾，却在内心的涌动和回忆的纠缠中变得酸涩。接着，他把脸转开，看着她的脸。起风了，她别致的鼻孔颤动着，就像动物一样嗅着春天的气息。她是动物吗？或许一切神秘不过如此？她是一只柔顺的金毛小猫吗？只有在玩够了，想要独处时才会把利爪收起。但是，她的大脑永远在运转着，在眼睛背后从不停歇——动物是绝没有这种器官的；又或许，这是一种超动物的征兆，一个再过几个世纪才会出现在地球上的新物种？她是不是大自然从过去伸向现在的一个触手，预示着千年后人类的形象？

这颗大脑降服了他，让他服下只能用毫克言语来度量的微末狂喜，她嘴角抽动，灰色眼眸中欲望一闪而过，随即重新蒙上了诡秘。这颗大脑似乎永远存在，用一条比蛛丝还要细的、肉眼根本看不到的金线拴着他。它把电流传入他的头脑，冰冷地责难他，惩罚他。它把他抛入无助的苦痛，就在他即将爆发的瞬间，用暖流为他带回生气，拉扯着他跌跌撞撞地在空中穿行，让他来到雪山之巅，俯瞰着无数平原在眼前展开，城市的伟力，生活的道路。这一切都是他的，会是他的，将是他的，直到金线崩断，把哀嚎着的他送回恐惧的黑暗深渊。

风越来越冷了，两人于是站起身来。他点了烟，给她一根，绕着方尖碑行走，缓缓经过博物馆后侧未完工的空白墙面，紧贴公园的边缘，黑暗中只有往上城去的公交亮着孤灯。

他拉起她的手，放进自己上衣的口袋里。他们走着，这只手温暖还有点湿润，几乎散发出一种微咸带甜的味道，带着麝香的气息，这是心灵的舌头所体味到的。转瞬之间，它又变了，变得刺骨，仿佛是死人的手在口袋里，就像是他以前制作的、安在手杖末端的橡胶假手。里面是碎冰，放在一位虔诚信徒的无神论丈夫脸上。

现在，孤寂感在他内心滋长，就像癌症，就像长着一千条触须的蠕虫，在他的神经中奔驰，在他的心肌上爬行，把他的双臂绑在一起，把他的大脑用绳索捆住挤压，挤进他的后腰，扭曲着肌肉，让他在求而不得、欲而不敢中疼痛不已。它冲上天空，双手紧握的假高潮，汹涌而来的羞耻感，内里就带着敌意，因羞耻而感到羞耻。

两人停下脚步，他朝着树下的无背长椅走去。街灯下的新绿那么娇嫩，让人不禁心碎。春风如同少女一样，轻缓温柔地为大地带来翠意，而他们自己，还有这座可恨的死城早已逝去。他低头看着她空洞的面庞，如同一个水晶球，只能反射窗户上的光。他心里想着，一切都会逝去的，永远。

他被一股冲动攫住：这么多年来，他原来一直在向死亡冲刺。他紧紧抱住她，用劫后新生的猛劲把她压在自己身上。她任由他抱着。他将面颊在柔顺的秀发上摩擦，听到自己喉咙下面发出低声哀鸣。接着，她挣脱出来，站起身，亲了他一口，再次上路。他跟在女人身后几步的位置，接着冲上来又握住了她的手，坚定而有力。两人的手温柔地扣在一起，但只有一瞬。她的手马上抽回，插进外衣兜里，大步流星地向前，烟云越过她的肩膀往后飘，为风带来了香甜的气息。

她走路时双脚是平行的，仿佛在旁边有缝的小路上行走似的。虽然足蹬高跟鞋，但她的脚踝从不曾摇摆。她穿着炮铜色的长袜，鞋扣是用刀片钢做的。

两个衣衫褴褛的小男孩朝他们蹦蹦跳跳地走过来，在旁边倚着树的墙边前后追逐，穿行于马路两侧，因为大半夜还能出来玩而兴奋不已。一个男孩嘴里骂着脏话，推了同伴一把，后者就踉跄地朝莉莉丝跌去。她如同半空中放下的小猫一样转身让开，小孩扑到煤渣上，双手在地上攥起黑灰。就在斯坦回头看的时候，他坐了起来，突然松开拳头朝推他的人撒了出去。小孩都这么闹，不知轻重，直到有一方受伤，然后又打了起来。推两下就不玩了，过一分钟还是好朋友。老天呀，为什么要长大，长成我这样的人？为什么要女人，要权力，要金钱，要爱情，走到台前，卖弄把戏，周旋于经纪人之间，还要被打——？

天色已晚，路灯渐稀，城市的躁动已经舒缓下来。春天来了，消瘦挺拔的白杨围在林间空地四周，手掌放在草丘上——我怎么能忘呢？他的眼睛模糊了，感觉嘴巴也闭紧了。等他反应过来，莉莉丝已经挎住他的手臂，带着他朝大道对面自己的公寓走去。她在那里施展属于自己的魔法，里面的锁柜里藏着无数秘密。她在那里告诉人们，如果第二天他们想要喝酒，想要砸东西，想要用安眠药自杀，想要骚扰酒吧女仆，不管想做什么，那时他们应该怎么办。他们内心充满恐惧，于是花每小时二十五美元来找她指点迷津。她会告诉你可以做，你要继续做，你可以想着做；或者告诉你怎样不去想它，去做同样好或者同样坏的其他事情，让你好受些，或者只是为了让你有些事可做。

他们在她家门前停下。她转向他，平静地笑着告诉他，他今晚不能来，她今晚不需要他，不想要他，不想要他亲吻她，不想要他跪在她身旁亲吻她，不想要他的任何一切；只想知道当他今晚想要他，想要他亲吻她，想要他跪在她身旁亲吻她的时候，他就一定会对她做这些事情，按照她的要求，按照她要求的时间，按照她要求的方式。因为她可以要任何人来做，让他来只是因为她想要，不是因为她能做得比其他任何人更好。虽然他不知道是否还有其他任何人，他不想知道，也没什么关系，她想要的任何时候都能占有他。因为这就是她，她要在一切事情上被服从。因为她手中牵着赋予他生命电流的金线，她眼睛后面是固定着电流大小的可变电阻器，她可以让他饿死干死冻死，只要她想，这就是他陷入的境地。这没什么关系，因为只要金线的一端还嵌在他的大脑中，他就能够呼吸生存行动，变得像她希望得那样好。因为她将电流顺着导线传给了他，让他好，让他活，甚至让他与莫莉做爱。当他再也不想要她的时候，当她哀求自己告诉他的时候，趁她还没有年老色衰，连孩子都生不出来了，赶紧找个新男人。

这些都是他在饱满的下唇、尖锐突出的颧骨和下巴、在昏暗的前厅里黑如墨色的灰色大眼睛里看出来的。他还有别的东西想要，于是用舌头润了润嘴唇。她捕捉到了他的想法，点点头。他站在那里，在她脚下三步远的地方，满脸渴求。接着，她给了他想要的东西：饱满、温暖、柔软、香甜的瞬间，小巧的舌头与他的缠绕在一起，就像在说一句“晚安”，只不过是由温润的湿气形成的。她走了，而他还在，时间仿佛过去了一天、一周、一个月，他愿意为她做任何事，只要她不切断那根金线。现在，他得到了恩准。她轻轻一拉，他便匆忙扑了上去，趁她还没有改变心意，趁她还没有顺着嵌在他大脑中那根看不见的线，送出冰冷的逐客令，让他的手停在他的双唇六英尺外的地方。

往下过三个门牌是一家小鸡尾酒吧，挂着玻璃灯箱，写着“BAR”。斯坦赶忙走进去，三色墙壁上到处是涂鸦，从室内到房顶。广播声音不大，服务员坐在吧台一端的凳子上点着头。斯坦在锃亮的木头吧台上摆放了一美元。

“轩尼诗，三星。”

“‘在里面，在喧嚣沸腾之上，我们听到乐手在大声地演奏施特劳斯的《纯爱之心》——’”

“那是什么？”

“《妓女之家》里的。我们要进去吗？”

在初夏的暮光下，他们沿小路走着；前方的莱克星顿大道被霓虹点亮。在一座赤褐色砂岩的老宅地下室里，一扇窗户上漆成了蓝色和红色，上方有一个牌子，写着“双鹰快驰马”。灼热的空气中传出吉普赛音乐。

“我看着有小酒馆。”

“我喜欢小酒馆——要是我喜欢灰尘的话。进去吧。”

屋里很暗，小小的舞台上有几对舞伴在跳。一个面颊发蓝的阴郁胖子朝他们走来，带他们去了卡座。此人身穿俄式暗绿绸衫，袖口带着油渍，开口说道：“曼哈顿的好兄弟，今天喝啥？马天尼？”

“有真伏特加吗？”莉莉丝掸了掸烟。

“好伏特加。你呢，先生？”

斯坦说：“轩尼诗，三星，加白水。”

酒上来以后，他要给小费，但那人摆了摆手：“不着急。先度过好时光，然后再提钱——坏消息，好时光——先享受，后买单，总是这样的。”斯坦靠在桌子上小声说：“这个伏特加——根本不值。你为什么想来这儿呢？你想解牌？”

莉莉丝看着斯坦，笑了。“来吧。”

房间后侧的阴影里走出一个女人，身穿亮红色短裙，屁股一摇一摆地就过来了。她包着绿头巾，鹰钩鼻，嘴唇薄而松弛，乳沟很深，油光可鉴，大奶子仿佛随时都要从脏兮兮的白上衣里爆出来。那女人靠着斯坦挤进卡座后，浑圆的屁股紧紧贴着他的大腿，热得发烫。

“你来切牌，女士；看你能切到什么。看！好兆头！这张牌叫作星。你看这个女孩——她一只脚踩在地上，一只脚在水里；她把葡萄酒倒在地上和水里。这是好兆头，桃花运啊，女士。我看到一个浅色头发的男人将向你求婚。开头不顺，终成正果。”

那女人翻开一张牌。“这张——隐者牌。老人手里拿着灯笼，灯笼里是星星。你在寻觅什么吗？你失去的东西？戒指？写着字的纸？”

莉莉丝的面庞冰冷空洞，吉普赛人的问题碰上去就弹了回来。那女人又翻开一张牌。“生命之轮。你会经历一段长期的病痛，不是大病。可能是胃病，也可能是神经系统，不过最后都会过去的。”

莉莉丝吹了一口香烟，看着斯坦。他从钱包里拿出两张钞票，递给吉普赛人。“钱给你，姐妹，快走吧。”

“谢谢你，先生。不过牌还有很多话要说，能够预言未来的事情。厄运，也许吧；你可得想办法消灾啊。”

“走吧，姐妹。走吧。”

她把钱揣进装塔罗牌的口袋里，头也不回就扭出了卡座。

“她等会儿估计会给咱们下咒，”斯坦说道。“老天啊，我图什么呢？我到底为什么要离开戏团呀？我本来可以在算命摊干到顶尖，每个演出季都能净赚一万大洋啊。”

“不必如此，亲爱的。”莉莉丝呷了一口伏特加。“你觉得那样我会跟你这样坐在一起吗，要是你的志向就是在那个什么干到顶尖，你叫它什么？”

“算命摊。”他黯淡地笑了笑。“你是对的，医生。再说了，关窍玩大了，没准还进去了呢。”看她皱了皱眉，他回答道。“关窍，吉普赛人叫它 okana borra——大骗局。你找一个傻瓜，让他把一块钱藏在手绢里，枕着睡觉，第二天早晨里面就有两块。于是，他从茶壶里取出所有积蓄又去‘变戏法’。再醒来的时候，手绢里却只剩下一叠白纸，于是他就回来找吉普赛人算账了。”

“你真是知道不少精彩的民间故事啊，卡尔里斯先生。你脑子这么机制灵敏，一辈子从无知农民手里骗钱，你真觉得自己快乐吗？就算你一年赚一万美元，整个冬天都不用出门？”

斯塔示意酒保把白兰地续上。“要是下雨了，算命的时候脚就得踩在泥里，脖子后面水淌得跟小河似的。我就在皮巴蒂夫人的房子里扎根了——有顶总比没顶强。”

莉莉丝眯起眼睛。“斯坦，机会来了，我要跟你谈谈。你的教会里要来两个女人，当然不是直接通过我，不过肯定会过去。一个叫巴克太太。她对瑜伽感兴趣，想要去印度，不过我告诫她，她都这么大了，不要再折腾了。她需要找点事做，打发时间。我觉得你的宇宙呼吸正合适。”

斯坦从口袋里取出一张纸，开始写字。“全名？”

“把纸给我。”她把纸放在烟灰缸上，然后用打火机烧了。“斯坦，我早跟你说过，不要留下字面的东西。我不想再提醒你了。你满口说什么凭脑子赚一百万，不过做起事情来，怎么还跟巡回戏团里的骗子一个档次。”

斯坦绝望地把酒灌下肚，又要了一杯，又是一饮而尽。

莉莉丝继续说道。“她名叫露辛达·巴克。别的你用不着知道。”

沉默了一分钟后，斯坦闷闷不乐地摇了摇杯子里的冰块。

“另一个叫格蕾丝·麦坎德雷斯。单身，四十五岁。之前一直帮她爸爸看房子，直到他三年前去世。她接触过见神论，现在走到了另一面。她想要死后生活的证明。”

“你再——你能跟我讲讲她的老父亲吗？”

“他叫库波特·麦坎德雷斯，艺术家。你去找画贩子应该就能打探到消息。”

“你看，莉莉丝，再‘考验’我一次吧。我知道你怕我说漏嘴，害他们去找你麻烦。但是你得信任我啊。小姐，我毕竟当骗子都当了一辈子了。”

“好了，别聒噪了。听好。麦坎德雷斯跟女儿上过床——就一次。

她当年十六岁。之后再没上过床，但也没分开过。就这些了。全世界就我一个人知道这件事，斯坦。你要是不老实，我可是会自保的。你知道我什么意思。”

“是啊，是啊，伙计。咱们走吧。闹哄哄的，我受不了。”

夏天到了，树木枝繁叶茂，挡住了夜空中城市的灯火。两人在方尖碑旁停留片刻，接着莉莉丝带头，他们穿了过去。身后的博物馆似乎在斜视着他，满是无言的威胁，阴影里似乎藏着毁灭。

走出浴室系袍带时，她的双手在黑色丝袍映衬下倍显白皙。她脚上穿着小小的黑色拖鞋，坐在卧室床边的桌旁，从侧面取出柜子，柜子里有几个扁抽屉，分别标着“蓝宝石”“猫眼”“蛋白石”“藓纹玛瑙”。

莉莉丝说话时看都没看他。“这些记号对你一点用都没有，斯坦。全都是我自己的缩写。”

“你什么意思？”

她第一次抬起眼看他，冷静而带着怜悯。“我在浴室里的时候，你走进我的办公室，试了试你给我的文件柜配的钥匙。你脱衣服以后，我从梳妆台上看见的。现在没了，你藏起来了，不过划痕我还认得。你上次跟我上床的时候做了钥匙的模子，对吧？”

他没有说话，但狠抽了几口烟。烟灰变长变尖了，散发着怒气冲冲的红色。

“我本来想送你回家的，斯坦，不过我觉得你需要接受一点教训。我的脚指甲也要修一修，你帮我涂指甲油吧。床头柜的抽屉里，你给我拿来。”

他木然地把烟按掉，弹了弹烟灰，又马上扫进烟灰缸里。他拿了一套指甲油，过去找她，感觉与赤裸肌肤接触的空气寒冷而带着敌意。他肩头披上衬衫，然后在她脚旁的地毯上坐下。

莉莉丝取来标着“蓝宝石”的抽屉，用珠宝钳夹起宝石，拿在台灯下看。她把一只脚的拖鞋抖掉，放在他赤裸的膝上，看都没看他。“这对你很有好处，亲爱的。作业疗法。”

斯坦顿大师揉了揉橙木棒末端的棉花，然后伸进卸甲油的瓶子。指甲很小巧，上面的指甲油已经不完整了。他把卸甲油放上去时，刺鼻的化学药品味道扑面而来。涂的过程中，他亲了纤细的脚背一口，但莉莉丝正全神贯注地盯着自己的宝石。他于是壮起胆子，拉开黑色丝绸，亲吻着她的大腿。这一次，她转过头来，落落大方地把浴袍拉到膝盖顶上，看了他一眼，是愉悦的宽容。“卡尔里斯先生，你今晚受的罪够多了。小心别把指甲油洒到毯子上。你也不想我拿你的鼻子擦毯子，然后从后门拎着脖子把你扔出去，对吧，亲爱的？”

他一只手撑着足弓，涂了起来。玫红色的指甲油均匀地涂着，他想起了外面车库里的工作台和喷漆罐。他以前用箱子和旧婴儿车的轮子做了个滑板车，然后自己上漆。妈妈对他说：“真漂亮，斯坦顿。我厨房里还有几把椅子，你也帮我涂了吧。”他爸爸一直留着漆，有事要干。打人。

“斯坦，老天呀，你仔细着点儿！棒子弄疼我了。”

他已经涂完了一只脚，不知不觉地就开始涂第二只。

“要是我不在你身边，你擦鞋可怎么办呀？”他的声音中饱含敌意，吓了他自己一跳。

莉莉丝放下一颗蓝宝石，眯起眼睛说：“我可能会另找一个朋友替我干。或许是能带我去剧院，不怕被别人看见的那种人。用不着悄悄地来、悄悄地走的那种人。”

他放下卸甲油瓶。“莉莉丝，等到我们赚了大钱吧。找到超有钱的信徒——”但他的声音里透着不自信，没有生命力。“我——我想让别人看见，莉莉丝。我——这招不是我想出来的。是你让我不要跟莫莉分手的，要是我回戏团——”

“天堂来信教会的斯坦顿·卡尔里斯牧师先生。我觉得你不会有嫉妒心，你根本就没有心，斯坦。你想要的只有钱、权力、更多的钱。”

他站起身来，扔掉衬衫，双手紧紧握在一起。“继续说啊，伙计。你可以讲其他男人，随便你乐意。凡事无绝对。要是别的男人跟你握手，我才不会嫉妒。这有什么分别——另外那件事？”

她看着他，眼睛几乎闭住。“是没多大分别，没有，根本没有分别。我经常跟一位老法官握手——我当年在法庭干心理学专家，领着市里工资的时候，是他提携了我。人都有见不得人的阴暗面，你懂的，斯坦。我记不太清楚了，十六岁吧，附近有五个男孩子，在我下夜校回家的路上堵我。他们把我带进一个空停车场，一个接一个地跟我握手。我记得每个人握了两次。”

莉莉丝说话的时候，他已经别过头去，嘴巴像弱智一样张着，头发披散在脸上。他蹒跚地走到两边有镜子的梳妆台，盯着镜子里的自己，眼神绝望。接着，他不顾一切地摸索着指甲钳，然后扎进自己的前额。

刺痛过后，他右手手腕迅即感到了一种撕裂的痛。他看到莉莉丝站在身旁，把他的手扳到肩膀，直到他放下指甲钳才松开。就在这当口，她也没忘用另外一只手提着浴袍，免得弄花尚未干透的指甲油。

“斯坦，来滴点碘酒，”她干脆地说道，“别喝酒了，那只会把你身体喝垮。”

他用凉水冲了冲脸，接着用柔软细密的毛巾把头发扯开。血已经不流了。

“斯坦，亲爱的——”

“嗯，来了。”

“你不能半途而废，是吧，宝贝？没有几个男人有你这样的勇气，干自己真正想干的事情。你过来，关心关心我——我喜欢被人关心，亲爱的——我就给你讲一个睡前故事，成人故事。”

他正在穿衣服，穿好后拿来一个垫子说道：“把脚给我。”

莉莉丝笑着把宝石放好，靠在椅背上，大大地伸了个懒腰，带着她最甜美的招牌笑容观察他。

“你真好，亲爱的。比我自己涂得好多了。该讲睡前故事了。我已经决定了，要赌一把，让你留在我身边。你可以的，亲爱的。就这一次。好了，我认识一个男的——别傻了，他是我的患者。他最开始是患者，后来成了朋友——跟你不一样，亲爱的。他很聪明，很有本事，可能对咱们俩大有好处。他对通灵现象也感兴趣。”

斯坦双手捧着她的脚，抬头看她。“钱怎么样？”

“不是一般的多，亲爱的。他上大学时有个女朋友死了，他至今心怀愧疚。是难产死的。一开始，我对他也没多在意，以为只是乏味的弗洛伊德的信徒——我似乎要失去他了。不过，他后来对通灵产生了兴趣。他开电机厂的。名字你肯定听说过——埃兹拉·格林德尔。”

牌十三／战车

征服者坐在狮身人面像拉的站车上，它们朝着不同的方向，似乎要将他分裂

格林德尔，埃兹拉。工业家，1878 年 1 月 3 日出生于纽约州亮瀑镇，父亲是马蒂亚斯·Z. 格林德尔，母亲是夏洛特·格林德尔，均为银行家。格林德尔先后就读于布鲁斯特学院与哥伦比亚大学，1900 年获得工程学学位。1918 年与艾琳·欧内斯特结婚，妻子 1927 年去世。1901 年加入霍布斯化工染料公司，任销售业务员，1905 年升任办公室主任；1908—1910 年于里约热内卢、马尼拉、墨尔本负责设备安装；1912 年升任出口经理。1917—1918 年于美国华盛顿特区担任战时特别管理人员。1919 年担任美国公共事业公司总经理，1921 年升任副总裁。1924 年创立格林德尔制冷公司，1926 年成立子公司玛尼图压铸公司，1928 年合并五家企业成立格林德尔钣金冲压公司。1929 年创立格林德尔电机集团，任总裁兼董事长。著有《劳工组织的挑战》（1921 年）；《促进生产科学指南》(1928 年);《工厂管理心理学》(与 R.W. 吉尔克里斯特合著,1934 年)。参加的社会组织:易洛魁哥谭体育社;威彻斯特县工程师协会。爱好:台球、钓鱼。

下文摘自布鲁斯特学院 1896 年学生名册:

> 埃兹拉·格林德尔(绰号"阿勇")。专业:数学。课外活动:象棋社、数学俱乐部、排球队队长(3 年)、《学生名册》管理员(2 年)。学院:哥伦比亚学院。志向:拥有游艇。格言:"数学的魔力与动人的话语"——康格里夫。

红发孩子抬起头,看见讲台旁站着一个男人:牧师的硬白领,纯黑的正装,绑着黑带的巴拿马帽。他一下把他拍醒。

"好孩子,你可不可以帮我一个忙呢?"他一边说一边把祈祷书放回口袋里。

"好的,神父。我能为你做什么呢,神父?"

"好孩子,我正在准备一篇讲道,论杀死未出生婴孩的罪恶。你能否帮我在报纸上寻找一些剪报,讲述因为没能顺利产下婴儿而死的年轻女人的故事。不要最近的新闻,你知道的,实在太多了。我想要之前的报道,证明这种罪恶早在我们父母的时代就已经存在了。"

孩子绞尽脑汁地抬起头。"唉,神父,我听不懂你说什么。"

神父平和的声音降低了一些。"就是流产(abortion),好孩子。关键词查 A–B。"

孩子脸一红,重重地点了点头,回来时拿着一个旧信封,上面写着：“流产，死亡，1900－10。”

硬白领男子迅速过了一遍。1900：非法手术致母婴双亡。交际花……丈夫承认……死亡契约……

女工死亡

作者：伊丽莎白·麦考德

昨夜在莫宁赛德医院，一名瘦弱女孩面对墙壁，黑发披散在枕头上，正在生死边缘。同时，一名小伙子正往病房里闯。就算他再怎么哀求她原谅，她都再也无法睁眼看他，再也无法跟他说话了。最后，他避开马尔卡西警官，早早离去了。马尔卡西警官之前便来到医院，职责是紧盯着这名要为女孩的悲惨境地和英年早逝负责的年轻人。但是，他没有逃过眼尖的年轻实习护士的注意，这名护士在他的表饰上发现了 E.G 字样。在庞大城市的某个地方，一个懦夫正在潜伏，颤抖，随时等待着法律的铁手按住他的肩膀，（让我们期盼）他的灵魂被无辜女孩决绝的姿态烧灼，她正是他的冷血自私、以身试法的牺牲品。

她是一名高挑的黑发女孩，正在花季的年龄，和她一样的人还有许多……

黑衣男子呆呆地说道：“是的——早在我们父母的时代。跟我想的一样。杀死没有出生、还没有接受教会洗礼的婴儿，这是罪恶。”

他把剪报放回信封里，对红发孩童表示了感谢。

在中央大旅馆中，这位神父从物品存放处取回手提箱，又在更衣室换了一套亚麻正装、白衬衫和条纹蓝领带。

来到麦迪逊大道上，他停了下来，一边翻阅旧祈祷书，一边咧嘴笑着。页边被雨打湿，卷了起来，扉页上用斯宾塞花体写着“尼古拉斯·托斯蒂惠赠”，还有日期，字迹已经有些模糊了。金发男人把它扔进了垃圾箱。他口袋里装着一份剪报，是三十年前一位伤感故事女记者写的。1900 年 5 月 29 日。

莫宁赛德医院的停尸房位于地下室，里面有值夜班的杰瑞，一架子年岁久远的登记册，还有伤痕累累的书桌。两把厨房椅，是给访客坐的。一台收音机，一部夏天晚上开的电扇，一个冬天晚上开的电暖气。电扇现在正开着。

杰瑞回到房间时，一名身穿脏兮兮的灰裤子和运动衫的访客正抬头看他。

“我从西一区的夜班护士那儿借了两个口杯——新来的，大长腿。杯子上有点划痕，不过咱们接着来。满上。我跟你说，兄弟，咱俩在朱利奥酒吧见面时，你就拿着这瓶酒，当时正好休息。我这对嘴唇啊，一晚上没碰酒水了，想酒都想疯了。”

他的新朋友把头上的草帽往后推了推，然后往医用玻璃杯里倒了些苹果白兰地。

“来老地方看看，哈？”杰瑞干了以后，把杯子伸了过来。

金发男子又满上，并喝了一口自己的白兰地。

“晚上有点无聊啊，是吧？”

“还好啦。我听音乐节目，里面有些好曲子。我还做纵横字谜，做了很多。有些天晚上啊，他们一分钟都不让你安宁——硬邦邦的尸体每十分钟就来一个。主要是冬天，还有特别热的天——都是老人。我们也不想他们一到门口就推进来上架，不过要是大夫说‘把她放了’，那我们也不能给堆在外面。然后我们就得给死者登记到医院和市里的簿子上。这活不怎么样吧？谢谢，我还行吧，别在意。”

“那你把信息全都记在这些簿子里了？要是我的话不得疯了？”金发男子把脚翘到桌子上，抬头看着装满登记册的书架。

“不是。是在这本里，桌子上的，记得是最近的。那些是从医院创立到现在的呢。我不知道干吗还存着。隔一阵子有监察局的人过来，要调以前的东西出来看，那我就把灰扫扫给他们。这活不赖。空闲时间很多。比方说——今晚还是别喝了。我们这儿有把老战斧——夜班巡查。她随时可能下来，把我臭骂一顿，跟上面报告说我喝醉了。我到现在还没有喝醉的记录。她三点以后就不过来了，不赖。”

冷酷的蓝眼睛盯上了标着 1900 年的登记册。

杰瑞又开始聒噪了。“你知道那个女演员吗，多莉·伊瓦思——前天晚上在街对面酒店自杀那个？没救过来。今天晚上，大概八点吧，我接到一个电话，让我去西五区接人——保密的。结果就是她。我现在把她放在冰匣里，想看看不？”

陌生人放下杯子，脸色煞白，但还是说道：“好呀。我还没见过死的脱衣舞娘呢。哎呀，不过她活着的时候我可是见过，那时候可是十分风光呢。”

这位停尸房的负责人说：“来吧，我带你看。”

走廊里冰匣的门摆成三排。杰瑞沿着边缘走，拉开一个门栓，取出托盘，里面躺着的人盖着廉价棉布被单，他一把揭开，动作颇为浮夸。

多莉·伊瓦思是割腕自杀的，现在躺在电镀托盘上活像个白痴，双眼微闭，金色的头发湿漉漉的。鼻孔和嘴巴都塞着棉花。

这就是她在琥珀色的聚光灯下抖动的乳房，她在烟雾环绕的老男人和小屁孩中间扭动的肚子，演出结束时劈开的长腿。指甲油已经斑驳脱落，大拇指上缠着名牌，手腕上裹着绷带。

“好一个漂亮的小苹果——当年。”杰瑞把被单盖好，抽屉推进去，狠狠把门关上。回到办公室后，访客又干了两杯白兰地。

多莉已经找到了暗巷的尽头。她在逃避什么，以至于让她割破自己的血管？噩梦越来越近。在她太妃糖色的头发下面，在她的头脑里，究竟是什么力量把她推到了这一步？

阴冷的办公室里，白兰地酒劲上来了，杰瑞也嘁嘁喳喳笑着讲开了：“有时候晚上真有乐子。有一次——去年冬天——那个晚上真是沉重。真的，不骗你。他们就像苍蝇一样嗡嗡地进来。都是老家伙。五分钟，十分钟，电话就响了：‘杰瑞，快来，又来了。’我跟你说，我整晚没有一分钟消停过。底下一层满了，接着往第二层放。我是一点也不想往顶层放——得弄两架梯子，两个人帮我才能上去。好了，你又能怎么办呢？没错。两个放一格。大概四点吧，老战斧打电话下来，问我哪个哪个尸体在哪，我跟她讲了——是个女的。接着她又问一个，是个男的，我在簿子里查了查，又跟她讲。哎呀，我把他俩弄到一个格子里了。那又怎么了——他们都死了！然后她就火了。你真该听听她当时说的那话。”

老天爷啊，这哥们嘴就闭不上了，出去一分钟不行吗？一分钟就够了。就在杰瑞头顶的架子上。

“她骂得可狠了。她说，‘吉瑞’——你真该现场听听，你都不敢相信——‘杰瑞，我觉得你应该懂规矩’——这是她原话——‘你应该懂规矩，不能把男人和女人放在一个冷藏格子里！’你能说什么？我就跟她讲，我说：‘莱尔小姐，你是不是在暗示，我应该鼓励尸体搞同性恋？’”杰瑞靠到旋转椅上，拍着大腿，而他的同伴也笑得眼泪都出来了，紧张情绪一扫而空。

“她然后就咆哮了，你真该听听！等一下，来电话了。”他接听后说道：“马上来，马上，”然后向后推开椅子。“有活了，马上回来。给我来一杯再走。”

他摇摇晃晃地在走廊里面前进。电梯停了，开门，关上，发出往上走的嗡嗡声。

1900 年。5 月 28 日。年龄：95、80、73、19……19……多丽丝·梅·卡德尔。死因：败血症。接收地——可恶，她从哪来的？没有籍贯。姓名，年龄，死因。28 号只有这一名年轻死者，前一页后一页都没有。电梯下来了，他赶忙把登记册放回原位。

杰瑞站在门口，身形不太稳，脸上闪着光。“来搭把手？是个胖子！老天啊！”

“不。她在这儿时我还不在。我是八年前才接手的，我之前是美瑞薇瑟夫人。她后来一直住在盲人之家。白内障，你懂的。”

一个有教养、轻柔的声音说道："美瑞薇瑟夫人，冒昧打扰，纯粹是我个人的爱好。你看，我是修家谱的，正在查我妈妈这一边的亲属，卡德尔家。我在老城市名册里发现，有个姓卡德尔的人住在这座房子里，大约三十五年前，您当时是这里的房东。当然了，您不记得也是正常的。"

"年轻人，我当然记得。她是个好女孩。多丽丝·卡德尔。就跟昨天发生的一样。是血液中毒什么的吧。我带她去医院。太晚了，死了，埋在公共墓地。我不知道她家人在哪。我本来想给她买块坟地的，可惜没钱。我还试过凑份子，可房客们都凑不齐。"

"她是新泽西州卡德尔家的？"

"可能祖上是，我就记得她是宾夕法尼亚州图克斯伯里的人。"

"美瑞薇瑟夫人，你跟马萨诸塞州的美瑞薇瑟家族有关系吗？"

"哎呀，小伙子，你可是问对人了。我祖母是马萨诸塞人，是我爸爸这一边的。你要是对美瑞薇瑟家族感兴趣——"

"卡德尔夫人，我资料差不多收集全了，不过我还有一些公事要问，政府登记用的。"黑色正装，公文包，角质架眼镜，圆点花纹领带，标准公务员形象。

"请进，请进。我一直在找多丽丝的照片。我上次给你看过以后就不见了。"

"多丽丝·梅。她是你的第二个孩子，我觉得。你把照片夹在《圣经》里了，卡德尔夫人。"

他的声音很干瘪，肯定是整天忙不迭地四处走，都累坏了。

“咱们再看看。这——就是这。再往远处看看。你女儿高中毕业的日期，我之前问过你么？”

“她就没毕业。上了一门经商的课，然后就跑去纽约市了，从此再没见过。”

“谢谢你。你说，你丈夫从十三岁就在矿上干了。他当时遇过多少事故？我是说，让他一天或几天不能上班的事故？”

“老天啊，这我可能没跟你讲过！我记得有一次，那会儿我们刚结婚……”

人口信息采集员慢慢地朝着城里唯一的电车线走去，公文包里是一个微缩胶卷，包含一张明信片的正反面。一面是小女孩的廉价照片，在康尼岛拍的。她坐在一艘假的划桨船上，船的名字叫“海风号”，她手里拿着一只桨，身后是涂着漆的灯塔。背面的字写得很清晰，但没什么特点：

妈妈好，大家好：

我目前在康尼岛，仿佛身处世界上最大的集市。阿勇带我来的，这名字傻不傻？我拍了照片给大家看。请转告爸爸和大家，我希望跟你们在一起。代我抱一抱小珍妮。我很快会再来信的。

爱你们的，

多莉

卡尔里斯牧师走上玻璃凹室里的讲台，周围茂密的蕨类和棕榈树把夏日的阳光挡在外面，台下的说话声也匆忙地平息了下来。屋子里其他地方都很阴凉，临街的窗户拉着窗帘。

他翻开带有金片拉环的《圣经》，用手理了理头发，直视着下方天堂来信教会的教众。

“今天上午讲解的经文是《以弗所书》第五章的八、九两节：以前你们是暗昧的，但如今在主里面是光明的，行事为人就当像光明的子女。光明所结的果子，就是一切良善、公义、诚实……”

普雷斯科特夫人来晚了，可恶。还是说，真正有权的人都是这样？他肯定是那种永远迟到的混蛋——以为全世界都会拉起帘子等着他。

蓝眼睛从经文上抬起，微笑着面对台下的信众。屋里大概有二十个人，有几个是被硬拽过来的丈夫，也有个别男信徒。

“亲爱的朋友们，在这个炎炎夏日，我们相聚。主的光辉洒满整个世界，我们要领受祂的智慧……”

塔伦泰尔在哪？她应该来观察普雷斯科特和听众的啊。

“……我们曾经在恐惧、无知、怀疑的暗昧中行走。如今，坚定的信仰照亮了我们世间的道路。”

在阴暗房间的另一端，前门开了又关上，两名身穿印花连衣裙的矮胖女人进来了——是塔伦泰尔和普雷斯科特。狗娘养的！这个白痴又在最后一刻退缩了吗？一丝焦虑闪过。斯坦在想会不会又有人摆了他一道。

接着，门口出现了一个男人，身材魁梧，浅灰色法兰绒正装，头上戴着巴拿马帽。气窗里透进来的微光只能照出他黑色的侧影。此人肩膀姿态带着一股傲气，手里是有资产的——土地、厂房、农田、机器。还有人。两个圆形的、猫头鹰眼睛似的亮片在他头上闪过——他正转身跟普雷斯科特小声说话，那是无框眼镜反射出的暖房里的光。他在后排坐下，把几个椅子拉开，好给双腿腾地方。

卡尔里斯牧师吸了一口气，聚精会神地看着眼前的镀金《圣经》。

“亲爱的朋友们，我要给你们讲一个故事，一个参加过大战的男人的故事。有一天夜里，他和一名战友被派去无人区侦查——这时，照明弹从敌方战壕里升起，把大地照得通明。要是我们，可能就要像大卫一样祈祷：‘使我脱离那欺压我的恶人，就是围困我，要害我命的仇敌。’而故事里的主人公却冲向弹坑隐蔽，在德国人的机枪正向空地里散布死亡的时候，把战友推到了一边。”

埃兹拉·格林德尔麻木地用巴拿马帽扇着凉。

“没有掩护的士兵倒下了，身受重伤。还没等照明弹的光亮消散，匍匐在弹坑里的另一名士兵看到战友的眼睛正盯着他，充满嘲笑和谴责。

“亲爱的朋友们，岁月如梭，当年的幸存者如今成了社会的中流砥柱，结婚生子，名誉很好。但是，他灵魂深处总是留存着那名濒死小伙子的脸，他的眼睛，谴责着他！”

巴拿马帽停住了。

“这个人最近对精神学产生了兴趣。他开始去我的一个灵媒朋友开的教会，在城市的西边。他把心安放在灵媒身上。后来，他们终于与那名因为他的怯懦而丧生的‘战友’见面了，你猜战友的灵魂对这个饱受愧疚折磨的人开口说了什么？他说：‘我宽恕你了。’

“朋友们，你们自己想一想，千斤重担终于从他心头卸下，这么多年来他第一次获得解脱，享受着阳光、和风与晨昏鸟鸣，这颗饱受折磨的心如今感受到了怎样不可言喻的快乐。”

格林德尔身子前倾，一只手扶在前面的椅背上。普雷斯科特夫人跟他耳语了几句，但他充耳不闻。他似乎完全被讲坛后男人的声音吸引住了，抓住了，那个身穿黑色牧师服的男人。在夏日骄阳下，他的头发宛若黄金，一如他的金玉良言。

“亲爱的朋友们，宽恕不必来自于神。我们如何对拂过饱满庄稼的风儿犯罪呢？我们怎么能伤害春日的黄昏里紫丁香的清香、秋日湛蓝的天空、冬夜里永恒的繁星呢？不，我的朋友们。我们只能对人类犯罪。而人，在灵魂的下一处居所中会温柔地对我们说：‘我宽恕你，我的爱人。等你加入我们的行列，你便会明白。在此之前，带着宽恕的爱与喜悦走下去吧，从在神的巨手下永生的我们自己身上汲取力量吧。’”

眼泪涌出牧师的眼睛，在他的面颊上闪着从玻璃上反射来的微光。他不再说话了，站得笔直，如同驾驭战车的皇帝。

“让我们祈祷吧。”

房间里最后面的那个男人，他大半生都在打压对手、贿赂议员、瓦解罢工、武装打手、欺骗股东、巧取豪夺未婚母亲的房子。现在，他却用手遮住了眼睛。

“牧师，有人对我说，你的声音是从喇叭里放出来的。”

“我听过喇叭的声音。声音不是我放出来的，是他们自己来的。灵媒或者是天赋，或者是虔诚、修炼与耐心的结果。”

这些雪茄花了斯坦二十美元，但他随随便便把盒子推到桌对面，自己拿了一根，然后给大亨点上火。百叶窗帘拉着，窗户开着，电扇吹出来的风很舒爽。

格林德尔抽了两口雪茄，烟从鼻孔里分出来，说了声好，然后躺到椅子里。

通灵师好像突然想起了某个安排，说道，“不好意思”，然后在日程表上匆匆写下几笔。他一边让格林德尔继续抽，一边打了个电话，接着转过来，微笑着等他开口说话。

“你家里有没有喇叭，我不管。我要在我家里看到。”

牧师面色严峻地说：“格林德尔先生，通灵不是表演，而是宗教体验。我们不能指定时间地点。它们不挑房子，它们可能会在劳工的陋室中出现，却完全躲开有钱人、文化人、受过高等教育的人。”

大人物点了点头。“那我跟你去吧，卡尔里斯。你有一次讲道里说，唯一能确证死后生活的就是通灵信仰。我记得你还说过，‘拿给我看’是美国业界的密语。好了，你这次算是说对了。我只要求你拿给我看，就这样。公平吧？”

牧师的笑容圣洁而仁慈：“只要能坚定你继续探寻的决心，我愿意效劳。”

抽烟的时候，格林德尔一直盯着通灵师，而卡尔里斯则似乎陷入冥想。

格林德尔椅子左边是柚木咖啡桌，是皮巴蒂夫人留下来的，上面翻着一面小中国铜锣。气氛越发凝重。企业家似乎想逼对方先开口，但谁都没有。铜锣突然发声了——响亮，带着挑衅。

格林德尔从桌子上拿起锣，翻过来仔细看。接着又拿起桌子，用指节敲击桌面。再次抬起头时，他发现卡尔里斯牧师正微笑着看他。

“格林德尔先生，铜锣和桌子都归你了。之前从没有溢出的精神力量能把它敲响，我们称之为灵力，就像刚才那样。有人想要跟你沟通。但这很难——你根深蒂固的怀疑构成了阻碍。”

斯坦能从大人物的脸上看到内心的矛盾。他既害怕被骗，又渴望见证奇迹，得到1900年5月28日死于败血症、时年十九岁的多丽丝·梅·卡德尔的宽恕：不过我跟你说，多莉，要是我们现在就结婚，一切就都毁了，一切。

格林德尔身子前倾，夹着雪茄的两根手指朝天。“牧师，我的新泽西工厂里有一架药用天平，头发丝都能称得出来——一根人的头发丝！它放在玻璃柜里。你只要能让天平动一下，我就给你的教会捐一万美元！”

卡尔里斯牧师摇了摇头。“我对钱不感兴趣，格林德尔先生。你或许是富有的。在另一个层面上，我或许也是富有的。”他站起身来，但格林德尔纹丝未动。“你要是想在自己家里或者别的什么地方办降神会，我都可以帮你。不过我也要警告你——地方不要紧。要紧的是精神氛围。”他之前话说得很慢，仿佛脑子里在权衡什么；但最后一句像子弹一样射了出来，似乎决心已定。

“我的神啊——抱歉，牧师——这些我都知道！我完全配合你。我思想很开明的，卡尔里斯。开明。我选的委员会也都是开明人士——我之后会跟他们讲的。你什么时候能来？”

“三周以后吧，我有一天晚上有空。”

“这可不好。我三个礼拜后在魁北克。早就定好了，不能改。我想着是一劳永逸，水落石出，卡尔里斯。只要你给我一个不容辩驳的证据，再小也行，我就听你的了，什么都听你的。能不能加个急，今晚就去厂里？”斯坦朝门口走去，格林德尔跟在后面。“格林德尔先生，我相信你是诚心诚意的。”

他们走下铺着地毯的楼梯，在大门口站了一会儿。“那你来吧，牧师？今晚？”

卡尔里斯鞠了一躬。

“太好了。我六点派车接你。可以吧？还是说你早点出发，咱们在厂里一块吃饭？我们都在食堂里吃，跟工人们一块。民主嘛。不过菜做得可是不错。”

“我不想吃太油腻的，谢谢。我六点前少吃一点吧。”

“行。车来教堂接你。”格林德尔第一次露出笑容，看起来很冷，眼睛皱得紧紧的，不过他估计也是尽力了。斯坦近距离看了看这位大人物。

稀疏的头发和沙子一个颜色，天庭饱满，有些老年斑。大四方脸，五官怒气冲冲的，看着就不好惹。嘴边皱纹很深，似乎是由于呼吸困难或者长期闻到刺鼻气味。说话声音尖锐急躁，表面上风风火火，心底下却是满怀恐惧。害怕有人从他身上拿走一毛钱，或者价值一毛钱的权力。他常打高尔夫，上跑步机，所以腰围保持得比较好。可能穿着背部矫正器，免得像手下会计似的驼背。长着大手，手指上覆盖着红毛。魁梧，易怒，贪得无厌，身负罪恶感，为金钱感到骄傲，热衷于出名的傻瓜——一个拿得出一万美元的傻瓜。

卡尔里斯牧师抬手告别时，那姿势就像神父赐福一样，雍容万方。

斯坦回到公寓后已经下午两点了。莫莉还在睡觉。他一把扯开被子，挠她的胳肢窝，她嗔笑着醒来了。“斯坦，快停下！哎呀，亲爱的，肯定有好事！什么事呀？”

“大鱼啊，宝贝。他终于上钩了。降神会，今晚，在他新泽西的工厂里。搞定就齐活了！搞不定就完蛋了。出去给我抱只小猫来。”

“什么？斯坦，你还好吗？”

“好，好。穿件衣服，出去找家养猫的熟食店，带回来给我。出钱也行。”

她出门后，他把一个铅笔上的橡皮取下来，铅笔卡到门柱上，然后用手摇钻打了进去。接着，他把橡皮安回去，铅笔放进口袋里。

拿回来的是只虎斑猫，大概三个月。

“可恶，不能是白猫！”

“亲爱的，我也不知道你要啥样的啊。”

“没事，宝贝。你干得挺好。”他把自己和小猫锁在浴室里半个小时，出来后对莫莉说：“给，现在放回去吧。”

“放回去？不过我都跟那人说好了，要给猫找个好人家。哎呀，斯坦，咱们养着呗。”她在努力把眼泪眨回去。

“好了，好了，宝贝。留着吧，随便你。这一票干成了，我给你买只纯种黑豹。”

他赶忙往教堂走，莫莉则在地上放了一碟牛奶，看着猫咪舔着喝。她决定叫它“小鬼”。

“我们现在就进入格林德尔的地盘了，先生。”司机说道。他们穿过了整个曼哈顿，下水隧道内壁锃亮，新泽西浓烟滚滚，盐碱沼泽荒芜凄凉。眼前是一大片煤渣填埋场，沼泽草类艰难地生长着。大烟囱。长条形的玻璃屋顶厂房。落日余晖下，格林德尔电机集团厂区熠熠生辉。

车在一扇大门前减速，门边围栏修剪得很齐整，隔离墙顶上缠着电线。

门口值班的私人警卫朝司机点了点头，说道："请进，卡尔里斯先生。请在五号门岗通报。"

车沿着一段碎石路开，来到了另一道通电的墙和五号门岗。"进去得登记，先生。"司机说道。

水泥小屋里的人身穿灰色军装、萨姆·布朗武装带和深蓝色帽子，正坐在书桌前看小报。他一抬头，斯坦就从脸上读出了他的经历：原本是某座小城市的警察，因为过度暴力被开除；要么在搜查违禁物品时被发现，然后送进监狱。他脸上有警察宿舍和监狱的记号，一个叠着一个。

"是卡尔里斯吗？早就等着你了，在卡上签个字吧。"卡片从一台类似收银机的机器里吐了出来。斯坦签了字。接着，警卫说道："抽出来。"斯坦抓着打蜡的表面，把卡片拉了出来。"小心别撕了。最好用双手。"卡尔里斯牧师是用双手拿的，不过这是为了什么？他把卡片交给大脖子警卫，马上意识到自己已经把指纹留在上面了。

"现在进到这里来，我要走流程了。"

是一间小更衣室。

"脱掉外衣给我。"

"我能问一下原因么？"

"安德森先生让做的。他是工厂保安负责人。"

"格林德尔先生知道吗？"

"牧师先生，你问我？你自己问他吧。请把外衣给我。安德森最近查得严了。"

“可你们都在搜什么呢？”

“破坏分子，牧师先生。不是针对你。下一个来的可能是参议员呢，该搜还得搜。”搜身范围包括卡尔里斯牧师的鞋、帽带和钱包。警卫还马甲的时候，一根铅笔掉了出来；他捡起来还给牧师，牧师随后揣进兜里。出去的时候，斯坦给了警卫一支雪茄，他马上就把烟锁在绿色金属桌里。斯坦顿大师在想，之后雪茄会不会贴上标签，写着：“斯坦顿·卡尔里斯牧师行贿。1 号证物。”

厂房门口，一名行色匆匆、身材瘦弱、三十岁上下、戴着黑漆皮发套的男人走出来，做了自我介绍。“我叫安德森，卡尔里斯先生。工厂保安负责人。”蓝哔叽正装左边的翻领鼓了个小包，“委员会在等你呢。”

电梯。走廊。浅绿色的石膏墙。房间的每个角都涂着白点。“角落里的白点不许吐痰。”外面是轰鸣的机器和叮当作响的调度机车。接着，一扇玻璃门打开了，进去是贴着橡木的过道，地板上铺着地毯。接待室属于一家广告公司，柔顺的皮革和铬合金突然跳入眼帘。

“这边走，卡尔里斯先生。”

安德森领头，给他扶着门。董事议事厅狭长无窗，房顶是玻璃的。中央的桌子肯定是固定住的，现在动是动不了的。

格林德尔跟他握了手，然后介绍在场的其他人：唐斯医生，厂区医疗负责人；埃尔隆德先生，法务部长；吉尔克里斯特医生，工业心理学家，同时在企业任职；丹尼逊教授，在格林德尔学院教哲学；普雷斯科特先生（“你应该认识普雷斯科特太太吧，在教会里”）和罗伊先生，两人都是公司董事。加上安德森和格林德尔，正好八人——丹尼尔·道格拉斯·洪姆定下的标准降神会人数。格林德尔是深藏不露啊。不过，他这种人不就是这样吗？

在桌子的另一端——看起来简直有一个街区那么远——是个一英尺高的矩形玻璃柜，里面放着精密药用天平：两个圆盘用链子拴在十字支架上。

格林德尔说："要不要先清洗一下？办公室外面是一间豪华寓所，我工作太晚了就过去睡。"

寓所装潢很像莉莉丝的接待室。斯坦关上浴室门，洗掉了手上的汗。"只要这一次能搞定，"他对着镜子喃喃自语，"那我就真是斯坦顿大师了。谈谈你在普林斯顿的听众吧……"

他最后环视了一圈寓所，发现有一团蓝色的毛球，黄眼睛炯炯有神。猫从椅子上下来，从地板上向他走过来。斯坦的额头顿时放松了下来。"来爸爸这儿，宝贝。现在算是齐活了。"

斯坦回来找委员会成员时，手里抱着猫。格林德尔生硬地笑着说道："我看你跟小美关系不错呀。它打扰到你了吗？"

"完全没有，我希望它留下。先生们，你们哪位能告诉我这台精密仪器是什么、工作原理是什么呢？"他轻轻把猫放到地毯上，它用爪子抓了一下他的腿，想他再把自己抱起来，接着就生气地钻到桌子底下去了。

保安负责人把手放在玻璃顶上。"这是一架精密衡器，卡尔里斯先生。药用天平。横杆中央的指针能感受到两边圆盘里最轻微的压力变化。我让手下在圆盘底下安了电路，只要一边受到压力——哪怕只有头发丝那么重——玻璃柜角落的灯泡也会亮。装置是完全自给的，电池供电。衡器现在调成了水平状态，房间里也没有振动干扰。我今天下午盯着它看了一个钟头，灯从来没亮过。要想让灯亮，必须有某个圆盘受到压力。清楚了吗？”

卡尔里斯牧师空灵地笑了笑。“我能看一看它吗？”

安德森瞥向格林德尔，后者点了头。警卫负责人于是打开玻璃柜的门，在旁边盯着。“什么都不要碰，牧师先生。”

“我对电力了解很有限。不过，你能肯定灯泡不会干扰天平自由运动吧？这些铜条是什么？”他用去掉橡皮的铅笔指着从圆盘下通出来的细金属条，细金属条跟天平后面的绝缘导线连着。

“是接触点。一边两个。圆盘一动就会碰到接触点，将电路闭合，然后灯就亮了。”安德森马上将玻璃门关好，插上门闩。

卡尔里斯牧师根本没听。他的表情变得空洞，走路恍如梦游，回到了房间的另一头，坐在桌子尽头的椅子里，与玻璃柜中的装置有大约三十英尺（约九米）远。

格林德尔无声地示意大家各就各位。安德森在斯坦左边，格林德尔搬了把椅子在右边，其余人分坐两边。半张长桌都被精密衡器占据了。

卡尔里斯牧师闭上眼，双臂交叉，头枕在胳膊上，仿佛要小睡似的。他的呼吸沉了下去，声音很大。他有一次动了起来，嘟囔着不连贯的话。

“他入神了吗？”

然后就没了，肯定是老板看了他一眼。

气氛愈加沉默。接着，格林德尔擦了根火柴，点起雪茄，其他人也壮着胆子抽起了烟。房间陷入昏暗之中，等待着的众人越发紧张。

灵媒在大门口搜过身了。从他进来那一刻起，他们就在盯着他看。

他没有碰仪器，他的一举一动都逃不过安德森的眼睛。众人都被告知要留意蛛丝马迹，看他会不会要把大桌子弄斜。罗伊先生悄悄从椅子上下来，坐到地板上，看着灵媒桌子下的脚，虽然他们与天平有三十英尺的距离。天平封闭在玻璃柜里，安德森把门栓也都插好了。这位灵媒宣称能够隔空移物！他们都在等着。

斯坦感觉到右边的大人物全神贯注在长方形的玻璃柜上。他们都在等着。时间站在通灵师一边。这局面真是他做梦都想不到的。先是猫出现了，然后整个委员会都在等待中神经万分紧张。会成功吗？

他听见格林德尔小声说道：“小美——小美，过来！”

斯坦扬起手，呻吟一声，从眼皮底下看见猫已经爬上了格林德尔的大腿，现在正站着紧盯天平柜。

围成一圈等待的众人倒抽了一口凉气。灯亮了！灯泡大概只有圣诞树上的小灯那么大，在角落的插座里散发着红宝石一般的光，清晰无疑。

斯坦又呻吟一声，双手成拳。灯灭了，拳头也松开了。

格林德尔的响指打断了交头接耳的众人。

继续等待。斯坦的呼吸声更沉重了。他感到口中唾液越来越浓稠，舌头干涩。唾液就像棉球一样，他用力让它顺着下唇流了出去。这一次他不用假装口吐白沫了。

亮了，灵媒的呼吸变得痛苦，像口哨似的。

灭了。斯坦长吐一口气。

沉默。某人的腕表滴答滴答地走着。波斯猫在桌脚回头皱眉看着格林德尔，用猫语说着：“快放我进玻璃箱子里。”

灯又亮了。这次没有一下就灭。斯坦的心怦怦直跳，这时安德森从椅子上滑了下去，格林德尔示意他坐回来，他却打了个折扣，站在自己原来的位置上。透过交叉的双臂，斯坦看见安德森把涂指甲油的纤弱双手撑在桃花心桌子上，身子前倾。灯灭了。

这一次，灵媒浑身发抖，躺倒在椅子上，脑袋不住摇摆，用浑厚的声音说道："把柜子打开。放空气进去！把盖子拿开，检查仪器。快！"

安德森已经等在那里了。卡尔里斯牧师倒在椅子上，双眼紧闭，下唇和下巴上满是浓痰。

他眼睛睁开一个小缝，看到安德森和心理学家正把衡器从柜子里拿出来。小美站在它旁边，正用爪子拍着地上的金属接触点。格林德尔把扭动着的它抱起来，关在私人寓所里。

接着，斯坦感觉嘴唇上有东西碰他，睁开眼后发现是医生站在旁边，手里拿着无菌纱布，伸进玻璃培养皿之后又放回兜里。来呀，你个自作聪明的傻瓜，看你能分析出来个子丑寅卯！我这样本有的是，要不要？

格林德尔拉着斯坦的手，带他往私人寓所走。他对后面的人说："晚安，先生们，你们可以走了。"

斯坦现在跟格林德尔单独在一起，慢慢恢复过来。工厂主给他白兰地，他慢慢地喝了。小美正用渴望的黄色眼睛盯着他。

"我派车送你回纽约，卡尔里斯先生，等你准备好上路就走。"

"太谢谢了。我——我有点晕。有反应吗？"

"柜子里的灯亮了三次。"在无框眼镜后面，格林德尔小小的灰色眼睛几乎都要发光了。"确证了，我信了，卡尔里斯先生。我不会再把你大老远叫过来了。我跟你说过，我是个固执的人。我需要确证。好了——”他的声音里出现了微弱的情感波动，这是习惯性的克制掩盖不了的。“我今晚看到的事情是欺诈诡计绝对解释不了的。现场条件滴水不漏。是柜子里的某种力量压在了天平的圆盘上，要是有人说什么磁铁，真是笑掉大牙。仪器是黄铜的。工厂距离城市的喧嚣隔着老远。地基是混凝土的。毫无疑点。你从来没接近它，也没有触摸它……”

格林德尔在地毯上踱着步，狠狠地抽烟，满脸通红。

卡尔里斯牧师喝完白兰地，热情地向波斯猫伸出手。妥了！这就是座大金山啊。他还没有站到顶峰，不过遥遥在望。他最后站起身，疲惫地揉揉眼睛。大人物嘴一直没停。

“……一万美元。我跟你说了，我说话算话。支票会寄给你的。”

“格林德尔先生，切莫谈钱的事情。如果我已经向你确证——”

“确证了。你确证了！让我——”

“教会总是欢迎善款的，格林德尔先生。你可以联系普雷斯科特夫人。我知道她会乐意经办。她是个虔诚的好女人。就我个人而言，我知道自己揭示了煌煌天道的一角，这就足够了。”

小美原本在房间里最舒服的椅子上懒洋洋地躺着，突然起身用后脚抓下巴。斯坦把格林德尔往门边送。门关上后，他看见小美正坚持不懈地咬着肋骨上的毛。

工厂主停在工厂的台阶上，从口袋里拿出两个信封，放到灯下看，然后把一个递给斯坦。“拿着——干脆现在给你吧，卡尔里斯。我本来想听你的，寄给普雷斯科特夫人，不过还是别麻烦了吧。另一个我们现在用不着了。”他把信封和里面的东西都撕成了碎片。

“我不太明白，格林德尔先生。”

他又笑了，大白牙在灯下闪耀。“是你的逮捕令——只要你试图用欺诈的方法制造通灵现象，它就用上了。这不是我的主意，卡尔里斯先生。你知道的，我隔三差五要听一听手下人的建议，他们是为了我好。”

斯坦站得笔直，蓝眼睛里写着难以置信。“逮捕令有法官的签字？”

“我想是的。”

“逮捕我的罪名是什么呢——如果你或者你的手下认为自己发现了欺诈的痕迹？”

“怎么？企图诈骗啊。”

“我要诈骗你什么呢，格林德尔先生？从纽约打车来的车费？”

大人物皱了皱眉。“你要明白，我跟这件事毫无关系。安德森先生——”

“你可以告诉安德森先生，”卡尔里斯牧师严肃地说，“我完全可以告他一个非法拘留。我施展灵媒天赋的时候从没拿过一分钱，以后也永远不会拿。晚安，先生。”

他走进等着的车，冷冷地对司机说：“送我去火车站就行了——不要一路开回纽约。”

格林德尔目瞪口呆地看着他，然后转身回了工厂。

安德森是个好人，忠诚，忠诚，忠诚得不能再忠诚了。不过，可恶，他就是不懂。他不懂生活里更深的、精神层面的东西。好了，从现在起，格林德尔肯定会让安迪[1]别再管通灵研究的事了。

其他人都离开了高管办公室，只有安德森还在。他在会议桌的一端

---

① Andy，安德森的昵称。——译者注

狠命砸着，想要把灯点亮。

“放弃吧，安迪，”老板刻薄地说，“回家，快去。”

“我要查清楚他怎么干的！他肯定干了什么。”

“安迪，你心里就那么不能接受灵力的存在么，看不到，摸不着，测不出的灵力？”

“我晕，老板。我看一眼骗子就能知道。”

“我说了，回家，安迪。”

“你是老板。”

安德森离开时，格林德尔叫了他一声：“你让给小美理毛的那个女的，赶紧走人。真丢人。连个猫都照顾不好。”

安德森的声音令人窒息，但掩不住倦意：“怎么了，老板？”

“太恶心了——小美的毛里面都是跳蚤。”

“好，老板。明天就扫地出门。”他从工厂里快步走出，找到停车场里的车，怒气冲冲地把车钥匙捅了进去。可恶的冒牌牧师。他躲在老板底下，老板会庇护他。他到底是怎么把柜子里的灯弄亮又弄灭的？灵力。灵他个大头鬼！

“是灵力吗，牧师先生？”

“是啊。就是它，宝贝。喜欢吗？”

阴暗的卧室里，她躺在他身下咯咯笑着，温暖，摄人心魄。

“等等，亲爱的。咱们歇歇吧。”

他们歇下了。斯坦说道：“他上钩了，没问题。他也没多么精明——不过是又一个蠢货。”

“慢慢来，斯坦。”

“我够慢了。一次比一次强，到最后才给他来个大的。只有一件事——”

“莫莉？”

“嗯，莫莉。她会给我们带来很大麻烦的。”

“她能处理好的。”

“是啊。不过你肯定会筋疲力尽的，跟她纠缠。莉莉丝，我烦透她了。她就像脖子上挂着的一块石头。”

“耐心点儿，亲爱的。这里没有别人。”

他们静静地躺了一会儿，彼此用指尖触碰着对方的嘴巴。

“莉莉丝——”

“怎么了，亲爱的？”

“那个家伙到底要什么？我都对着他说了‘宽恕’了，不过他好像还是半心半意，没有完全咽下去。这里面还有别的事。好了。我们把死去的小姐唤回来了。她说宽恕他，万事大吉。接下来怎么办？”

莉莉丝·李特尔医生——她正与一名患者展开了愉快的不伦之恋——从喉咙深处发出了大笑。

“他想要做什么？跟他的初恋？别傻了，我的爱人。他想要做这个……这个……”

“但——不，这样不好。不能对莫莉。她不会——”

“啊，她会的。”

“莉莉丝，我知道她这个人。我们这么多年在一块，她从来不干出格的事。我说服不了她跟我一块儿骗傻瓜。”

“你能的，亲爱的。”

“老天啊，怎么个能法？”

温暖的嘴唇贴了上来，莫莉也好，折磨着他的诡计也好，他全都抛在脑后。莉莉丝通过压紧的双唇低声说道：“到时候会告诉你的。”

卡尔里斯牧师的通灵灯有一个锡板，中央有个暗红色的圆碟，光只有从圆碟里才透出来。灵媒身上的长袍、睡裤和拖鞋都是黑色丝质的，躺在台球室通道一侧的扶手椅上。格林德尔穿着带袖衬衣，坐在他对面，灯放在自己旁边的咖啡桌上。门上拉着黑帘，有微风吹进来。卡尔里斯把内室的一扇窗户开了几英寸通风。这个缝脑袋伸不出去，而且已经固定住了。格林德尔把图章戒指压在了融化的蜡里。其他的窗户都紧闭着。这里距离下面通往河流的斜坡草坪有十五英尺高。

两人在阴暗的台球室外等着。灵媒头仰在后面，左手手腕和格林德尔的右手手腕用长长的铜线连着，斯坦之前在两人手腕上都洒了盐水。

牧师拖鞋的鞋跟紧紧压在椅子腿上。

咚！

似乎是从放着红灯的桌子上传来的。

咚！

“有灵魂在说话吗？”灵媒的低语略显沙哑。

咚！咚！咚！

“欢迎你。条件合适吗？能不能把灯调亮一点？”

又是三声“咚”。格林德尔凑了过来，把灯芯举起来，然后又是一声“咚”，他吓得赶紧放下。他的大脸精神集中，有些难受，但斯坦没有看到思考和怀疑的痕迹。他感兴趣了，事情在朝着正确的方向发展。

他们在等，又沉默了一会儿。接着，黑门帘外面又传来一声叩击——空洞悦耳，好像有东西砸在了窗户上。格林德尔想要从椅子上站起来，但通灵师警告似的举起手，阻止了他。卡尔里斯呼吸变得急促沉重，似乎已经失去了意识。

“坐着的人”开始出汗。他是在想象缠着导线的地方真的有电流通过吗？

又是啪一声，很清晰，是台球室传来的。接着响声大作，台球互相碰撞，有时还带着节奏，就像跳舞一样。

汗水从工厂主前额不住地滚下。今天晚上是挺热，但还没那么热。他的衬衫紧贴前胸，双手紧紧握着。

鬼魅般的台球游戏还在继续。接着，一个白球从帘下滚出来，撞在他和灵媒之间的桌腿上。

卡尔里斯躁动起来，话语从他僵硬的嘴唇中说了出来：“哈瑞—欧姆！欢迎你，灵魂真理生命的新来者。欢迎你，我们的新门徒。不要盲信。要相信心灵通过感官赋予你的证明。感官不会告诉你真理，但会为你指明道路。你要相信我的弟子，斯坦顿·卡尔里斯。他是精神力量弹奏的乐器，一如情郎在爱人窗下弹奏的西塔琴。欢迎你，埃兹拉。朋友已经从灵魂生活来看你了。哈瑞—欧姆！”

这段口音浓重、如同诵经的洪亮话语戛然而止。格林德尔的注意力从灵媒的双唇，转移到了暗室前的门帘。台球撞击声现在听起来更近了，仿佛就在门帘外的地板上滚动碰撞。他目不转睛，嘴唇贴在假牙上，呼吸也变得急促。一个白球慢慢地从帘下滚出，进入他们坐着的房间，前进了有六英寸远。接着是红色的母球。啪！

就在格林德尔看到这个情景的时候，这个大人物脖子后面的毛发都竖了起来，太阳穴的皮肤同时一紧。昏暗的红色灯光中，帘下伸出一只小手，温柔地摸索着红球，找到以后又让它朝白球滚去。啪！然后，这只手就消失了。

格林德尔无意识地大吼一声，追着消失的手扑了上去，结果被绊住，全靠抓着门帘才没倒下。原来是他的右手腕还紧紧通过导线跟灵媒的手腕连着。灵媒现在喘息着，呻吟着，半闭的眼睛翻着白眼，到最后眼白就跟盲乞丐一样。

接着，格林德尔发现屋子外面十分寂静。他呼吸困难地呆立着，没再试图往里进。

灵媒长舒一口气，睁开眼睛。“现在可以把导线摘下了。有显著的现象吗？”

格林德尔点了点头，依然看着门口。“把这套东西弄走，牧师！我要进去看。”

斯坦帮他摘掉导线说：“格林德尔先生，能帮我个忙吗——给我拿一杯白兰地？”

主人给他倒了一杯，自己干了两杯。“搞定了？”

他把帘子拉开，又按下墙上的灯开关。

台球桌上方的吊灯洒下令人心安的光芒。斯坦用手拉住他的胳膊，不让他进去。

“小心，格林德尔先生。记住我们提前做的检验准备。”

地板上之前撒了厚厚的滑石粉，现在上面留着印记。格林德尔蹲下检查时，激动地发现是小孩的光脚脚印，绝不可能弄错。

起身后，他用手绢擦了擦脸。房间里发生了奇异的事件。球杆从架子上被取了下来，塞进墙上旗鱼标本张着的嘴里。巧克力粉扔在地上，还被碾过。到处都是小脚印。

卡尔里斯在门口站了一会儿，转身坐回椅子中，用手遮住眼睛，好似十分疲惫。

终于，台球室的灯灭了，格林德尔站在他身边，面色苍白，呼吸沉重。他又给自己和灵媒倒了一杯白兰地。

埃兹拉·格林德尔浑身跟筛糠一样，就算是股灾或者南美国家突然缔结和约也不会让他这样。绿色的台球桌上用巧克力粉写着一段话。它解答了他内心中一个巨大的、隐秘的、羞耻的痛楚——多年来一直在恶化的溃疡。除了他自己，世界上没有任何人知道它的存在，一个他三十五年来不曾提及的名字。它是开启一个多年前犯下的错误的钥匙，为了让自己良心稍安，他哪怕付出自己辛苦挣来的一百万美元也在所不惜。一百万？倾家荡产也甘心！

这段话字迹工整而毫无特点：

亲爱的阿勇：

我们想要来到你身边，但灵力还不够强。也许下次吧。我真想让你看看我们的儿子。

多莉

他把门关好锁上，伸手想去拉铃，然后又放下，给自己又倒了一杯白兰地。

他身旁站着一个一身黑色衣裤的人形，表情充满慈悲。

“让我们一起祈祷——不是为他们，埃兹拉，而是为了万千生灵，愿公平降临他们……”

开往纽约的火车要半个小时后才进站。来看望儿媳归的欧克斯夫人没读懂列车时刻表，现在只好等待了。

为了缓解焦急心情，她在站台上走来走去。接着，她看到长椅上躺着个小孩，头枕在胳膊上。她心头一颤，轻轻摇了摇他的肩膀。“小朋友，你怎么了？走丢了吗？你是不是要跟爸爸妈妈在站里见面呀？”

睡着的人龇牙咧嘴地坐了起来。他体形跟小孩差不多，但穿着条纹正装，粉色衬衫，扎着小领结，塌鼻子下还长着小胡子！

胡子小孩从口袋里掏出一根烟，在裤子上划燃厨用火柴，点着烟后就把火柴甩灭，咧嘴抬头看着她。他的小脑袋透着沧桑与邪恶。接着，他一只手揣进外套，拿出一张明信片，举着火柴好让她看清。

欧克斯太太感觉自己快要中风了。她想要逃开，但做不到。接着，火车到站了，这个可怕的小人跳上了车，朝她眨了眨眼。

牌十四／塔

高塔拔地而起，却被复仇的闪电击中

花园墙外，一排杨树在晚风中簌簌作响。天上没有月亮，柔和的夜色中传来单调而悦耳的话语，如潺潺山泉般令人安心。

“你的心境很平和……遮蔽的角落里有一盏灯，看不见火焰。身体放松。心跳舒缓。心如止水。没有任何烦恼。心灵如池塘静美，没有一丝涟漪。”

大人物把脖子上围着的餐巾，塞进了花呢夹克里。他将双手放松地搁在折叠躺椅的扶手上，穿着黄褐色法兰绒长裤的双腿，搁在了脚凳上。

黑衣通灵师在他旁边，星光下其面容清晰可见。

“请闭上眼睛。再次张开时，直视花园里的墙，然后告诉我你看到了什么。”

“看不清——”格林德尔说话无力，仿佛在梦呓。他的精神头全都不见了。

“然后？”

“越来越清晰了。是城市。金色的城市。高塔。拱顶。很美丽——现在又不见了。”

卡尔里斯牧师把一样东西放回口袋。“专利鬼魂投影仪，配电池镜头，使用十六毫米胶卷，八美元”。制造商是芝加哥的一家通灵用具公司。

“你已经看到了——圣光之城，它是在我的主灵克里希那指导下建造的。它的模板是一座类似的城市，位于尼泊尔的深山之中，罕有外人知晓。我自己有幸在克里希那的引导下目睹盛况。我是肉体远程传送过去的。去年一个下雪的冬夜，我正要从教堂里往外走，当时就感到克里希那在我附近。”

大亨信服地点着头。

“我正在雪地里走，突然街道消失了，变成石阶山路。我感觉身体如空气般轻盈，双脚却显沉重。这是海拔的原因。接着，我在下面的小山谷里看见了这座城市，跟你刚才描述的情景一模一样。我知道，它显现给我是有原因的。我认识到这一点，大山、崎岖的秃峰、冰川就开始模糊。它们似乎在朝我逼近。一下子，我又回到了天堂来信教堂的门口。但是，从门口向外分明是我几分钟前留下的脚印！在几码外的地方，脚印停下了。我去往那里时身体被虚无化了。”

格林德尔说：“真是奇妙的体验。我听说过这样的体验。西藏的圣人们说自己有过。但是，我从未想到能亲眼目睹精神达到如此境界的人。”他的声音谦卑苍老，还带着一点傻气。接着，他从椅子上站了起来。

一道模糊的光越过院墙，是年轻女孩的身形。

灵媒说道："你要放松。不要紧张。完全的接纳——完全的爱。"

格林德尔坐了回去。

天上起云了，夜色也更黑了。他这一次没有乱动，而是怀着希望说道："我——我觉得我看到了什么，在日晷边上。有东西在动——一个光点。"

这是真的。日晷底座处的阴影里确实有一个绿色光点。光点慢慢扩大，朝着他们移动，一团发光的云雾逐渐成形。

这一次，工厂主不顾斯坦按他的手腕，还是站了起来。

鬼魂越飘越近，最后两人都看清了：是一个女孩，衣服闪闪发光，像雾气似的笼罩在她身上。黑头发，顶上是王冠，王冠上有七颗由内而外散发着冷光的宝石。她似乎在地面以上几英寸的地方，顺着晚风朝他们飘来。

深信不疑的工厂主声音里透着些许绝望，音量很小。"多莉——是多莉吗？"

"亲爱的……"成形的鬼魂开口说道，话语仿佛与花园和夜色融为一体。"是多莉，但待不多久。我不能久留……很难……回来是很难的，亲爱的。"

卡尔里斯牧师的手抓紧老人的胳膊，但他自己却似乎入神了。

鬼魂渐渐消失。它后退着，轮廓不见了，缩成一个绿色光点，然后无影无踪。

"多莉——多莉——回来。求你回来。求你——"他现在跪在日晷旁边光点消失的地方，黄褐色长裤的阔腿朝着斯坦，而斯坦一脚踩住阔腿的中间。

格林德尔跪了几秒钟，然后艰难地起身，坐回到折叠椅上，把脸埋在双手中。

卡尔里斯牧师在他旁边站起身来。“完全成形了吗？我‘下去’地太快了。光点变大的时候，我能感觉到力量正在流失。发生什么了？”

“我——我看到了一位老朋友。”

莫莉庆幸自己终于能哭出来了。他们很久没有一起放个假了。斯坦一直在连轴转，莫莉都害怕他是不是要破产了。接着，这三天突如其来地降临了。只是开车闲逛，在烤鸡店和公路旅馆休息，跳舞。白天的时候，看到哪个湖水好就跳进去游。这简直是天堂。一想到要回到平淡的生活，一切从头来过，无所事事，只是等着斯坦回家什么的，她就感到悲哀。斯坦的思维还是那么跳跃，有时候跟他说话，他好像是在听，然后就说：“你说什么，宝贝？”只好再说一遍。不过，像这样四处转转也很好了。

斯坦穿泳衣很漂亮。谢天谢地。有些男的人很好，可要么太瘦，要么有将军肚。斯坦的身材刚刚好。她觉得两人的身材都是刚刚好，从她上冲浪板时、其他人看她的眼神中就能看出来。有些女人到她这岁数可是都长成大河马了！

斯坦顿大师从水里出来，跟她并排躺在橡皮船上。除了对面的几个小孩，整个湖都属于他们两人。他低头看着她，俯下身来亲吻她，莫莉双臂一下将他抱住。“哦，亲爱的，什么都不能让我们分开，亲爱的！我想要的只有你，斯坦。”

他把胳膊放在她头下面。“宝贝，你想不想一年三百六十五天都像今天这样？嗯？这笔买卖做成，我们就可以收手了。每天都是圣诞节。”

莫莉心下一沉，感到了冰冷。他说太多遍了。以前是“把房子从皮巴蒂老太太手里拿过来”。总是有理由。她再也不信了。

他感到了她的心不在焉。“莫莉！莫莉！看我！我对上帝起誓，这是我入行以来一直努力想要的东西。为了搞定这个家伙，我自己都快神经了。现在还没露馅。你要是觉得这个家伙好摆布——”

她把脸贴在他的胸膛，哭了起来。“斯坦，我们为什么一定要这么干？他看起来是个老好人——我在黑暗里看得出来。我感觉自己是个大坏蛋，真的。脑子活泛，自己也想去骗人的家伙，我骗他没问题——”

他把她抱得更紧了。“莫莉，这事比你能想到的要深得多。那个人身家上百万。他有一整支私人武装。你真该去看看他在新泽西的地盘。跟要塞一样。我们只要一步踏空，他的私家警卫就会像猎犬一样朝我们扑过来。不管躲到哪里，他们都会发现我们。我们必须一条路走到黑了。他念大学时有个女朋友，我已经让他们俩接触上了。他想要用某种方式补偿她。钱对他什么都不是。他愿意付出一切——只要能宽慰自己的良心。他已经上套了，不用推自己跑。他现在正活在梦幻里。”

斯坦把她扶起来，让她坐在橡皮艇的边缘，双脚泡在凉爽的水里，然后抓起她的两只手。“宝贝，现在起全靠你了。要么每天都是圣诞节，我不用再神经兮兮，可以活得像个人样——要么饿狼嚎叫着追在我们后面。”

莫莉的眼睛瞪得大大的，斯坦乘势继续说道：“你看，咱们就得这么办。”

听完斯坦的话，莫莉坐了半晌，头发披在脸上，低头看着光溜溜的大腿和亮黄色的泳衣。她将手慢慢地从胯部划向膝盖。膝盖很冷，脚边的水也很冷。她抬起膝盖，放上来，头靠在上面，没有看身边的那个男人。

“就这么回事，宝贝。我会补偿你的。我对上帝起誓，宝贝。你看不到吗？要让我们重新在一起，只有这一条路。”

她突然站起身来，头发往后一甩，抓起泳帽时手指都在颤抖。接着，她看都没看他一眼，就从艇上跃下，朝码头游去。斯坦还在用腿踏水，想要超过她。到了码头以后，她快速爬上梯子，任他在后面紧追不舍。两人进木屋后，他就把门插上了。

莫莉把泳帽扯下来，甩了甩头发。接着，把泳衣褪下，任由它湿漉漉地堆在地板上，从里面踏了出去。斯坦看着她，心脏因焦虑而猛跳。终于来了。

她说：“斯坦，你好好看看，假装你以前从没看过我裸体的样子。我认真的。好了，你现在告诉我，如果我做了——如果我做了——我看上去会有什么不同吗？在你眼里？”

他狠狠地亲吻着她。她的嘴唇都开始流血了。

莉莉丝为他打开门，两人走进了她的办公室。她坐在桌子后面，黑色方形天鹅绒上摆着星彩蓝宝石。她把宝石放回托盘里，送进书桌右侧的假抽屉，里面能看到保险箱的铁门。她把宝石收好，拧了两次表盘，然后把内板合上，从桌子上的烟盒里拿了根烟。

斯坦递上打火机。“她套牢了。”

“道德标兵莫莉？”

“是啊。我费了些手段，不过她会配合的。现在要做下一步的规划了。在他家的花园里，鬼魂完全现身之前，我给他放了圣光之城。下一次降神会，我们就可以给他热热身，做好出钱的准备了。”

斯坦随身带了一个公文包，解开带子打开，在自称心理分析师的女人面前摊开了一张建筑设计图纸。

“梦幻城市的鸟瞰图。从沙漠中拔地而起，中央是一座高塔，周围环绕着棕榈树。”

“非常漂亮，牧师先生。”

“还有呢。”他把图纸举起来，底下是亚利桑那某县的大地测量图，上面用红墨水精心标明了城市的位置。

莉莉丝点了点头。“这就是你要平地起高楼的地方？想得很周密嘛，宝贝。”看着地图，她皱起了眉头。“你要把第二辆车藏在哪？”

“在这座烂镇里的某个地方，就标在那儿。”

“不好啊，亲爱的。一定要藏在镇子外面，沙漠里。咱们再过一遍。你坐火车过去，在德克萨斯州买辆车，开进佩纳斯镇，停到车库里。然后在佩纳斯镇再租一辆车。你开着这辆车出镇，停好，走回来，进你自己买的车，开到梦幻城市附近的某个地点，藏好，然后开着租的车回佩纳斯镇。最后回来是坐火车。对不对？”

“对。咱们准备停当以后，我就开出去，告诉他一两天后过来。我把买的车开到梦幻城市的指定地点，高速公路旁边。我下车，朝沙漠里面走一百码，然后原路返回车里，跟着岩石往高速公路上开；开到位置以后，把租的新车取出来，然后一路往东。这样我就消失在沙漠里了。

他过来的时候就会跟着地图，找到那辆车，沿着脚印走。咣当！人间蒸发！钱全归我。这是不是有点不厚道啊？”

莉莉丝抽着烟，轻轻朝他笑了笑。“斯坦，这是挺复杂。不过，我估计你肯定能搞定。我相信你的通灵术还会找到其他主顾的。”

“说得轻巧！”他身子前倾，眯着双眼，脑筋飞转；接着，他放松下来，摇了摇头。“我哪也不去。太蠢了——实在的，他们没多少钱。现在只有工业这块有大钱。”

莉莉丝又看了看圣光之城的规划图纸。“斯坦，有一件事我希望你告诉我。”

“没问题，宝贝。”

“你是怎么让他工厂里的精密衡器动起来的？”

卡尔里斯牧师笑了。他很少这么笑；但这一次，他哈哈大笑，说话的时候嘴边还有泡。“医生女士，把这个蠢货搞定，我就马上告诉你。一言为定。”

“非常好。估计很荒诞。”

斯坦转换了话题。“我这周会很忙，得在紧挨着他的地面租间破房子。”

莉莉丝医生剪着大拇指甲说道：“亲爱的，别给自己加戏了。扬克斯镇够不错的了。我也觉得应该在威彻斯特。圣光之城可能会在大西南引发抗议。不过我觉得不至于。不过呢，还有安德森先生帮他料理呢。别忘了，他手下可是有不少聪明人。安德森先生会努力棋高一着的。他知道自己的对手很聪明。他会把你诱到自己的陷阱里，然后去抓你。起点是乡村地区，然后从那里展开。不。扬克斯不在这边，也不在那边。”

她把指甲钳放回抽屉里。“你要怎么摆脱忠实的珀涅罗珀呢？”

“莫莉？”斯坦手插着兜在房间里踱步。“我会给她几千块钱，让她去佛罗里达的某个地方找我。只要有几块钱，再有个赛马场，她就开心了。钱没花完的时候，她会乐呵呵的；要是再赢几把，她连今天是几号都能忘了，什么都能忘了。等她没钱了，她也可以回戏团里，接着在‘一毛秀’里干。或者在哪儿帮人看衣服。反正饿不死。”

莉莉丝站起来朝他走去，伸出量身定做的灰色衣袖，抱住他的脖子，亲吻了他。

两人腻了一会儿，斯坦用脸颊蹭着她柔顺的长发，然后她把他推开。“快走吧，牧师先生。我过五分钟还有患者。”

格林德尔到教堂的时候，发现卡尔里斯牧师正在楼上的书房里。台灯下，桌面上摆满了附有钞票的信件。斯坦拿起一封里面有十美元的，大声读道：“‘我知道圣光之城为我们预示着美好的未来，那里将汇聚我们共同的精神力量。我们将与亲友爱人的精神生活在一起，没有任何限制，这是多么大的快乐呀。上帝祝福你，斯坦顿·卡尔里斯。’好了，剩下的内容没多大意思。”他微笑着看向十元钞票。“很感人，埃兹拉，有些信写得很感人。许多人没受过多少教育——但他们的信仰是那么纯净，那么无私。圣光之城将让梦想成真。不过，我所做的一切都应该感谢克里希那——这位伟大的精神领袖，正是他的手放在我的肩上。”

格林德尔坐下，凝视着雪茄的烟灰。“斯坦顿，我要做我该做的事了。我现在好多了，我会尽自己所能，将精神力量汇聚在一点，我觉得是有意义的，就像企业合并一样。但是，我面临的任务并不简单：我已经在身边建起了一堵墙，将自己围在了里面。他们都是虔诚、忠实的人。再好不过的人。但他们不会理解的。我要想出某种方式……”

随着唱盘的旋转，斯坦用一块布垫在唱机的一角，以免空白的醋酸纤维唱片被唱针划出刮痕。突然，他将唱针抬起来，将唱片从唱机上取下，然后放到角落里。“宝贝，你要有悲情啊。那位女士和这位老人要永远在一起了，像小兔子一样活蹦乱跳了，他只要资助教会把圣光之城建起来就好。现在，你再来一遍。进入状态，要演得像。”

莫莉几乎要哭了。她把脚本往回翻了几页，靠近话筒，看着斯坦放上一张新的空白唱片。

我演不来。老天啊，我真的努力了！

她哭了出来，一边喘息一边艰难地往外蹦词，还得不停眨眼才能念下去。快到结尾的时候，她哭得太厉害了，连词都看不到了，剩下的部分都是随口胡编。她一直在等着斯坦爆发喊停，但他让她念到了最后。

结束后，他把唱针抬了起来。“就是它了，宝贝——情感充沛。咱们来听一听。”

莫莉觉得回放的效果很差，满是抽气和喘息声，但斯坦一直咧着嘴笑，还朝她点头。听完之后，他说：“就是这个效果，宝贝。他肯定会动容的。等着瞧吧。你觉得是老生常谈？没事。老傻瓜已经入戏了。我把裤腿卷起来，在外面裹层床单，他就能把我当成死去的初恋情人。不过，要想板上钉钉，咱们还需要再煽情点儿。”

月光透过蕨类植物的叶子照进温室，教堂的其余部分一片黑暗。时间一分一秒地过去——从斯坦的夜光手表来看过去了有二十分钟。他走到了管风琴旁边的那块地板上。

讲台上《圣经》上面的喇叭叮咚一响，格林德尔身体前倾，握紧了双拳。

喇叭动了起来，接着浮到空中，月光在它的铝制表面上闪闪发光。老傻瓜呻吟一声，一只手拢起来放在耳畔，不想漏过任何一个音符。但是，声音虽清晰但很小，有金石音色。

“亲爱的阿勇……我是多莉。我知道你没忘了我们，阿勇。我希望具有更完全的实体，让你能够触摸我。你与我们共同建城……这真是太好了。我们能够在一起了，亲爱的。真正在一起。我们会在一起的。要相信。我很高兴你终于和我们携起了手。不要管安迪和其他人。他们中的许多人会接受灵魂存在的真理的，在适当的时候。说服他们不急于一时。你也不要惊动他们：你有一些他们不知道的证券、债券。这就是出路，亲爱的。不要让别人知道你付出了多少，因为圣光之城需要每个市民都感觉自己是城市的主人。把你的贡献交给斯坦顿，去祝福他。别忘了，亲爱的……下一次你我相遇……我会成为你的新娘。”

斯坦按下公寓门铃时已经很晚了。莉莉丝打开门，皱了皱眉。“你这么勤来我家不好，斯坦。别人会看见的。”

他没说话，赶忙进门，把公文包扔在桌子上，把包带打开。同时，莉莉丝把百叶窗拉紧了一些。

他从包里拿出一叠纸，是假的捐款信，莉莉丝把钱拿出来后将信拢在一起，扔进壁炉，然后点了根火柴。

斯坦则在忙乱地平整钞票。“小饵钓大鱼这招灵了，亲爱的。我把手头的钱都拿出来了——一万一千美元。”他拍了拍一沓沓钞票。“老天呐，为了把这笔钱骗到手，我可是出了一身大汗！不过，好在没有白费。”

两个棕色的档案袋里慢慢地都是成捆的钱。他把钱拿出来，然后去掉了皮筋。“都在这里了，亲爱的。有多少人这辈子见过这么多钱？十五万！看看！你看看！都是真钱。我还从没见过万元大钞呢。老天爷啊，全都是咱们的了！”

莉莉丝医生很满意。“亲爱的，最好尽快找地方存好。一个人兜里不能揣这么多钱。你可能会乱花的。”

斯坦把皱皱巴巴的“鱼饵”收拢起来，拿橡皮筋捆上；莉莉丝则把“大鱼”整理好，小心地放回棕色档案袋里封好，然后打开桌子下面的假抽屉。她拨密码的时候，斯坦本能地想要偷看，但被她的肩膀挡住了。钱放好后，莉莉丝就把拨号盘拧乱了。

她站起身来，卡尔里斯牧师正盯着光可鉴人的桃花心木桌面，脸色发红。“老天爷啊！十五万呐！”

她递给他一杯经过两次蒸馏的白兰地，又给自己倒了一杯。接过杯子后，他把酒放到书架上，接着粗暴地抱住了她的脖子。“宝贝，宝贝——天哪，你这里的奢华典雅当初把我搞糊涂了，不过我现在明白了，你就是个大骗子。我爱你。我们就是骗子夫妇，雌雄大盗。你觉得怎么样？”

他朝下咧嘴看着她，紧紧挤压她的肋骨，最后都把她弄疼了。她抓住男人的手腕，稍微松了松，昂起头的同时闭上眼睛。“你最棒了，亲爱的，你能读懂我的心。”

莉莉丝·李特尔没有直接上床。卡尔里斯走后，她坐着抽起了烟，在草稿纸上仔细地画横线。过了一会儿，她转向身后的文件柜，取出一个只标着数字的文件夹。文件夹里是一张画在绘图纸上的图表——“情绪晴雨表”，表上有日期和标明情绪高涨与低落的折线。这是她常用的做法。这张表是斯坦顿·卡尔里斯的。她并不完全信任它；不过，它之前有四次类似的高点，之后每一次都会突然陷入抑郁、狂躁和绝望。最后，她把文件夹放了回去，脱下衣服，拧开热水，又往里面撒入粉色的浴盐。

她躺在浴缸里阅读晚报的财经版。格林德尔动力的股票跌了两个百分点，尚未触底反弹。莉莉丝一边把报纸扔到地板上，沉到舒适芬芳的热水里，一边露出像吃饱了的猫咪似的微笑。

转瞬之间，沉浸在喜悦中的她想起了最后一次见到两个姐妹时的情境。米娜是个省吃俭用的老处女，多年来战斗在拉丁语中小学教学一线，至今为获得了“美国大学优等生协会”[①] 的金钥匙自豪不已。格蕾特尔还跟坦嫩鲍姆牌蜡人一样，只剩下半个肺能呼吸，还患有股神经痛。

老弗里茨·李特尔在纽约“州大街”（State Street）上开了一家“荷兰人酒吧”。他女儿莉莉丝微笑着对一块莲花形的粉色肥皂说：“我肯定有一部分瑞典血统，凡事走中道。”

---

① 原文为 Phi Beta key，Phi Beta Kappa 协会的会员标志。该协会是美国历史最悠久的学术荣誉机构，宗旨是“哲学是人生的引导”。——译者注

埃兹拉·格林德尔失踪了整整两天。他的法务负责人、司机、保镖兼警卫队长梅尔文·安德森四处寻觅，却一无所获。安德森完全不了解埃兹拉近期的活动，也不敢派人盯他的梢，怕他脾气大发。老板一向谨慎。律师没有发现格林德尔支票账户的变动，至少没有支票被结清。但是，他取出了存在银行里的一个保险箱。老板是否卖了债券，卖了多少，全都不得而知。他只留下一句话："出差勿念。"

律师们审阅了他的遗嘱。如果他立了新遗嘱，肯定是他们起草的啊。遗嘱里面，忠心耿耿的属下们都有份，其余都捐给他资助的学院、医学研究所和单身妈妈之家。它们想拿到钱还得再等等。

大人物正躺在天堂来信教会顶层的一间小卧室里，室内没开灯，全靠大自然。他的眼镜摘了，假牙泡在身边的水杯里，身穿黄色的西藏喇嘛袍。绿墙上用梵语写着"奥姆"两个字，代表人类与神性合一的永恒精神追求。

每隔一段时间，格林德尔会进行精神冥想，但大部分时候，他只是在宁静清爽的环境里做白日梦。他回到了校园时光，他第一次亲吻她。她想看看他的校园，于是他就带着她转了转。在夜色里，灯火通明的教学楼显得无比重要。后来，两人漫步走进莫宁赛德公园，他又亲了她一次。这是她第一次让他摸自己的胸部……

他品味着每一个细节。冥想真是了不起啊，遗忘多年的往事重回心间。只是缺了一样：多莉的面容。他能想起那天在科尼岛上她穿着什么图案的裙子，却怎么也想不起来她长得是什么样。

牙痛消退后，他回想起了两人轧马路的那个夜晚，她把自己一直害怕的事情告诉了他；这件事成真了。当时情景恍如眼前。他慌忙找医生检查；她去做检查的时候正好他在考试，于是就一个人去了。后来，她看起来身体并无大碍，只是浑身颤抖，情绪低落。那一周过得多么可怕啊！考试结束之前，他不能想她。第二天晚上，他得知多莉正在住院，于是他一路飞奔过去，可他们却不让进门。总算进去之后，多莉再也不能跟他说话了。这事就在他脑海里转啊转，就像藏传佛教的转经筒一样。但是，它现在慢下来了，很快就会停止了。两人会在精神中重逢了。

天色更暗了。卡尔里斯牧师给他带了少许晚餐，又做了些灵修指导。夜晚降临时，敲门声响起，卡尔里斯走了进来，双手捧着一个红宝石色玻璃杯里装着的许愿蜡烛。“我们去礼拜堂吧。”

格林德尔之前从没见过这个房间。大号软沙发上放着几个丝绸靠垫，凹室里是一个铺着黑色天鹅绒的睡椅，是给灵媒用的。整间屋子周围都挂着深色窗帘，即便有窗户，也被挡得死死的。

牧师将门徒引到沙发上，拉着他的手，让他靠在垫子上。“你现在要静心。安静，安静。”

格林德尔感觉晕乎乎的。之前当作晚餐服下的茉莉花茶回味起来有了几分苦涩。他的头脑好像在漂游着，现实世界已经滑向远方。

灵媒把蜡烛放到对面墙上的烛台上。闪烁的烛光下，漆黑暗室里的阴影显得更加深不可测。“新郎”低头时几乎连自己的手都看不到，视线也模糊了。

卡尔里斯口中念念有词，听着像是梵语，接着又念了一段英语祈祷词，格林德尔这才想起自己是在婚礼上。但是，不知怎的，他脑子里一点都没听进去。

灵媒躺在凹室里的睡椅上，黑色的窗帘自己飘扬了起来。或许是灵媒的灵力?

两个人在等待着。

远处传来一阵风声，仿佛来自几百英里以外，像是烈风劲吹，又像是巨翼拍打。接着，声音消失了，换上轻柔清脆的西塔琴声。

用作壁龛的凹室里突然响起喇叭声，是主灵克里希那的声音：印度最后的圣人、最伟大的奉爱瑜伽大师，神爱的伟大传道者。

“哈瑞—奥姆！欢迎，我亲爱的新门徒。准备好让自己与神灵相遇吧！在无涯的对岸，孩子们相聚在一起，而你将与神灵的生命发生片刻的相聚。爱已经为你铺平了道路——因为一切爱终归都是神的爱。奥姆。”

鬼魅般的音乐又开始了。一道光在凹室前的帘子上一闪而过，帘子之间又出来一团弯弯曲曲、发着光的蒸汽，落在地面附近的白雾里。它在变大，仿佛壁龛里有一道瀑布，而它就是从瀑布里飞溅而出的。它还在变亮，格林德尔再往下看的时候，他的双手已经被冷光照亮了。它又升了起来，忽明忽暗，空气都带上了富有力量的律动，就像泰坦巨人的心跳一样，轰动而急促。

发着光的蒸汽似乎要成形了，摇曳着，就像即将破茧而出的飞蛾一般。它结成了一个茧，中心似乎藏着某个阴暗的东西。接着，茧破了，朝着壁龛退去，显出一名女孩的身形。她躺在闪亮的床上，但她自己完全是被身边的物质照亮的。她全身赤裸，一只手弯折，头靠在上面。

格林德尔跪了下来：“多莉——多莉——”

她睁开眼睛，先是坐起来，接着站起身，轻轻拉起一片光雾围在身上。老人笨拙地跪在地上摸索着，想要触碰她。就在他近了的时候，光雾向后退去，接着消失了。在房间对面许愿蜡烛的照射下，白皙高挑的女孩站在地面，低头盯着他的时候，头发披在脸上。

“多莉——亲爱的——我的爱人——我的新娘……”

他双手将她拉起，沉浸在爱人完全显形的喜悦中，沉浸在她栩栩如生的光滑肉体中——她是这样真切，真切得令人心动。

壁龛里，卡尔里斯牧师正忙着把几码长的荧光中国丝绸拉回帘子里面。他从开口里往外看时，嘴唇都贴在了牙齿上。为什么在其他人眼里，人们看上去都那么肮脏而不可理喻？老天啊！

这是他人生中第二次看到这样的情景了。肮脏——

新娘和新郎都不动了。

莫莉该放手回壁龛里了。斯坦拧了下开关，房间里便传出了富有节奏感的心跳声。砰，砰，砰。越来越大。他终于把荧光丝绸都拉进了帘子里面。

沙发上两个静止的人形又动了起来，斯坦能看见大人物把脸埋在莫莉的乳房之间。“不——多莉——我的宝贝——我不会放你走的！把我带走吧，多莉——没有你，我无法在世间独活……”

她从格林德尔的胳膊里挣脱了出来，但新郎还紧紧抱着她的腰，用前额蹭着她的肚子。

斯坦抓起铝制喇叭。“埃兹拉——我亲爱的门徒——勇敢起来。她必须回到我们中间了。力量在减弱。在圣光之城里——”

“不！多莉——我必须——我——再来一次……”

这次响起了另外一个声音。不再空灵，而是惊恐万分、不知所措的戏团女演员的尖叫。“你放手，快放手！斯坦！斯坦！斯坦！”

可恶，可恶！这个愚蠢得要死的臭婊子！

卡尔里斯牧师把帘子拉开。莫莉扭动着，踢打着；老男人则着了魔似的。他压抑心灵的堤防已经被冲垮，斯坦在他茶水里放的镇静剂也失效了。

格林德尔抓住动个不停的女孩，直到她使劲从他手里往外抽。

“斯坦！老天爷啊，快把我弄出来！把我弄出来！”

格林德尔呆若木鸡地站着。在摇曳着的昏暗红色烛光中，他看到了灵修导师斯坦顿·卡尔里斯牧师的脸，咆哮着的脸。接着，他一拳打在灵修新娘的下巴上。她应声倒地，张口结舌，面目可憎。

现在，这张骇人的脸又朝格林德尔吼了起来。“你个该死的伪君子！宽恕？你要的就是女人的屁股！”指关节砸在他的面颊上，格林德尔一下子倒在沙发里。

他的大脑已经不转了，躺在沙发上，呆呆地看着闪动的红色烛光。门开了，人出去了。他眼睛盯在跳跃的红色火光上，无思无虑，只是观看。他听到身边有响动，但就是转不过头来。哭声传来。有人在说：“我的天哪！”接着是光脚在地上蹒跚行走的声音，一个女孩抽泣着摸索门的位置。门开了，没有合上，外面长廊里发出昏暗的黄色灯光。但是，这一切对埃兹拉·格林德尔都毫无意义。他宁愿看着红宝石色玻璃杯里小小的烛焰，忽上忽下，忽明忽暗。他躺了很久。

楼下正门狠狠地被摔上了。但是，一切都无所谓了。他呻吟着转过了头。

左臂麻木了，一面脸也整个僵住了。他坐起来盯着他。这间暗室里，曾经有一位女孩的身体。是多莉的。她是新娘。这是他的婚礼。卡尔里斯牧师——

慢慢地，一点一点地，他回忆了起来。但是，打多莉的人真是卡尔里斯牧师吗？还是某个附在他身上的恶灵？

格林德尔站起身来，艰难地保持着平衡，接着摇摇摆摆地朝门走去。一条腿麻了。他在一座房子的走廊里。楼上有一个房间。

他抓着栏杆，迈出一步，但又倚着墙跪倒了。他拖着几乎没有感觉的左腿，一步步地爬行着。他有事要去楼上，衣服还在上面。但大家都不见了——散形了。

他总算到了绿墙房间，吃力地爬起来，大口喘息着。之前发生了什么？他的衣服还在衣柜里，得穿上了。婚礼。新娘。多莉。他们团聚了，就像斯坦之前说的那样。斯坦顿——他去了哪儿？斯坦顿为什么要这样子离开他？

格林德尔对斯坦顿生气了，挣扎着穿上长裤和衬衫。必须坐下歇会儿了。多莉显灵了。除了多莉，她的多莉，还能是谁回来呢？她或许还活着？然后回到了他身边？这是梦——？

但是，他们都不见了。

眼镜、钱包、钥匙、雪茄盒。

他一瘸一拐地回到大厅，又得往下走楼梯，好像有一英里那么远。挺住，要挺住。安迪！安迪在哪？他为什么这样留他在这座房子里？台阶这么多，腿还受了伤！格林德尔突然火从心头起：他会不会被绑架了？被枪打了？脑袋被砸了？亡命之徒是有的——暴徒们越发猖獗了，甚至就在这里，就在今晚，先生们，当我们享受着雪茄，还有……摘自某段演讲。

暗室的门开了。

格林德尔感觉二十年的岁月落在他身上，像毯子一样。老了二十岁。他站着朝黑暗里面看。那边有个壁龛，一点绿光还落在地上。

“斯坦顿！多莉！斯坦顿，你在哪里！”

在房间里走到一半，他跌倒了，最后他是爬到光亮旁边的。但是，它不像多莉那样湿润芬芳，摸起来倒像某种织物。

“斯坦顿！”

格林德尔划亮一根火柴，找到了墙上的开关。在灯光下，光雾其实是一条从凹室黑帘后面延伸出来的白绸。

但是，斯坦顿打了多莉啊！

他把帘子拉开，里面是躺椅。好了，也许恶灵现身时，斯坦顿倒在后面的壁龛里——今天是星期四吗？我怎么把董事会都给误了。我不在他们也会开的；会议太重要了。我应该出席的，在格兰杰福德给大家做定海神针。不过，罗素会在的，他这人可靠。但是，光凭罗素一个人，怎么能说服众人认可我们的有色人种劳工政策呢？竞争，竞争，自然是竞争。格兰杰福德完了。

躺椅旁边的地上放着一个胶木面板的控制箱，上面有几个开关。格林德尔按下了一个。

头顶传来了微弱的、鬼魅般的西塔琴声。又按了一下，音乐就停了。

他在灵媒的躺椅上坐了一会儿，把控制盒放在膝盖上，导线从盒子的黑色天鹅绒外罩下面伸向墙壁。按下另一个开关是巨大的心跳声和猎猎风声。“哈瑞—奥姆！”

听到克里希那的声音后，他把开关按了。开关的响声似乎开启了他的思考。灼热伤人的灵感一闪而过，他全都明白了。他真是处心积虑啊，营造出灵修的光环，用暗示来蒙蔽他，伪造出来的奇迹。

多莉——上天有灵，这个十恶不赦的混蛋是怎么知道多莉的？这么多年来，我从没提过她的名字，连李特尔医生也没有讲。哪怕是心理医生也对多莉和她的死因一无所知。

这个恶棍一定是真的能与鬼神沟通，要么就是邪恶的心灵感应。这年头多么可怕：黑心肝加上特异功能。也许李特尔医生能够解答。

下楼。一定要下楼。电话，在那个恶魔的办公室里——

总算到了。

“安迪？我没事，就是话说不利落，半边脸不能动了。可能是神经痛吧。安迪，你行行好，别打岔。我跟你说了，我没事。我在哪里都没关系。闭上嘴巴听。给我接萨缪尔医生。把他从床上叫起来，在家等我过去。两个钟头以后。我要做体检。嗯，就今晚。现在几点了？让罗素也过去。我要问清楚今天上午会开得怎么样。”

电话线另一边已经抓狂了，格林德尔听了一会儿说道：“不用在意，安迪。我只是——出差了。”

“老板，我就一个问题，你跟那个灵修牧师在一块吗？”

老板的声音比之前清楚了。“安迪——你不准在我面前提那个男人的名字！这是命令。你，公司里的其他人都是。明白了吗？还有，不准任何人问我这两天去了哪里。我知道自己在干什么。就这样。”

“行，老板。这戏就算谢幕了。”

他又打了两通电话，一通是叫车的，另一通是打给莉莉丝·李特尔医生的。他脑子里还有一块黑箱子，除非安全抵达李特尔医生的办公室，否则他根本没有胆量把它打开。

莫莉没有回去找衣服，她穿上鞋，裹好外衣，拿着钱包就逃离了这座可怕的房子，一路跑回了家里。

公寓里，小鬼朝她喵喵叫，但她只是随便拍了它一下。“现在不行，小心肝。妈妈现在得撤了。我的天哪！”

她把旅行箱搁到床上，能看到的细软全扔了进去。她一边哭得梨花带雨，一边穿衣服：抽屉里摆着的第一件短裤、第一件胸罩，还有衣柜里拿上的第一件连衣裙。接着，她把箱子合上，又把小鬼装到大纸袋子里。

“天哪，我得赶快了。”跟他们装傻，问名字就编一个爱尔兰的。“真得赶快了，找个地方。斯坦——啊，我诅咒你，诅咒你，诅咒你，我一点都不觉得自己脏！你有多脏，他就有多脏，你个卑鄙的骗子。啊——爸爸——”

旅馆工作人员对小鬼很好。她坐等警察来抓自己，结果却什么都没发生。她在 Billboard 上找到的戏团地址也是对的。第二天清早，她就收到了回电：

付讫缺人宝贝盼归——吉娜

牌十五／正义

一手持天平，一手持利剑

莉莉丝打开门，两人进到办公室里，她在桌后坐好之后才温柔地问道：“她做了吗？”

斯坦已经把牧师的围领和翻领脱了下来，身上在出汗，嘴里像塞了棉花似的。“她一开始都好好的，可后来搞砸了。我——我把他俩都打晕以后就自己走了。”

莉莉丝眼睛半闭：“有必要吗？”

“有必要吗？我的老天爷！你觉得我不想悄悄溜走？那个老混蛋就像发情的公马一样。我把他俩都扔在那边，然后就走了。”

莉莉丝正在戴手套。她从包里取出一支香烟。“斯坦，我可能过一阵子才能再跟你见面了。”她把板子挪开，然后拨了密码盘。“他可能要来找我——我会尽力说服他不要抓你。”她把“鱼饵”和两个棕色信封都放在桌面上。“这些我不想留着了，斯坦。”

等他把钱揣到兜里，莉莉丝笑了。“不要惊慌。几个小时以内你都是安全的，他还没法来对付你。你打他有多狠？”

“就是推了一下。我觉得他没完全过去。”

“女孩伤得有多重？”

“老天爷啊，她没有受伤！我就是把她扔到了地上，她很快就会醒过来的。要是她一直虚弱无力，那倒是给老蠢货出了个难题：该拿她怎么办呢？要是她好了，肯定会直接回公寓等我。她有的等了。我已经把箱子放到上城区的存包处了，假证件什么的都有。莫莉有点儿脑子的话，就该公开宣称他在黑暗的降神室里袭击了她，然后跟他要一笔封口费。老天呐，我之前怎么没想到这招？不过事已经黄了，我得跑路了。”

他抬起莉莉丝的脸，亲了她，但她的双唇冰冷而平静。斯坦低头盯着她的眼睛。“亲爱的，我们重逢真的要很久了。”

她站起身来靠近他。“不要给我写信，斯坦。也不要喝醉。有必要的话，可以吃点安眠药，不过千万别喝醉酒。你答应我。”

“没问题。你往哪给我写信？”

“扬克斯市查理酒馆总收发处。”

“亲我。”

这一次，她的嘴是温热的。

在门口，他一只胳膊将她抱住，另一只手揉她的乳房，又亲了她一次。接着，他突兀地抽身离开，表情机警。“等等，亲爱的。他会沿着事情往回想的，是谁把堕胎这件事捅出去的呢？他会马上想到你的！来吧，宝贝，咱俩都得跑路了。”

莉莉丝尖声大笑两声，就像狐狸一样。“他不知道我知道这件事。我是从他不愿说的事情里面推断出来的。”她的双眼依旧带着笑意。“亲爱的，你不用管我了，你就告诉我——”一只戴着黑手套的手按住他的胳膊。“告诉我，你是怎么让那台精密衡器移动的！”

他咧嘴笑了，一边轻快地出门，一边回头对她说：“扬克斯。”

不能坐车。出租车司机很会认人。地铁坐到中央车站，正常走到最近的出口。十五万啊。老天爷，我自己都能雇一批私人警卫了。

在车站下面的更衣室里，他打开旅行包，拿出衬衫和休闲外套。里面有一瓶五分之一加仑装的轩尼诗，他把瓶盖拧开，喝了一小口。

十五万。他身穿内衣站在地上，裹上了有十二个兜的背心。接着，他又取出一大卷钞票，都是在教堂骗人得到的。他要拿一张五十、几张二十的，剩下的放回去。

他把钞票卷上的橡皮筋解下来，先拿走一张五十，然后是一张一块，又是一张一块。他可没把一块往“鱼饵”里面塞啊！那天晚上在莉莉丝的办公室，他难道往里面加了点钱？一块！

他把“鱼饵”全部摊开，一张张过了一遍。然后，他转过身来到洗手池上的灯底下，又数了一遍。除了最上面的一张五十，下面全是一块！

斯坦眉毛开始发痒，拿指节蹭了蹭，手上满是钱味，还有那个女人身上的香水味。

斯坦顿大师又喝了一口白兰地，小心地坐到更衣室的白长椅上。事情怎么搞成了这个样子？清点发现只剩下了三百八十三美元。以前可是有一万一啊——还“鱼饵”？老天爷啊！

钱撒在地上他也不管，他拿起一个棕色信封疯狂地撕扯着，把大拇指都割破了。

外面传来一阵脚步声，服务员穿着白帆布裤子从门后出现了。“先生，你没事吧？”

“嗯，我没事，没事。”

“这一摞应该都是五十元大票——”

“先生，你好像有点晕啊，没事吧？”

老天爷啊，让我一个人静静。“我不晕，挺好的，我已经说过了。”

“好的，先生。我就是好像听到有人自残。上个礼拜，这边就有人自残，我只好从门下面爬进去，把他按住。然后叫了保洁，把他弄出来的血好好拖了一遍。”

“你行行好，让我把衣服穿上！”斯坦抓起散落在脚下的一张一块钱，从门下面递了出去。

“哎呀！谢谢你，先生。谢谢你！”

斯坦把棕色信封撕开。一块！

另一个信封粘得很结实，他用牙才弄开。还是一样，厚厚的一叠一块钱！

天堂来信教会创始人紧紧攥住一把钱，双眼在地板瓷砖之间的黑色缝隙之间游走。他发出了一声咳嗽般的大吼，举起拳头，拿皱巴巴的钱狠狠朝额头砸了两次。接着，他把钱扔到角落里，然后把洗手池的两个水龙头都拧开，把头放在水槽里，感受着水的冲击。他放声尖叫，穿过水流，直刺耳膜。他吼到横膈膜疼了才停下，最后瘫坐在地上，把毛巾塞到嘴里用牙撕扯。

最后，他勉强站起身来，拿起白兰地就往嘴里灌，直到呛住才停下。在无情的镜子里，他看到了自己的样子：头发一绺一绺，双眼血红，嘴巴扭曲。苍天啊！

狸猫换太子。

他站着，摇摆着，湿发打在眼睛上面。

莉莉丝·李特尔医生说："请坐下，卡尔里斯先生。"

她的声音冷淡平和中带着哀伤，公事公办，就像打字机一样。

他摇起了头，摇个不停，好想要对一长串问题说不似的。

"我已经尽力了，"哀伤的声音透过烟雾说道，"你第一次来的时候情况很不好。我希望发掘焦虑的根源，从而缓解你的严重抑郁。好吧——"戴着星彩蓝宝石的手挥了一小下。"我失败了。"

他开始用手指摩擦桌面，倾听着汗水滴在桃花心木上微弱的声音。

"你听我说，卡尔里斯先生。"医生向前靠过来，看上去很诚恳。"这些幻觉只是你病情的一部分，你要努力去认识这一点。第一次来我这儿的时候，你正深受负罪感折磨着，这与你父亲有关，还有你母亲。你以为自己干了这些事——或者说，最近在你身上发生了这些事——只不过是你童年负罪感的投射。我说清楚了吗？"

房间好像在摇晃，台灯的光圈重影了，随着墙面的隆起而前后交叉滑动。他摇了摇头：不。

"象征意义很明显，卡尔里斯先生。你潜意识里有弑父的欲望。你从某个地方——我不知道是哪里——挑了个名字，格林德尔。他是权势熏天的工业大亨，你把他和自己的父亲等同起来。你对长着白胡子茬的老人有一种特别的反应。它让你想起死者脸上长出的真菌——在你的希望里，死的人正是你父亲。”

医生的声音现在极轻极柔，亲切温暖，令人无言以对。

“小的时候，你见过母亲交媾。于是，在今晚的幻想里，你以为自己看到了格林德尔在与你的情妇交媾。前者是父亲意象，后者代表着你的母亲。这还不算完，卡尔里斯先生。心理治疗开始后，你对我也产生了移情——你把我也视为你的母亲。这就解释了你对我的性幻想。”

他拿手搓着脸，手掌往眼睛上砸，指头拽着头发，卷曲撕扯，疼到最后才将几乎僵住的肺部解放，深吸了一口气。单调的词语和念头在他头脑里反复不断，直到失去意义：格林德尔，格林德尔，格林德尔，格林德尔，母亲，母亲，停下，停下，停下。声音就是不肯停下。

“你还有一件事必须要面对，卡尔里斯先生：这件事正在把你毁掉。问问你自己，为什么想要杀死父亲。为什么这个欲望里有这么多负罪感？我是你的母亲意象，但是，在你的幻想里，我既是你的情妇，又是一个欺骗了你的窃贼，你想想，这是为什么？”

她已经站起来了，身体趴在桌子上，脸离得他很近，说话声很温柔。

“你想要与母亲交媾，对不对？”

他又抬手挡住了眼睛，嘴巴张开，好像有话要说，可能想说是，可能想说不是，也可能既是又不是。但是，他嘴里只有“呃—呃—呃—呃”的声音。紧接着，他身上所有的苦痛似乎都集中到了他的右手手背上，那里像被蛇狠狠地咬了一下。他放下右手，盯着医生，眼睛一瞬间恢复了聚焦。她正在笑。

“还有一件事，卡尔里斯先生。”她将烟圈吐出。“你说在密西西比州杀死的那个男人，我起初以为只是另一个与父亲意象相关的幻觉。但是，经过一番调查，我发现事情是真的——彼得·克鲁姆贝因，密西西比州波利。我明白，知道至少这件事是真的，你感到很高兴。查起来并不难，毕竟过去也没多少年，对吧，卡尔里斯先生？”

她突然转身离开，拿起电话，声音柔和清脆了许多。“卡尔里斯先生，我这里该做的都做了，不过你必须住院治疗。这些幻觉——我们不能放任你四处乱逛惹麻烦。把你交给我吧，你可以完全地信任我。”

“是贝尔维尤医院吗？帮我接精神科，谢谢。”

门铃响了，门厅那边传来门闩的声音。接着，接待室的门开了又关上。有人来了。

他用外凸的眼睛看着她，身子往后退，嘴巴张得大大的。我要跑。有人。危险。

“精神科吗？我是莉莉丝·李特尔医生。请派一辆救护车来……”

他摔门而去，将她的声音打断了。

跑。街上。躲起来。他紧紧握住把手，把门顶着，这样她就不能跟出来了。

梦。噩梦。幻觉。不……全不是真的。舌头……赤裸……谈话……钱……梦……噩梦。

木门的对面，他微弱地听见里面电话挂了的声音。门闩咔哒一响……接待室。又是她的声音。“请进，谢谢。”

沉默。

他不假思索地吸着右手手背，上面有一块红印，挺疼，好像是烟蒂烫的。

安全？有人来了！我要跑——

外面又传来一个声音。音调很高。是一个男人。“医生——简直是一团糟……”

“请在沙发上躺直，我帮你把眼镜取下来，格林德尔先生。”

牌十六／恶魔

恶魔蝙蝠般的翅膀下，恋人身带锁链站着

星形的玻璃舞池上，人们正翩翩起舞。现在，乐队奏起甜美情歌，房间里的灯暗将下来，脚下的舞池却发出了光，照亮了女孩们的短裙。她们的脸看不清了，衣服却从下到上显了个通透，就像X光一样。舞伴领着她们在舞池和暗处游走，引逗得阵阵尖叫和俏笑。

房间的一角，读心师在椅子上坐起来，一只手扶住椅背。“先生，谢谢你，还有你美丽的女友。感谢你们赏光，还有这杯酒。你懂的，我还有别人在等着呢……”

喝醉的男人从桌子上滑了一枚一美元银币过去，读心师用手指夹住，转瞬间便没了踪影。他鞠了一躬，转身离去。

女孩暗笑一声，喝酒的时候杯里咕嘟咕嘟响。“老公，他是不是骗子呀？”接着又笑了起来。“好了，亲爱的，他说的你都听到了！他说：

‘所谓生意头脑，就是给别人最想要但之前被关在笼子里的东西。’你听见他怎么说了，老公。他这话什么意思啊？”

男人用浑厚的声音说道：“亲爱的，想什么就写什么。你懂的，怎么都行。哎呀，亲爱的，真漂亮，你的这双——”他想起读心师让他藏在腕表带底下的纸片，于是取了出来，展开来想要认真看。女孩划了根火柴。

她的笔迹很潦草，点都是用圆圈代替的：“老公会给我买那件红夹克吗？”他盯着纸片，咧嘴笑道。“好呀，宝贝。什么都给你买。你知道的。咱们过去吧——去你家。来趁我还能——还能来——”他放了个屁，却没有注意到——“事。”

在酒吧里，斯坦又点了一小杯。就算已经醉得朦朦胧胧，那个疯狂的念头还是盘踞在他脑子里。这酒吧还能开多久？越来越差劲了。那个头发亮晶晶的混蛋——私家。私家。私家消息。私家调查。私家报道，私家殴打。私家杀人？

念头在脑子里来回打转，扭曲，酒劲上头了。老天啊，我为什么要跟那个老混蛋打交道？我怎么知道莫莉会——唉，怎么又来了。

服务员走上近前说道：“十八桌，兄弟。女的叫埃瑟尔。嫁过三个老公，有淋病。她身边那个男的是打鼓的。情场老手。”

斯坦顿把酒喝完，服务员从身边经过时，往他马甲里塞了二十五美分硬币。

往桌上走的时候，斯坦看到酒吧老板海军蓝衬衫的袖子撸了起来，金黄色领带也摘了下来，正跟两个穿着皱巴巴正装的男人说话。两人都戴着帽子，脖子很粗壮。

一股凉意顺着他脊背往下，背心里面好像有风灌了进去。真冷。天哪，他们来这儿了。格林德尔。格林德尔。格林德尔。老头的势力像一对蝙蝠翅膀似的笼罩全国，黑色的翅膀，冰冷的翅膀。

斯坦慢慢朝屋后走去，躲在隔墙后面挤进厨房，接着走进鹈鹕酒吧后面的小巷子里，一出来就撒丫子开跑。他连回去拿帽子的胆量都没有了。老天啊，我真该把它挂在后门旁边的钉子上。不过，他们下次肯定会把后门封上的。

总是不同的面孔，不同的人。他们肯定在每个州都雇了私家侦探，每个人都不一样。安德森坐镇围着铁丝网的堡垒，用上百万美元编起一张大网，像蜘蛛似的，只为了干掉一个人。墨西哥。要是想摆脱他们，我只能越境了。三千英里，美国横跨三千英里，还是无路可逃。这些家伙怎么这么快？读心师——他们肯定在逐个追查读心师，然后取一根头发看是不是金色的。

黑暗的屋顶远处传来火车的汽笛声，悠长而哀怨。斯坦躲进另一条小巷，靠在墙边，听着自己心脏的狂跳声，努力调整呼吸。莉莉丝。莉莉丝。两千英里外的地方，那根看不见的金线还在，一端就深埋在他的脑子里。

鹈鹕酒吧里，老板在说：“快滚。你回去告诉麦克因泰尔，我不要他的烟，也不要别的姑娘，那个看衣服的女孩我要定了，多少钱都不卖。”

牌十七／隐者

老者追随着提灯里星星的脚步

纸牌在火光中落下，形成了十字图案。斯坦牌发得很慢，盯着它们落下。

沟把风挡在了外面，沟里烧着火，最近的道路也有四分之一英里远。周围的原野上满是已经发脆的、高高的野草。野草一直长到沟边，火光照出它们的黄色，天空中繁星点点，遥远而没有温度。

皇后。头戴星辰后冠的她在朝他冷笑，手持顶端是金球的权杖。长袍上绣着的石榴看上去跟草莓似的。她身后的树笔直挺立，就像破败小镇的剧院布景里的树一样。她脚边是丰收的麦穗。丰收的味道。坐着的躺椅上有爱神维纳斯的符号。丰收的味道。

他们都是怎么想的？这些混蛋。急匆匆地来到这个世界上，却老是有这些混蛋在旁边。混蛋。汽车装潢。丝绸抽屉。攒起来的手绢……两亿一发……

火对面坐着个胖子，正用夹子从灰烬里举起一个冒着热气的罐子。“兄弟，来一罐？咖啡好了。”

斯坦把烟灰弹到另一个罐子里，用毯子把罐子裹上。“好呀，伙计。”

咖啡喝下去后，肚子里又开始翻江倒海。老天啊，我需要酒。但是，怎么才能独吞呢？他可不想让那个混蛋喝。

他把瓶口从大衣里悄悄拿出来，假装研究牌面。月光洒在冒着热气的罐子上。

聒噪的流浪汉扬起了头。“天哪，天哪！哪里来的，这么香？”他的声音跟砂纸似的。“是麦酒吗？还是几滴——啊，耳朵后面最不露声色的暗示——那最珍贵的精油，‘烂酒香精——你从来不知道她抹上了它，直到……太晚了？’来吧，金发小子，快把酒给我！”

斯坦微笑着说道：“行，行，伙计。我本来准备晚点跟你说的。我正在等另一个伙伴。他正在外面扎钱呢。”

胖子把那瓶烂酒拿过来，用眼打量一番，然后正好喝掉一半，递给斯坦，他又回到了咖啡旁。“谢谢你，伙计。现在你就一个伙计，我。趁着没有别人来，咱俩赶紧都解决了吧。”他抬起胖身子，盘上腿，喝了一大口咖啡，喝得都从冻得发蓝、闪着光的面颊下流淌下来。胡子两天没刮就跟海盗颇为神似了。

胖子把罐子放在膝盖上，擦了擦下巴，舌头绕着嘴转了一圈，接着说道：“对了，伙计——把那瓶都干了吧。要是真有不速之客怎么办？”他口齿已经不太清楚了，脑袋靠在一边，扬起乱蓬蓬的眉毛。“他会发现两个醉醺醺的人——就跟女仆放假似的。陈年老尿，要就拿去吧，哈哈。”他嘲讽似的摇起了头，脸颊上的肉也随之摆动。然后，黯淡的脸亮了起来。“他也没准是个无价珍宝呢，我是说客人，就是那种会做菜的（宝贝就得给这种人留着），一叫就能过来，跟你进厨房，随手就能做几样美味小菜。”

斯坦又把酒瓶拿到嘴边，往上一斜，粗劣的威士忌就顺着齿缝流进嘴里。他感到痛苦不已，但还是喝完了，把酒瓶子塞到杂草里面。

胖子又往火里添了根柴，然后蹭到斯坦身边。“你这是什么牌啊，兄弟？”

男人的衬衫很干净，裤腿也没磨破。大概也阔过吧。翻领上有个小小的船舵标识，是一家帆船俱乐部的。

斯坦直视着他的脸。“朋友，你是见过世面的人。我能感应到你当初是坐办公室的，地上铺着豪华地毯那种。我看见了写字楼的窗户，里面有植物。是小雪松吗，在窗框里？”

胖乎乎的流浪汉站起来，往自己的罐子里倒咖啡。“雪松每个人都有。我有个更好的主意——一个灵感。草丘——就是普通的草坪。不过，我要跟你说的可是天才，天才。你猜我要往里面放什么？蚂蚱！深夜里，我把客户带过去，下面的城市漆黑一片。他从窗口退开，认真听。你简直不能相信自己是在城市里。”他低下头看，表情紧绷。“等一等，兄弟。你怎么知道草坪的？”

斯坦顿大师浅浅一笑，指着面前的纸牌。“这是吉普赛通灵师用的塔罗牌，是古代传下来的一套符号，神秘的形象下面掩藏着上百年的古老智慧。”

“你拿它们做什么？算命？”粗粝的声音里敌意消失了。

“接收感应。你有两个孩子。对吗？”

胖子点了点头。“老天在上，我以前是有过。那个婊子成天在外面鬼混，希望他俩还好好的。”

“你的第三任妻子？”

“嗯，是的。等一下。你怎么知道我是娶过三个老婆的卢瑟？”

“我读了你的心，朋友。塔罗牌有凝聚心神的作用。好了，你要是希望我继续，那我就接着讲，只要二十五美分，等值物品亦可。”

流浪汉挠着头皮说：“好，兄弟。你继续吧。”他把一枚二十五美分硬币扔在纸牌旁，斯坦捡了起来。五张牌。收好然后洗牌，胖子左手自己切牌。

“你看，第一张是隐者。老人倚在手杖上，跟随着提灯里燃烧的星星。这就是你的使命，你一生的使命，总在追索近在咫尺的东西。一开始是财富，接着是爱情，然后是安全感，你自己还有其他人。但是，厄运降临在你的身上。你的身体里有东西在朝相反的方向拉扯。你晚上坐火车回家前总要喝上五六杯。我说的对吗？”

黑脸瞪着眼睛，点了点头。

“隐者牌代表寻找。寻找答案。”

“再来，兄弟。”从语调里听，胖子已经服了，而且感到绝望。“我当年脑子真是被驴踢了。”

斯坦闭上眼睛。“人来到世上，不过是盲目摸索的虫蚁。他知道饥渴的滋味，他害怕噪声，害怕坠落。他的一生都在逃离——逃离饥渴，逃离命运的雷霆。从出生的那一刻起，他就在呼啸的时间中坠落，坠落，落向黑暗的深渊……”

流浪汉站起身，警惕地绕着火堆转圈，审视这位通灵师。说错话很容易招来报应——这个人手里可是还端着热咖啡呢。

斯坦顿大师大声地自言自语。威士忌下肚，后劲已经上来了。醉酒后的人是快乐的，也是愚蠢的，舌头不再受大脑控制，想说什么就说什么。他本来可以坐下休息，让舌头尽情地跑火车。干吗要动脑子去读一个白痴的心？就算在做广告的骗子里面，这人大概也是最狡诈、最虚伪的那一类吧？舌头跑火车。舌头啊，老朋友，男人排行第一的朋友——女人排行第二的朋友。我到底都在说什么？

"……我们来到世上，就像原野的晨风。我们就像一盏灯，走的时候，黑窗里涌出一股气就灭了。活着的时候，我们从一张桌子到一张桌子，从一瓶酒到另一瓶酒，从一张床到另一张床。吮吸，咀嚼，吞咽，舔舐，把生活弄成一个变——变——变形虫，可恶！我们就像困在火柴盒里的癞蛤蟆，别人把我们放出来，我们就蹦啊蹦，跳啊跳，那个人总是在我们身后。他追累了，扑上来，我们就死了，五脏六腑喷得到处都是，都喷在慈悲天意的脚背上。哈哈，狗娘养的！"

世界开始旋转，他睁开眼睛，努力保持平衡。胖子早就不听了。他背对火堆站着，朝火光照不见的地方扔着小石子。

转过身后，他说道："一条倒了大霉、浑身跳蚤的癞皮狗想来蹭咱们的火堆哩。臭气熏天的讨厌鬼。我恨它们！它们走过来，鼻子四处嗅着，趴倒在地，老爷行行好！我恨它们！奴性！总在你周围晃悠，你挠挠它们耳朵后面，它们就千恩万谢地往你脸上扑。"

斯坦顿·卡尔里斯说："我的朋友，狗曾经给你带来过伤害。我觉得那条狗不是你的，而是另一个人的 —— 一个女人的。"

流浪汉身形敏捷，恍似发福的运动员。现在，他正站在斯坦身旁，双拳紧握，说话的时候指节跟爆豆一样。“当然是狗——低三下四，奉承恭维，吃屎丧天良的混账狗！它当然是一个女人的，你个混蛋，疯子！这条狗就是我！”

两人一动不动，姿势就像画册里的雕塑似的。唯一动态的元素就是火光，照在杂草和两人脸上，跳动，闪烁。胖脸黝黑痛苦，金发瘦脸一片白板。

头顶沟边传来窸窸窣窣的声音，两人都转过头去看。一只瘦骨嶙峋的狗正往沟里走，颤抖着朝热的地方凑，尾巴低垂，夹在两腿之间，双眼翻个不停。

斯坦从牙缝里挤出几个字来。“来，狗狗。来我旁边。”

狗听到友好的声音，喜悦地叫了几声，撒着欢地往斯坦那里跑。就在它就要到斯坦身边时，那个矮胖的流浪汉飞起一脚，把它踢到天上。它扭动着，尖叫着，四脚着地掉在火堆中央，然后就窜进黑暗的夜幕中，撒下一路着了火的狗毛。

斯坦把咖啡泼了出去。火光照耀下，咖啡闪闪发亮，溅到了胖子的眼睛里。胖子踉跄退了几步，拿袖子擦了擦眼睛。接着，他低下头，脸颊搁在左肩上，脚下游走，左拳向前，右拳半握，做出保护头部的样子。胖子用轻柔、有教养的声音说道：“兄弟，把手拿起来。接下来的三分钟你可要不好过了。我就跟你打三分钟，然后送你去梦想王国。”

卡尔里斯牧师俯下身子，好像得了腹绞痛似的。他呻吟着把身子向前探，胖子把双拳往下移了一英寸。这已经够低了。

斯坦迅速从火堆里捡了根柴火，然后冲刺过去，用着火的一头扎向对面胸骨下方的位置。胖子摇晃着重重倒下，就像装满沙子的假人。

斯坦看着他喘息的样子，接着把火炬捅到他张开着的嘴里，体味着牙齿破碎的感觉。

酒精让他头脑空空。在无垠的天空下，他孤独而又寒冷，如同鼻涕虫、蝌蚪一样赤裸。脚步的阴影似乎正在接近。斯坦跑了。

远处，他听到了笛声，于是他跑得更快了。他跑得歪歪扭扭，腿侧吃疼。老天啊——塔罗牌。我把它落在火堆边上了。又是一个指向卡尔里斯牧师的线索。

一列货车慢了下来。他跑得喉咙像火烧一般，看着前方的黑暗，寻找铁路线上哪里能有遮蔽的地方。铁梯从他身边一闪而过，他想去抓，却从没抓住。车要提速了。

棚车车厢的门朝着他打开了，于是他奋力想跳上去。

接着，一阵恐慌向他袭来。他知道自己没上去，正挂在车厢上悠荡。这时，车厢里伸出一只手，抓住他的肩膀，把他从半开半闭的门边儿上拉了进去，泥土在他脚下飞扬。

现在，货车正全速前进。

牌十八／时间

天使一只脚踩在地上，一只脚踏在水中，将杯里的永恒之水倒进另一个杯子

马里兰州的一个停车场，一排排挡风玻璃、镀铬把手、曲线柔和的珐琅挡泥板上闪烁着阳光。

辛辛那提·伯恩斯把老敞篷车停好，莫莉则站在碎石地面上喊着：“往左，亲爱的，再左。”

他把车钥匙抽出来，结果掉到了两辆车之间。辛希[1]说道：“你个小东西！小混蛋！你说你混不混？混不混？”他把孩子高高举在空中，逗得孩子叫了起来。

莫莉赶忙跑来。“辛希，你拿钥匙，我抱孩子。”他把婴儿递给她，婴儿从老赌徒的外衣口袋里拽出一块湿巾，耀武扬威地挥着。

---

① 原文为 Cincy，“辛辛那提”的昵称。——译者注

“来，宝贝。让爸爸好好捡钥匙，别踢妈妈肚肚了。”

大个子把婴儿扛在肩上，把帽子交给莫莉拿着，然后往看台上走去。赌徒把孩子挪挪位置，看了看手腕上的秒表。“时间还多着呢，亲爱的。咱们押的是第三场。”

他们在路上买了蔓越莓雪葩。辛辛那提突然说：“莫莉，你抱着咱家小天使。圣路易斯的杜威来了。”

它从场后优雅地走来，跟着一个身穿泡泡纱外套、表情阴郁的宽下巴男人。辛希拿了一盒火柴，用粗壮的、指节长着红毛的手指夹住，动作很温柔，好像在穿针引线似的，然后把一根火柴插进了杜威的蹄铁底部和马蹄之间。划着火柴后，他蹑手蹑脚地退了几步，然后大步朝着妻子和儿子走去，娘俩正在冷饮店后面看着他。

火柴燃尽的时候，长脸骑手像是被绳索拉起来一样一跃而起，开始拍打自己的脚。

莫莉、辛希和小丹尼斯站在冷饮店的角落周围，看着场内的情景，异口同声地喊了起来。

莫莉把雪葩也扔了，丹尼斯一见妈妈的扔掉了，也开心地把自己的扔掉了。

“哎呀，怎么了这是？”辛希晃荡着兜里的零钱说，“你接着看，我等会儿来找你们。”

回来的时候，他手里捧着四杯雪葩。“来，宝贝们——舔一个，扔一个。杜威可是‘舔’火的好手。它马蹄子上被人放火得有一千次了吧。我自己动手起码也有十来次了。咱们上看台吧，宝贝。我先把你们安顿好，然后就得去看这个小浪蹄子上第三场了。它命大着呢，你真是太纯洁了。你不知道，这是爱尔兰人的把戏。它要是摔断腿了，咱们可得找那个混蛋说道说道。管他呢，反正咱们应该收手了。每天早晨我醒来，满眼都是那个墙纸，我就想塞给你五块钱。”

牌十九／命运之轮

命运之轮旋转着。天使，雄鹰，狮子，公牛

斯坦躺在裂着缝的板子上，感受着手肘的跳动，鼻子里满是木板里刺鼻的机油味。火车轰鸣着前行，一路加速。

那双手把他拉了上来，从腋下滑过，然后又帮他坐了起来。“没事吧，孩子？你在下面晃荡，差点就上天堂了。”此人的声音温柔而友善。

他们正从一座城镇的郊外驶过，透过车厢的门能看见外面星星点点的街灯。把他拽上来的是个黑人，穿着牛仔布工装服和外套，在阴影里能看见他工装服围领下的白衬衫。斯坦在他脸上只能看见一个微笑。

站起来之后，他在摇晃的车厢中稳住身形，活动了一下僵硬的手指和手臂。“谢谢你，伙计。外面太黑了，我不敢跑快，前面的东西都看不清。”

“天这么黑是不方便，连把手都看不见，你几乎什么都看不见。来点儿烟？”

斯坦感到一包烟叶塞在手上。他卷了根烟，然后和那人共用了一根火柴。那是个年轻的黑人小伙子，长得瘦，五官清秀，一头短发。

斯坦吸了一口，烟气从鼻孔里吐了出来。接着，车轮稳定的撞击声让他想起了无望的恐惧，“就这样吧”。他颤抖起来，颤抖得越来越厉害。

“你冷吗，先生？还是发烧了？”

“就是抖一抖。我还以为要给你钱呢。”

烟气在黑暗中飘散。月亮升了起来，伴着他们一同前行，在树冠顶上洒下银光。

“先生，你是有活干还是漂着呀？”

“漂着。”

“不少人都喜欢这样，我就不愿意成天忙破头似的。”

“你干什么活？”

“什么都干，保洁，打扫卫生的。我开过货运升降梯，我很会开车的。你随便找辆卡车，多大都行，我都能开。我干过服务员，帮厨刷碗。我还会摘棉花。这么说吧，只要想干，没什么干不了的。”

“往北？”

“新泽西。我想去格林德尔家干。我听说他们在招人，黑人也招。”

斯坦靠在车厢另一边的门上，最后抽了一口烟，朝开着的门外扔掉烟蒂，拉出一道火光。

格林德尔。格林德尔。格林德尔。他大声喊着，努力想要盖过咣当咣当的车轮。“他们怎么突然开始招人了？业务看来不错啊。”

年轻人笑了一声。“业务还那样，招人是因为之前开了一批，新的一批只要黑人，我听说的。”

“这是怎么回事？”懦弱的律师，懦弱的心理医生，懦弱的保安，全都是混蛋。

“你觉得呢？他们把黑人招进去，然后再挑动白人。用不了多久，他们自己就打起来了，就不会管工时长、工资低的事了。”

斯坦半心半意地听着。他爬到角落里，在黑人小伙旁边坐下，抻了抻腿。“来，兄弟，你口袋里面有没有酒啊？”

“哎呀，没有。就四个五毛硬币，一口袋必需品。一身轻松才好上路。”

四个五毛。够买十杯五分一杯装的威士忌了。

斯坦顿大师理了理头发。

“朋友，你救我一条命，我欠你一个大人情。”

“你什么都不欠我的，先生。你觉得我能怎么办？看着你掉到车底下压成肉饼？别想了。”

斯坦咽了一口浓痰，又试了一次。“朋友，我出身苏格兰家庭，苏格兰人多天赋异禀，有‘第二种视力’。我感谢你，所以想跟你讲讲你未来的一些事情，或许会帮你消灾避祸。”

他的同伴笑了起来。“第二种视力，你还是自己留着吧，它怎么没告诉你差点没搭上货车啊。”

“哎呀，不过你看，我的朋友，它让我来到了这个车厢，这个有人会伸出援手的车厢。我知道你在这个车厢里，而且你会帮我。”

“先生，你真该去赌马，肯定赚大钱。”

“你告诉我。我感应到你一个膝盖上有道疤，我很确定。对不对？”

男孩又笑了。“是啊，我两个膝盖上都有疤。我屁股上还有疤呢。只要是干过活，身上到处都会有疤。我会走路起就开始干活了。我刚到不尿裤子的年纪，就开始在土豆地里捉虫子了。”

斯坦深吸了一口气。他可不能让这个自作聪明的小子爬到自己头上。

“我亲爱的朋友，你这一生里，遇到不顺的时候，有多少次想过自杀呢？”

“当然有不顺。每个人都会有觉得自己想死的时候。不过，他们总想着死后还能徘徊在世间，看着亲友们悲痛欲绝的样子，看着自己躺着的尸体。他们并不真的想死。他们只是想让别人为他哭，为他哀号。我以前加入过铁路劫匪，老大老是敲骨吸髓。我抬头，他打我。我不抬头，他也打我，纯粹是为了好玩。不过，我从没想过自杀。我想要自由。我现在得到自由了，我就坐在这儿。老大呢？没过几个月，他脑袋就被铁锹砸开了花，是个发了疯的大块头干的，当初我们都是一起的。老大死了，我才不给他哭。”

一种无形、无名的恐惧在斯坦顿·卡尔里斯的头脑中蠕动。死亡，死亡的故事，残忍可怕的故事在他的皮肤下瘙着痒，直通他的大脑，然后在里面生根发芽。

他逼着自己回到读心上来。“我告诉你，朋友：我看到了你的未来，就像线轴上抽出的线一样，你未来生活的轨迹。我看到了男人，一群男人，他们在威胁你，问你问题。不过，我还看到一个男人，比你大，他会改变你的命运。”

黑人小伙站起身来，又蹲在地上，大腿随着车厢的节奏一起振动。“先生，你以前肯定干过算命，你跟他们讲话一个路数。放轻松。你寿数还长着呢，我告诉你。”

白人流浪汉一跃而起，俯身蹲在敞开的门前，手撑在车厢壁上，望着疾驰而过的原野。火车呼啸着通过了一座水泥桥，河流在月亮下泛着金光，然后就不见了。

“你最好往后站站。你站着看风景，有人可是在停车的地方盯梢，看见你以后就通知前面的人。那些人都藏在高耸入云的橡树里面，等车减速就把你拽下来，扒个精光。”

斯坦猛一回头。“听着，孩子，你把一切都看了个通透。这又有什么意义？什么样的神会把我们放到这样一个可恶的、臭气熏天的屠宰场里？有人喜欢把飞虫的翅膀撕下来。活着，饿着，为了一顿饱饭大打出手，这又有什么用？世界都疯了。越往上的人越疯。”

黑人小伙的声音放低了些。“你说吧，兄弟。把那些混账东西都抛开，过来说吧。咱们路还长着呢，面对面侃侃大山也没什么不好。”

斯坦呆呆地从门前走开，蜷缩在角落里。他想要呼喊，想要大哭，想要再次感受莉莉丝的嘴，感受她压在自己身上的乳房。啊，老天啊，我落到这步田地。我要诅咒她，这个满嘴谎话、把人坑死的婊子。他们都一样的。但是，莫莉，那个迟钝的小番茄。一瞬间，他又想要她了。紧接着是一阵难受——她会附在他身上，把他的生命力抽干。迟钝，天哪，还愚蠢。天哪……妈妈。马克·汉弗瑞，诅咒他的灵魂下地狱，这个偷人的混蛋。妈妈……野餐……

黑人小伙又开口了，话语声飘进他的耳朵。“……就这么说吧。你念叨什么呢，告诉我呗，反正你以后再也见不到我了。不管你干了什么，我都无所谓。我只管我自己的事。你百分之百会好些的，把负担放下来。”

套我话的混蛋。别理我……他听见自己再说：“星星。几百万颗星星。太空，虚空的太空。没有尽头。腐败的，无用的，无意义的人生，我们被抛进来，又被抛出去，不过是蝇营狗苟，从开始到结束。”

“打炮有什么的？没什么脏的，除非你跑到牛棚里面干，染上阴虱或者淋病什么的。没什么脏的，除非你心里面脏。女孩们为了不用摘棉花，每天在外面站十个、十一个小时，都会跟别人干的。脱裤子要钱，没什么好指责的，她还能躺着歇歇呢。”

斯坦涌上来的绝望感已经消退了。刹那间，他又能呼吸了——大石头似乎从心口搬起来了。

“不过，这背后一切的目的——我们为什么被放在这里？”

“要我说，我们不是被放在这里的。我们是生长出来的。”

“那这整个一团东西是如何开始的呢？”

“不需要有开始。一直都在。有人问我：要是没有上帝创世，世界是怎么来的呢？我反问他们：上帝是谁造的？他们说，上帝不需要被造，他一直都在。我就说，那么好，你干吗不把他也放到世界里面呢？世界也一直都在。我觉得这就够了。他们问我：原罪怎么说？是谁把原罪、邪恶、诅咒放到这个世界里的？我说：是谁把象鼻虫放到世界里的？它是长出来的。好了，有的地方适合出坏人，他们就在那里长出来了——跟象鼻虫一个样。”

斯坦努力地听他讲。他开口的时候，声音模糊而扁平。“世界糟透了。最顶上的几个人把钱全都拿走了。你要是想要钱，就得想办法从他们身上抠出来。然后，他们反过来就把你的牙给打掉。你们干的事情难道不都一样吗！”

黑人叹了口气，他递给斯坦烟叶，然后又给自己卷了根烟。“你说得对，兄弟。你说得对。不过风水轮流转。总有一天，人们会聪明起来，同时疯狂起来的。你在世界上总不能单打独斗。”

斯坦抽着烟，看着灰色的烟雾向着门口飘去，摇曳着消失在夜空里。“你听上去是个煽动劳工的啊。”

这一次，黑人小伙朗声大笑。“老天呐，兄弟，其实劳工根本用不着煽动。待遇好的话，他们是煽动不起来的。劳工不需要挑动，需要的是团结。”

“你觉得他们脑子能清楚到真去实行？”

“他们一定会实行。我知道。”

“行，你知道。”

一身牛仔布衣服的小伙沉默了一会儿。他在思考。“你看——你在山岗上种了四块玉米地。你怎么知道玉米会长出来？是劳动人民——黑人加上白人——他们的头脑就像山上的玉米一样在茁壮成长。”

货车开始减速。

老天爷啊，快让我出去吧……这个倒霉的乐天派黑人，敢在狮子洞里面吹口哨。格林德尔……每过一秒，他就离堡垒更近一步……

“伙计，你注点意。车还开着呢。”

火车突然减速，是要停车了。斯坦跳到地上，黑人跟在后面东张西望。“这可不好。这可不该停车啊。哎呀——是突击检查。”

火车两端都亮起了灯，扳道工提着灯在车顶上走；铁路警察手持电筒，照在连杆上，还朝货车里面照。

年轻流浪汉说道："有点意思——这个局以前从没找过麻烦，这一次怎么从两头同时开始检查了……"

另一辆火车从货车旁边疾驰而过，一边嘶鸣一边发着光，火红的引擎在棚车下面闪耀着，把两名流浪汉的身影照在他们身前的煤渣上。

"来，兄弟，咱们脚底抹油吧。你腿脚快不？"

卡尔里斯牧师摇了摇头。警察正在接近，安德森的大网要收紧了。都结束了。他麻木地爬回棚车，蜷缩在角落里，把脸埋在支起的手肘上。伴着喊声和脚步声，警察上了车……

"嗨，兄——"门外的声音很小，只是勉强能听见。"来呀——别出声，会好起来的。"

沉默。

"再见了，伙计。保重。"

毁灭已经来到了车顶，接着一束光照进车厢里，搜索着各个角落。老天啊，到了——到了。

"来吧，混小子，把东西都放下。举起手来。"

他站起身来，在刺眼的手电光下眨眨眼，然后抬起了双手。

"下来！"

斯坦蹒跚地走到门口，坐到边缘，双脚在黑暗中摸索。一只大手抓着肩膀，把他拽了出来。

车厢顶上，车头机工胳膊夹着刹车杆往下面看。"抓着了吗？"

手电筒后面的一个声音说道："抓到一个。不过不是黑的，我们接到的消息说是个黑人。"

上面的扳道工用提灯发出信号，黑暗里还传来了汽油手摇车移动的声音。它在加速，斯坦看到上面载满了人——都穿着黑衣服——肯定不是路匪。车停下来之后，他们赶忙下车越过了铁轨。

“他在哪？货车上？谁在搜查货车？”

“我们的人在搜呢，放心。”

“不过安德森跟我们说……”

就这样。就这样。就这样。

“……这个家伙是黑人，”一个新人走近后掏出了手电筒，“兄弟，你口袋里是啥？”

斯坦顿·卡尔里斯想要说话，但嘴巴却不听使唤。

“手不准放下。等一下。不是武器，是《圣经》。”

他的肺终于解放了，吸了半口气。“兄弟，你手里拿着的可是世界上最有威力的武器——”

“放下！”大手高喊道，“可能是伪装成《圣经》的手雷。”

另一个声音很冷酷。“就是本《圣经》。”他把头转向白人流浪汉。“我们在找一个黑人，我们知道他上了这趟车。你要是能提供线索，帮我们抓到他，那就是为正义力量出了一份力，对你可能也会有好处的。”

正义。往兜里揣钱就是题中之义。白胡子茬正义……一美元，二十杯……啊，用他们的剃刀带擦亮，也就是刹车杆……

他把眼睛瞪得大大的，直勾勾地盯着眼前的光柱。“兄弟，我等着去布道的时候碰到了一个迷信的黑人兄弟。我努力把他引导到耶稣的道路上来，可他对圣言充耳不闻。我最后给他讲了一篇——”

“行了，哥们，他往哪去了？他是不是跟你在一个车厢里？”

“兄弟，这个迷信的黑人兄弟往车头那边去了。我本来想跟他一起旅行，好跟他讲为我们的罪而死的救主耶稣基督。我在东西海岸之间跑了有十来趟，到处传播耶稣的福音。我现在还只让几千个人……”

“好了，哥们，让耶稣歇一歇吧。我们要找一个挨千刀的黑鬼。你看见他往前面跑了？走，弟兄们，散开找。他就在附近……”

长着一双大手的男人跟斯坦顿待在一块，其他人则涌上货车，在车厢之间来回走，最后消失在黑暗中。卡尔里斯牧师已经开始低声絮语，好像在做一场布道，对象要么是隐形的会众，要么是空气。可恶的酥哥已经抛弃他们了；黑人小伙有了一线逃脱的生机。

终于，货车的汽笛响了，连接器动了，车轰鸣着驶向远方。旁边是一列平滑的客车等在铁道上，灯都灭着，只有手电筒的光打在百叶窗、餐车侧面和车厢顶部。

接着，客车也开始移动了。俱乐部车厢驶过时，斯坦透过长长的窗户瞥见了一名身穿白色软呢制服的服务员。他正在开一瓶酒，胳膊上夹着一杯冰块。

酒。老天爷啊，酒。我能喝一口吗？还是算了吧，现在不是喝醉的时候。

铁路警探吐了口痰。“来，哥们儿，我放你走。按理说，我应该把你送进去的。不过，你估计会把整个监狱都弄成圣歌班。来吧，享受自由的空气吧。”

大手把斯坦转过来，推了一把。他沿着铁路堤的一侧深一脚浅一脚地走着。远处传来农舍的光。酒。啊，耶稣——

客运快车提速了。俱乐部车厢里，软呢袖子倒了一杯酒，露出一块腕表。晚点十分钟！真是不靠谱，要说出行还得靠飞机。

俱乐部车厢底下，在密密麻麻的弹簧、车轴、刹车棒和铁轮之间藏着一个人。随着车速的提高，弗雷德里克·道格拉斯·斯科特，浸信会牧师之子，黑奴之孙换了个位置，好抓得更紧些。他正一路北上，向着两道高压铁丝网内的堡垒前进。

他双肩靠在车框上，双脚撑在对面，努力在身下一英寸厚的弯曲刹车棒上保持身体平衡。路基在他身下几英寸的地方，车厢压到枕木时就会把他往上一顶。列车不停地轰鸣着。引擎上抛下了几块烧红的煤，他想用空着的手挡开煤块，但还是砸在他厚厚的牛仔布衣服上。列车发出雷鸣般的响声；北上，北上，北上。

格林德尔梦里出现了一位旁观者，身穿工装的旁观者。

牌二十／死神

死神身穿黑甲，祭司、孩童与国王都跪在他的马旁

小贩走过街角，朝大街两边看有没有警察，然后溜进了阴暗的银行大堂。要是雨停了，他没准还能歇一会儿。电影院即将散场，男男女女就要从里面出来了。

第一批观众从他身边经过时，他从外衣的大口袋里掏出一把精美的信封，左手拿着展开给大家看，上面印着圆圈排列的十二星座，闪闪发光，每个星座都是不同的颜色。

他用空着的右手理了理头发，深吸一口气。他的声音很模糊，跟耳语差不太多。“朋友们，走过路过，不要错过，指点人生迷津，保你长寿发达……”

一对情侣停下脚步，他就直接对两人说：“这位小姐，能说一下出生日期吗？不要钱的，你是今天头一个，占星免费……”

小伙子说了句："算了吧。"然后就走了。讨厌的城里人。

我要酒。老天啊，还得吆喝呢。怎么着也得开五次张啊。

"来呀，朋友们，想知道未来的运势吗？走近点儿，我好跟你仔细说。占星算命，幸运数字幸运日，心里有人看一看，心里无人盼一盼啊……"

人们有反应了。有人盯着他看，有人笑出了声，就是没人停下。

丑恶。他们的脸突然扭曲起来，就像漫画肖像一样。他们似乎脱了人形。有人像野兽，有人像毛蛋里面没发育完全的小鸡仔。他们脖子抻得长长的，而他则在等着他们把眼光落下，落到小路上。

小贩笑了起来，咯咯咯的，先是在心里面偷笑，然后涌了出来，变成朗声大笑，一边笑一边跺着脚。

人群围了过来，他也不笑了，挤出了几个字。"朋友们，你们总算来了。"笑意还没有完全消散，他嗓子眼觉得正受到撕扯。"全套占星算命，诞生石，幸运数字。"笑意一拱一拱的，就像拴在工作台腿上的狗，正奋力挣脱绳索的束缚。来了。"啊哈哈，啊哈哈，啊哈哈，哈哈哈哈哈哈！"

他把手里的占星图拍到大腿上，另一只手则扶在银行大堂的石梁上。大家朝着他笑，跟着他笑，还有的等着他突然停下来，然后转换到推销模式。

一个女人说："真是恶心！在银行门口这样！太不体面了。"

小贩听见了她的话，软弱无力地坐到了大理石台阶上，任由占星图散落一地，开始捧腹大笑。人群边缘有人闯入，把围观群众往两边推。接着，蓝色裤腿来到面前。

“你被驱逐了。”

警察的脸好像有一英里那么远，跟从井口往下看人似的。

还是那个警察。两美元罚金，驱逐出城。

“哟哟哟！哈哈。哎呦。长官。长官……啊哈哈哈哈哈！”

警察使劲把他拽了起来，好像要把他甩到天上似的。“小子，我让你快滚。你是想自己走着去号子里，还是想躺在担架上去？”

猛地一下，他的手就被扳到身后，走路时得弯着腰才不致手腕折断。他穿过一阵阵的哄笑，世界一片片地掉了下来。这世界是有缝的，人们一笑，这缝就撑开了，露出些微血淋淋的真实，转瞬间又合上了。

“长官，咱们往哪儿走？别，你别告诉我。我来猜。地下室？”

“闭嘴，小子。继续走，不然打断你的胳膊。该往哪走就往哪走，你别想跑。”

“可是，长官，他们在下面见到过我啊。他们会烦我的。这人怎么老来？不会吗？不会吗？不会吗？你又没拿绳子捆住我的脖子，你怎么知道我不会跑掉？等等月亮吧。雨停了，一会儿月亮就出来了，随时都可能出来。可惜你不明白啊。长官，等……”

他们已经离开人群，拐进了小路。左边是一条巷子，很黑，但另一边有光。警察换了换手，就这么不到一秒钟的时间，小贩就窜了出去。他在空气中奔驰，连脚下踩着的石头都感受不到。在他身后，皮靴正在卵石路上嗒嗒作响。他朝着小巷尽头的光跑去，但是，这里没什么好害怕的。他一生都在这里，在暗巷里奔跑，无所谓的；任何时间、任何地点都一样的，不过是一条小巷，一点光明，身后踩在鹅卵石上的脚步声。但是，他们从来没抓住过你，他们从来没抓住过你，他们从来没抓住过——他双肩挨了一下，身子扑到前面，然后在前方的微光下，看到石头正朝他飞来。他双手张开，左手手指微屈，两个拇指前伸，灵活地在墙上做出两只鸡头的手影：拇指是鸡嘴，展开的手指是鸡冠。

警棍已经打到了他，此刻还在两人之间虎虎生风。就在他手撞到卵石、猛然落地时脖颈后咔的一声的时候，木质警棍脱手了，撞在砖墙上发出脆响。他正要用双手和膝盖撑住身体，一只脚踩上他的肋骨，把他踹到了一边。

大圆脸不见了。警察刚才去捡警棍，帽檐把他的脸挡住了，下面还有衬衫的V领和黑领带。能看到的就这么些了。

他是先听到警棍砸在肩膀上的脆响，然后剧痛才冲破神经的阻塞，在大脑里喷溅四溢，就像喷出的钢水一样。他听到微弱的呼吸声从牙缝里面出来，又把双脚收到身子底下。又是一下警棍，这次砸在肋骨上，把他剩下的半口气也敲了出来。他本来半个身子都支起来了。

这好像是另一个人的声音。“长官……哎呀，耶稣啊……我什么都没干啊……让我歇歇……哎呀，耶稣啊……”

“我让你歇。我把你脑袋骨头全砸烂，你个臭烘烘的杂种。你罪有应得，报应这就来了。”

棍子再次落下。这一次，痛意显得苍白无力，慢慢沿着脊椎上溯到了大脑。

世界回来了。斯坦顿·卡尔里斯清醒过来，看到了自己的位置。他看见警察上唇扬起，露出一颗金牙。在身后的微光下，他注意到警察该刮胡子了。他年纪不过四十，但头发和面颊上的胡须已经抽出银丝了。就像尸体上的真菌。就在这时，下面从屁股传来的痛意抵达了大脑，好像一千个玻璃杯打碎在地上；一扇大门敞开了。

斯坦走上近前，一只手揪住警察的翻领，另一只手从面颊下别过去，攥住对面的翻领。接着屈腿护住下体，双手开始紧拉。他听到警棍掉在地上，感到大手正试图掰开自己的手臂，但掰得越用力，他的拳头就卡得越紧。一天没刮的胡子茬像砂纸似的摩擦着他的手背。

斯坦感觉暗巷的墙好像在朝自己的肩膀挤压，双脚离开地面，黑暗沉重地压在他身上。他掌握的性命正顺着自己的双手和手腕流出去。

他身上的大山不再动了，停了下来。斯坦抽出一只脚，把两只脚翻过来，压到警察上面。壮硕的身躯一动不动。他越收越紧，最后指节几乎都要爆开，这才开始把警察的头往石头上撞。咚，咚，咚……他喜欢这个声音。咚，咚，咚……

接着，他把手松开，站起身来，双手垂在两侧。手动弹不得，不听他使唤了。

一叠占星图掉了出来，散落在石头上，但他没有去捡。他径直朝巷子末端的光亮走去。现在一切都是那么清明，他再也不需要喝酒了。

扒货运列车挺危险的。下次可以试试长途列车的行李箱，搭着篷布的那种。他以前这么干过。

没什么好怕的了。警察已经死了。

我还能再杀他一次。再杀他一次。只要他从身后爬起来，我就再杀他一次。他是我的。我的私家尸体。

他们会把他埋葬的，就像埋葬僵硬的、纠结在一起的手帕。

我还能再杀他一次。

但是，他不会再来了。他死透了。

我还能再杀他一次。

但是，他脑袋烂了，死了。

我能杀了他。

牌二十一／力量

头戴玫瑰花冠的女子徒手按住雄狮的双颚

夜灯下，一名高瘦苍白、黄色头发乱蓬蓬的人倚在篱笆上，看着一对男女种玉米。女子一锄头刨在地里，男的好像没腿似的，用手撑着往前跳，在坡地里面撒种，再把地面平整好。

“等一下，乔。来客人了。”

女人块头很大，一边穿过犁好的地走过来，一边摘掉手套。“不好意思啊，兄弟，冰箱里啥都没了。我现在也没工夫给你做饭。我去趟家，给你拿四个钢镚，沿着路往下走有个餐车。”她停下来喘口气，接着嘶哑地说道：“我的天哪，是斯坦·卡尔里斯！”她扭头大喊：“乔！乔！你快过来啊！”

流浪汉把整个身体都撑在了篱笆上。“你好，吉娜，在广告单上面看到你的。”

男人用手撑地往他俩那里跳着，腰间系着个麻布兜子，腿盘着放在兜子里。他跳起来，然后坐下，沉默地看着斯坦，还是拉撒路式的微笑，好像刚刚死而复生似的。但是，他眼睛里透着警觉。

吉娜把草帽往后一推，回复到平常的声音。“斯坦顿·卡尔里斯，我发过誓的，要是再看见你，我一定要给你点颜色看看。那孩子都快神经失常了，来戏团的时候。我们看她路都走不稳的样子，都觉得她肯定受了伤害。我把她安排去演大切活人的节目，然后她走进去，就那么又走出来了，就是这么不会演。我必须说，你从她身上可是占到便宜了。哎呀，你可是真了不起，大人物，利用她功也成了，名也就了。好呀，你做到了。可是，你又给了她什么好？你别以为我都忘了。”她声音发颤，打了个喷嚏，然后拿工作手套背面擦了擦鼻子。“那孩子多好啊，你却干了什么？最后露馅了吧？招摇撞骗，没有好下场。她已经把你忘到脑后了。我真希望她一丁点都不记得你的事。她嫁了个大款，生了个小宝宝，那宝宝可爱的呀。这都不是你的错。老天呐，你是不是非得看她沦落到妓院里才善罢甘休？”

她停了下来喘口气，然后换了个腔调继续说，“老天爷啊，斯坦，快进屋吧，我给你煎一片火腿。你看着像一个礼拜没吃饭似的。”

流浪汉根本没听进去。他膝盖一软，下巴磕在篱笆上，然后砸到了干草堆上，就像被扶起来的稻草人一样。

吉娜扔掉手套开始翻越篱笆。“乔，下来把门留着。斯坦晕过去了。咱们得把他弄进屋里去。”

她轻松地抱起瘫软的斯坦，朝着农舍走去，他的双腿无力地晃荡着。

清晨的阳光透过厨房溅着油星的窗玻璃照了进来，落在桌边男人的金发上，他正狼吞虎咽地吃着火腿和煎蛋。接着，他停下嘴，喝了一大口咖啡。

“……铁路沿线，那个魔头都是出了名的。光去年，他在地牢里面就活活打死了两个犯人。他在巷子里把我堵住的时候，我就知道自己要完蛋了。”

吉娜从炉子上转过头来，一手拿着平底煎锅，一手拿着翻饼铲。“放轻松，斯坦。鸡蛋还有。我猜你还能再吃点儿。”她又把几个鸡蛋倒进了他的盘子里。

乔坐在门口的垫子上，按州给邮件分类。每次来信都是一大摞，邮递员把信都堆在路边的一个小桶里，桶上面写着：“吉娜—普拉斯基。”他们的信早就用一般的 RFD（农村免费邮递）盒子装不下了。

“他拿棍子朝我招呼，”斯坦叉起一大块鸡蛋，看着乔说道，“你来呀，然后我就用了并十字绞，把他紧紧缠住。他去了。”

吉娜拿着翻饼铲的手停了下来，说了声：“我的天哪。”然后，她眼睛瞟了乔·普拉斯基一眼，他却继续沉默地分邮件。

乔开口了：“孩子，要是情况真跟你说的一样，那不是他死，就是你亡。这个日本绞技是杀招。不过，你现在可是惹上麻烦了，斯坦。你快走，悄悄地走。”

吉娜摇了摇头。“哎呀，他好歹得吃饱了才能上路啊。这孩子都饿坏了。再来点咖啡吧，斯坦。可是，乔啊，他接下来该怎么办呢？我们总不能——”

乔的嘴咧得更大了，但是双眼依然暗淡，眼珠向下。他在思考。最后他说道：“你留下指纹了吗？”

斯坦喉头动了一下。“没有。他们没记录我的指纹，最起码在那座城里面没有。不过，他们知道是一个金头发的算命小贩。”

乔思忖片刻。“他们没把你的东西收走吧？”

“没。就是罚钱，然后赶出城。”

侏儒杂技演员把信推到一边，然后跳上通往屋顶卧室的楼梯，一转眼就不见了。他们能听见头顶上传来地板剐蹭的声音。

斯坦把盘子推开，窗台上有包烟，他拿了一根。“吉娜，我一直生活在噩梦里，做梦似的。我不知道身体里面进了什么东西。就算戏团办不下去了，我们也能去夜总会啊。我怎么进了骗子这行呢？我真是不明白。”

高个子女人把盘子放到水槽里，一言不发。

斯坦顿·卡尔里斯继续说着，谈起了陈年旧事。“我不知道身体里面进了什么东西。我不指望莫莉能原谅我。不过，她能有个好归宿，我是真的高兴。我希望他是个好人。这是她应得的。你别跟她说见过我。她忘了我最好。我当年不是没前途啊，一碰到莫莉，我就犯浑了，我这一辈子都在犯浑。”

吉娜转过身来面对他，手上的肥皂泡还闪着光。“你怎么打算，斯坦，从这儿走了以后？”

他盯着烟灰。“不知道啊，伙计。继续漂着吧，我估计，货是卖不下去了。什么都完了。老天爷啊，我真不知道——”

乔·普拉斯基从楼梯上慢慢下来了，进厨房的时候，胳膊下面夹着一大卷帆布。他在地板的油布上把帆布摊开，露出了两个角，是招牌，旗上画着大手，装裱得很精美，颜色鲜明，风格各异。

“苏菲·埃德尔森上个演出季留给我们的，”他说道，“我觉得可能对你有用。你沿着公路走，往下一个镇子就是麦克格劳和考夫曼戏团，他们这个礼拜都在那边。能在戏团里栖身总比不少地方强得多。”

吉娜迅速把手擦干，说道：“斯坦，给我根烟，快。我明白了！乔找到办法了。你可以化妆成印度人。我有一套旧的蓝色丝绸和服，改一改就是长袍。你还会裹头巾吧？”

斯坦顿大师理了理头发，接着跪在侏儒身旁，把看手相的招牌完全展开，细细查看。从他的脸上，吉娜能看到他大脑在运转——睡了一大觉之后，脑子终于活过来了。

“老天爷啊，这简直是天国的甘露啊，乔。再来张桌子，弄个旗杆，够了，把旗子升到杆上。他们正好要找推销的，不是读心的。老天呐，事儿成了。”

乔·普拉斯基离开了，拿起装着寄出邮件的麻袋，甩到肩上，用牙咬着袋子口，双手撑地朝房门前进。“信得放过去了，”他在麻袋另一边说道，“你俩在这儿待着——我能搞定。”

他出门后，吉娜倒了杯咖啡，又给斯坦一杯。他摇了摇头，还在研究旗子。

“斯坦——”她开口了，很严肃，好像非说不可，而且除了他俩谁都不能让听似的。为了赶在乔回来之前说完，她讲得很快。“斯坦，有些事我得跟你说。是关于皮特的。现在跟你说起他，我的心已经不痛了。太久远了，皮特好像从没出现过一样。我们在草堆顶上的时候，他好像就死了。不过我就在想啊，一个男孩子迷恋上了一个女人，为了跟她睡觉，他什么都愿意干。斯坦，你当年就是这样一个男孩子，你还没尝过跟女人睡觉的滋味。我觉得，老吉娜那会儿在你眼里还算不错吧。

皮特从来不碰甲醇，你也不知道它有毒。现在都清楚了。”

斯坦顿大师站起来，手插进口袋，阳光穿过厨房门上的窗户，照在他的头发上。他的头发原本跟泥巴一个颜色，热水肥皂洗过以后恢复了金黄。现在，整个厨房里都充盈着他说话的声音，稳稳地、微微地跳动着。

“吉娜，你能先别说话，帮我一个忙吗？你记得皮特姓什么吗？”

“这个——那个，他从来不说的。结婚证上有。好多年没想这事了。嗯，我想起来了。”

“我绝对猜不出来，对不对？你集中精力想这个姓。”

“斯坦——这是怎么——”

“集中精力。第一个字是不是‘克’？”

她皱着眉点了点头，嘴好像要张开。

“集中。克……鲁……姆——”

“我的天哪！”

“是克鲁姆贝因！”

乔·普拉斯基把门推开，斯坦站到了一边。吉娜把嘴埋进咖啡杯里，然后放下，急急忙忙地出了屋。

乔扬起眉毛。

“我们叙了叙旧。”

“哦。你穿好行头，我跟麦克格劳有点交情——不过，你可别用真名，斯坦，正抓你呢。”

“左手指尖有膙子？”

“拉琴的。”

“右手拇指？”

“石工。”

“右手指节呢？”

“理发师——磨刮胡刀磨的。”

“你行啊，斯坦。还有好多我都忘了。我好多年不读心了。要是苏菲在这儿就好了，她肚子里有好几百条呢，整整一本，全都是，可惜上锁了。不过，你没问题的，你一直是读心高手。”

吉娜和乔坐在门廊的阴影下，把信拆开，抖出硬币来。吉娜说：“再给我点天蝎座，亲爱的。我的用完了。”

乔撕开硬纸盒，星座书装进了贴好邮票和邮戳的信封。两人麻利地用钢笔写好收信地址，然后扔到铁丝筐里，等着以后邮递员来取。

吉娜说道：“斯坦啊，这个邮购业务比什么都强，雪片一样地来啊。我们就发了个小广告，然后就在家里等着收钢镚。现在广告登在五份杂志上，每天抖落硬币都干不过来。”

斯坦顿大师正在躺椅上晒太阳，他从锅里面抓起一把一毛硬币，十个一组装到红色的纸筒里，五筒一共五美元。红纸筒在躺椅对面的瓷碗里堆成了小山，但他却心不在焉，结果几筒掉在了椅子旁边，掉在他的大腿和椅子的帆布垫之间。

乔从门廊跳下来，往斯坦那边走，嘴里叼着装钱的筐。他把筐里的硬币全倒进锅里，笑着说：“再攒一点，我们就能再买一块地了，就是旁边的那块田。这间房子的贷款也快还清了。只要大家还需要星相术，就是星座算命。邮件里可不能提到星相术，那得精确到几点几分出生才行。只要他们还喜欢，我们就有钱赚。就算他们不感兴趣了，起码还有这么个农场嘛。”

斯坦躺了下去，任由阳光照在眼皮上。他变胖了。这个礼拜真是吃胖了，都快跟以前一样重了。眼睛精神了，手也不发抖了。他这个礼拜只喝啤酒，不喝别的。学会冷读术，走到哪里都饿不死。乔转身回门廊时，斯坦顿把椅子上的红纸筒揣进了裤兜里。

卡车从偏道开了出去，尘土飞扬，满月将它照成银白，然后拐上了州际高速。吉娜开得很小心，免得把车弄坏。乔坐在她旁边，每次急刹车或者减速时，他都把一只手搭在她肩膀上，稳住身子。斯坦坐在车门旁，看手相的旗子卷起来夹在两膝之间。

他们开到缓坡顶上，然后熄火等着车往下滑。城里的灯光已经遥遥在望。

“就快到了，斯坦。”

“你能搞定的，孩子，”乔说，“麦克格劳这人不好糊弄，不过只要你让他服了，钱不会克扣你。”

车往前开，斯坦没有说话，只是看着空荡荡的街道。公交站旁有一家通宵经营的药店，吉娜往过开了一个街区，把车停下，然后斯坦拿着旗子就下去了。

“再会了，吉娜，乔。这——这，我这么多年都在地狱里，头一次有了变化。我真不知道该怎么——”

“别想了，斯坦。我跟乔都乐意帮你。一日进戏团，终生一家人。有人遭难，大家都会伸出援手的。”

“我会努力把行李装上公交车行李架的，我觉得。”

吉娜哼了一声。“我就说忘了什么事嘛。拿着，斯坦。”她从工装口袋里拿出一叠钱，越过乔塞进通灵师的手里。“演出季结束后还就行，不着急。”

斯坦顿大师夹着卷起来的帆布旗子，转过身来说了句：“太谢谢了。”接着就朝药店走去。走到一半，他突然停住，直起身板，肩膀耸立，像皇帝一样走了下去。

吉娜打火掉头，从另一个方向开出城，从小路上了往南去的高速，停在俯瞰着城市主干道的一处高地。“在这等等吧，公交车来的时候也看一眼。咱们没亲眼看着他到站上车，感觉怪怪的，好像礼数不周啊。”

“这是明智之举，吉娜。他可是被盯上的人。”

她跳出驾驶室，丈夫一蹦一蹦地跟在后面，穿过原野，坐在岸边。天上起了云彩，月亮都被挡住了。

“你觉得他能成吧，乔？”

普拉斯基用手换了个姿势，往前靠了靠。下面的水泥路看起来不过是一条白线，顶棚亮着灯的公交车来了。车逐渐加速，轮胎摩擦着路面，朝他们开将过来。透过窗户，他们能看见车里的乘客。一对年轻男女，在后排座位紧紧抱着。一名老男人，似乎已经睡着了。车在河岸下面呼啸而过。

斯坦顿和一个头戴白色水手草帽、身穿艳色印花长裙的女人坐在一起，她身形粗壮。他正抓着她掌心朝上的右手，指着远方的公路。

公交车从他们身边驶过，红色尾灯在黑夜中越来越暗。乔·普拉斯基叹了口气。“我不知道他会怎么样，”他小声说道，“不过那个家伙绝对不会被吊死。”

牌二十二／倒吊人

倒吊人倒吊在活树上

草帽不值钱，戴上就有范儿。他是那种戴帽子好看的人。领带是廉价商店买的，但配上白衬衫和正装，还真挺像那么回事。吧台后面的镜子表面是淡黄色的，每个人看上去都黑黑的，透着一股精气神。不过，他是本来就黑。吉娜给他染了头发，于是他把胡子也染黑了，免得不协调。

“来杯啤酒，伙计。”

他带着酒回到桌上，帽子放在空椅子上，拿起报纸假装看。他们根本不知道要抓的人是什么样——没有指纹，没有照片。只要不回那个州，找到天荒地老也找不到他。

啤酒有点苦，开始上头了。没关系。这段时间只能喝啤酒。抓住机会，开个算命摊。攒点钱，然后往墨西哥走。他们都说墨西哥话好学。

那个倒霉国家可是三教九流的乐园。报纸上到处都在打广告。等这边风声不那么紧了再回来，去加利福尼亚。没准可以取个西班牙名字。机会多的是。

学会冷读术，走到哪里都饿不死。

他翻开报纸，浏览着图片，思考着今后的发展。冷读就是要快，可得好好练练。戏团的算命摊里，抓点，引起兴趣，收工，一气呵成。嗯，我能搞定的。我要是一直在戏团里干多好啊。

两张纸粘在了一起，他于是回去拆开。他不在乎里面写了什么，只是不想错过消息。墨西哥……

顶部有一幅照片，他把注意力集中在女人的脸上，眼神几乎都要与照片的黑点融合在一起了。纹理，轮廓，颜色，逐渐回到了他的记忆。柔顺金发的香气，缠绕的娇小舌头，全都想起来了。男的看起来比她大二十岁，脑袋跟死人似的——脖子精瘦，面颊松弛……

他们在一起了。他们在一起了。快看。看他们要干什么。

心理学家与大亨结缘

婚礼很简单，新娘身穿定制……伴郎是梅尔文·安德森，相交多年的朋友兼顾问……蜜月在挪威沿岸……

有人摇了摇他，跟他说话。可惜不是草坪，而是啤酒杯。“哎呀，兄弟，放松点。你怎么把杯子弄碎的？是不是摔了？你是自己没弄好受伤的，我们可不负责啊。你去药店看看吧。我们可不管……”

街上漆黑一片，房檐上的夜色同样漆黑一片。天哪，他在流血。给我来一杯黑麦威士忌，还有白水，对，黑麦威士忌，两份基酒。

没事，我扎到钉子上了，大夫。不要钱？行，大夫。来一杯黑麦威士忌，对，还有白水，威士忌要两份，白水滴到下面，下面裤子上全是。

兄弟，我不是跟你吹，你也别紧张，咱俩算是朋友了吧。朋友啊，我有感应了。你小的时候有自己的职业理想，后来你在兜里揣了枚外国硬币或者别的什么护身符。你看见治安官。年轻小姐不能穿普通的衣服，因为几千伏的高压电会笼罩她的全身。他手指压在粗糙的金属片上，然后放开了，她光滑的胸部还在颤抖呢。好了，我们搭档吧，走上人生巅峰吧。他们施舍给你东西，就像打发后门的流浪汉似的，不过门已经关上了。先生们，让他们找去吧，找到天荒地老吧。老白痴在许愿蜡烛的红光里面喘气去吧，耶稣啊。你个面无表情的混蛋，你把钱给我，对，黑麦威士忌，旁边放杯水……

烟太大了，台子都快看不见了，服务员穿着屠夫的围裙，袖子卷起来，胳膊上的肌肉跟布鲁诺似的，只是上面全是黑毛，每次过来都要给他钱，酒给得还特别少。什么破酒吧，不去了，换一家，但女士还在唱歌，男的穿紫色绸衫，在破钢琴上叮叮当当，老歌手穿着黑色晚礼服，头戴莱茵石王冠。

抱紧我，亲爱的，抱紧我！

她把话筒靠近自己，两边的奶子上奶头都硬起来了，耶稣啊，这个老歌手……

抱我，抱我，使出全身的力气抱我！

她用肚子蹭着麦克风……

哦！哦！我从来
没见过
你
这样的
男孩！

“服务员——服务员，告诉歌手，我给她买一杯酒……”

当你看着我，我的心……飞到了空中，
接着开始摇摆，就像……摩托艇！
哦！哦！我从来没见过，
你……这样的……男孩！

“哎呀，我全服了！你喜欢这一款？半老徐娘最有韵味，对吧？谢谢，小伙子——我一直这么觉得，麦克。我以前在这儿怎么没见过你，亲爱的？哎呀，你可真是错过了好时候啊……”

一样的走廊，一样黑黢黢的灯泡，梳妆台，黄床单，亲吻着我："好呀，亲爱的，裤子不急着脱下来，等我喘口气。楼上——哎哟！"

扑面粉的味道，透着汗味的香水味。"好，亲爱的，我会宽衣的。等一会儿，好吗？再来一杯酒吧，没事的，靠在瓶子上，帅哥。这可不赖。来吧，慢慢来，亲爱的，让妈妈好好温柔温柔。天哪，你长得真俊！亲爱的，现在就把账结了怎么样，好吗？你这么多钢镚都是从哪来的？老天爷啊，你肯定是在电车公司上班。威士忌我不要了，亲爱的，咱们来'造人'吧——我会回来的。"

他在黑暗中蠕动着，总算找到了酒瓶，原来就在手边，老天爷啊，我得赶紧走，趁他们还没看见这间屋子……

太阳晒得他睁不开眼，兜里找找钱，可能有的掉了……还有一筒硬币……绑在内衣后襟上，杂种，杂种，杂种，酒瓶根本不用开瓶器，里面还兑水。我全搞定了，这帮混蛋，他们再也找不到我了……痕迹我怎么藏得那么巧妙，这帮混蛋，一拳打在他脸上，他就倒在沙发上了，嘴巴张得老大。老混蛋，他永远都不知道是什么东西打了他，不过我还是溜了，一身印度人的行头，化了黑皮妆，还有一杯酒。可恶的贼，有人偷偷进来了，我要走，我要离开这儿。耶稣啊，天杀的椅子来回晃，来回晃，抓住地毯就不会晃了。他拿拳头砸墙，砸壁炉台。她在沙发边上坐得直直的，眼睛看着玻璃杯。教堂前面的公告牌。他们上桌了，我上阁楼了，我都跟他讲了。他双手抓起桌布了，吉普。死胖子，我真希望把他弄瞎追随着提灯里星星的脚步倒吊在活树上。

在当作办公室的房车里，麦克格劳正在读一封信，这时听见窗户上有人在敲。他把眼睛朝台灯靠了靠，只有一边嘴巴在动：“谁呀？”

“是麦克格劳先生吗？”

“是，是。干吗？我忙着呢。”

“想跟您谈谈，拉客的事。新东西。”

麦克格劳说：“好啊，你要卖什么？”

下面是个流浪汉，没戴帽子，衬衫脏兮兮的，夹着一卷帆布。“请允许我自我介绍一下——阿拉·拉希德，头牌读心师。自备招牌，随时开张。全国最好的冷读大师。我给您展示一下如何？”

麦克格劳把雪茄从嘴里拿了出来。“抱歉，兄弟，我这儿人满了。我很忙。你租一间铺子单干呗？”他身子前倾，把打字机的纸筒卷了起来。“我是认真的，伙计。我们这不招酒鬼！老天啊！你闻起来跟尿了裤子似的。快走，快走！”

“给我一个展示的机会吧。一等一的读心术，绝对不掺假，传统手艺。只要看一眼观众，就能知道他的过去、现在——”

麦克格劳用冷冷的小眼睛打量着这个人：他的脑袋现在离房车顶棚连一英寸都不到。黑头发脏兮兮，不过太阳穴和前额上面有细细的黄线。是染的。估计是逃犯。

戏团老板突然朝客人笑了起来。“快来坐下，兄弟。”然后从身后的橱柜里取出一瓶酒，两个口杯。

“来一杯？”

“谢谢你，先生。真提神。我只需要一张桌子，一根杆子——把招牌挂起来就行。”

麦克格劳摇摇头。“我不喜欢算命摊，法律上麻烦多。”

流浪汉眼睛通红，死死盯着酒瓶子。

“再来一杯？不行，我不喜欢算命摊。太老气了。总得搞点新玩意儿，刺激的。”

另一个人茫然地点点头，还是看着酒瓶子。

麦克格劳把瓶子放回橱柜，站起身来。“不好意思啊，伙计。去别的地方碰碰运气吧，我这是不行了。晚安。”

流浪汉撑起身子，双手按在扶手上站着，身子摇摇晃晃，朝麦克格劳眨着眼睛。接着，他用手背擦了嘴，说道：“好，行。”他蹒跚地朝窗户走去，拉开，用手紧紧抓着窗户保持平衡。他把污迹斑斑、颜色鲜艳的帆布招牌都落下了。“那好，再会了，先生。”

“等一下。”

酒鬼坐回到椅子上，身体前倾，双手搭在胸口，胳膊肘搁在椅子扶手上，脑袋跟拨浪鼓似的。“先生，走之前，再给我来一杯行不行？”

“好啊，没问题。不过，我突然想到了一件事。我这有份工作，你肯定能干好。赚钱不多，我也不是求着你干，不过好歹能让你有口饭吃。咖啡、主食管够，偶尔还能喝点小酒。你说呢？当然了，你就是顶一下，等我们找到真的怪人。”